أحمد مراد

موسم صيد الغزلان

موسم صيد الغزلان

أحمد مراد

الطبعة الأولى ٢٠١٧

تصنيف الكتاب: أدب / رواية

© دار الشروق

٧ شـارع سيبويـه المصري
مدينة نصر ـ القاهرة ـ مصر
www.shorouk.com
dar@shorouk.com

رقم الإيداع ٢١١٤٣/ ٢٠١٧
ISBN 978-977-09-3440-1

تصميم الغلاف: آدم عبد الغفار

صورة أحمد مراد: خالد ذهني

أحمد مراد

موسم صيد الغزلان

دار الشروق

مَوْسم صَيد الغزلان

«لغريزة الصيد جذور عميقة في جينات الجنس البشري، وهي تشترك مع غريزة القتل في كثير من الصفات، فالوحشية البشرية عضو بدائي بداخلنا يصعب استئصاله، خاصة عندما يصبح الصيد، جزءًا من اللهو».

وليم جيمس

فيلسوف أمريكي

ومن رواد علم النفس الحديث

١٨٤٢ - ١٩١٠

- ١ -

يوم ظهور المُذَنَّب

ساحل البحر. الساعة ٤:٢١ ص

رغم العلو، وقرب الاكتمال، لم يُسبغ القمر على البحر سوى مزيد من الغموض، الظلام يكسو الأفق إلا من أضواء مشاعل بعيدة تتوهج وتخفت كأنفاس نائم، السحب كثيفة تدفعها رياح صاخبة، الأمواج تهدر بغضب وتثير زبدًا، تطارد «داروين» الذي أصر على الخروج ورائي، تدفن في الرمال قدمَيَّ، زجاجة مياهي، وقوائم كرسي أجلس عليه منذ ساعة، أعيد مشاهدة الحلم في العدسة للمرة السابعة بعد تعديله إلى الزمن الطبيعي.

زمن الحلم: ٢ , ٥ ثانية

الزمن الحقيقي: ١ , ٥١ ثانية

الحلم يحدث في الليل، أرى نفسي نحيلًا، وأصغر سنًّا، ربما من عشر سنوات، قبل أن أترك العِنان للحيتي، وقبل أن يتخلل الأبيض السواد، عاري الصدر حافي القدمين أرتدي بنطلونًا من

الكتان، جالس على رصيف ميناء مهجور من السفن والبشر، أنظر إلى سماء ساحرة، سماء تسبح فيها قناديل وردية طويلة الأهداب! تنبض بنور يسري في أجسادها بتناغمٍ كل بضع ثوانٍ، مفتون لم أقوَ على الرمش حتى جذبني البريق، بريق أتى من قاع البحر، مسافة أمتار سمحت لي برؤيته، تمثال متقن لسيدة في رداء أزرق يكشف كتفين ناصعتين، ووشاح أبيض، تقف بثبات على قاع البحر بين الشعاب المرجانية، خصلات شعرها حمراء داكنة، مُموجة تصل لمنتصف الظهر، ضيقت حدقتَيَّ استيعابًا، كان ذلك حين تحرك رأسها بهدوء.. تجاهي! تجمدت لما أدركت الحياة فيها، انتفضت فوقفت، ودون تفكير حبست في صدري نفسًا قفزت به إلى البحر متجاهلًا القرش السابح بجانبها.. واصطدمت بالسطح! سقطت فتمالكت نفسي حتى اعتدلت ثم قمت مغمورًا بالدهشة، لامست المياه الثابتة كلوح من الزجاج، ثم سِرت عليها بحذر كما سار المسيح يومًا، حتى وصلت إلى سيدة البحر، جثوت على ركبتَيَّ لأتفحصها، ثم رفعت قبضتي وهويت على سطح المياه الشفاف، ببطء شديد لا أعرف له سببًا، ولما يئست وقفت فقفزت حتى تشرَّخ سطح البحر فسقطت في المياه، الغشاوة ضربت حدقتَيَّ، واخترقت البرودة عظامي، دفعت الماء بساقَيَّ ثم أفرغت رئتَيَّ كي يسهل السقوط إليها، لامست القاع فتوازنت، خطوت نحوها مقاومًا طحالب تعرقلني، انتظرت التيار أن يُرسل شعرها بعيدًا عن وجهها ففعل. كالمرمر بيضاء، عينان واسعتان ورموش كثيفة،

أنف دقيق، وشفتان مستديرتان في لون العنب القاني انفرجتا عن ابتسامة آسرة، انتابتني نشوة عجيبة ثم تنبَّهت أن صدري لا يطلب الهواء عن عمد! صِرت برمائيًّا في بضع ثوانٍ! وابتسمتْ صاحبة الرداء الأزرق، قبل أن تمد إليَّ رسغًا موشومًا بأصابع بيانو، تلف حوله كالسوار، مددت يدي لألمسها فالتقطتْ أذناي وقع نبضة هائلة، التفت ورائي فرأيت القناديل تسقط في الماء، تنهمر، والظلمة تضرب القاع مقتربة كأخطبوط عملاق قرر الفرار فبث حبره، تملكني الفزع فالتفت إلى السيدة التي لم تعد حيث تركتها، اختفت، تلاشت، كان ذلك آخر ما رأيت قبل أن تحيطني الظلمة.

نهاية الحلم

رجعت بالزمن لحظات للوراء حتى توقفت عند وجه السيدة، قرَّبته وتمعنت فيه... من أنتِ؟

أي شخص غيري سيدرج هذا الحلم ضِمن الأضغاث والهذيان، لكن الحدث يبدو فريدًا لمن توقف عقله عن إنتاجها، فمنذ ثلاث سنوات تشوشت أحلامي كإرسال ضعيف من مَحطة راديو قديمة، شذرات مُبهمة ألهث وراءها حين أستيقظ، لتتسرب من رأسي كالمياه من الأصابع قبل أن أعتدل في فراشي، لم أعبأ في البداية، عزوت ذلك لعطب أصابني مع بلوغ الأربعين، ضعف في نشاط الفص الجبهي المسئول عن تذكر الأحلام، وقلة نوم تصل إلى أربع ساعات يوميًّا، تناولت الأقراص ومارست النوم ساعة

إضافية، لكن الأحلام انعدمت تمامًا، صرت أنام كحجر ثقيل في بئر، حتى رأيت «العين الثالثة»؛ عدسة «AR»(*) ملأتْ أخبارها السمع والبصر، لم أستطع مقاومة العبارة المكتوبة في الإعلان: «سجِّل أحلامك واسترجعها وقتما تشاء، وشاركها مع الآخرين».

كان ذلك كافيًا لإثارة فضولي، خلعت النظارة القديمة التي أنتمي لجيلها، وارتديت عدسة «العين الثالثة»، اتخذت يومين حتى أستوعب مميزاتها، فهي كالنظارة القديمة في خصائصها لكنها تلاصقك أثناء النوم، أثناء الجنس، وحتى في السباحة، تنظر معك لأي شيء فتنتشر من حوله البيانات مُجسمة، تاريخ صنعه، كفاءته وكيفية عمله، تستطيع أن تتحكم في أرصدتك عن طريقها، تسجل أحداث يومك من وجهة نظرك بدقة عالية، توفر لك الاسترخاء عن طريق التنويم اللوني أو المشاهد الجنسية المحفزة، تصب فنون الموسيقى والأفلام في الحواس، تقرؤك بيولوجيًّا وتحلل كفاءة أعضائك بتقرير مفصل، بالإضافة لتسجيل أحلامك، مشاركتها مع الآخرين على الشبكة، عرضها للبيع أو محوها، تنفذ «العين الثالثة» أوامرك كجنيّ مصباح مُطلق الإمكانيات، هكذا حصلت على أول أحلامي، بعد شهور كنت أقرأ فيها كل صباح كلمة «لا أحلام»، تومض بإحباط في طرف عيني، لأتيقظ اليوم قبل الفجر

(*) AR: Augmented reality؛ تقنية قائمة على إظهار أجسام افتراضية وبيانات في عينَي المستخدم، جنبًا إلى جنب مع العالم الحقيقي؛ لتعزيز الواقع بمعلومات إضافية.

بدقائق ـ ميعاد أرَقي المعتاد ـ بنبضات قلب تهزني، عرق غزير، وكلمة «حلم واحد» تتوهج بانتظام في حدقتيَّ، قمت على أطراف أصابعي مُحاولًا ألا أوقظ «مريم»، فأجمل حالاتها وهي نائمة. خرجت من البيت إلى البحر، يتبعني الشغف، وكلبي المتيم بالسرطانات الصغيرة، أطفأت نباحه بأمر من العدسة، غرست في الرمال كرسيًّا ارتميت عليه، وأعدت مشاهدة الحلم مرات لم أحصها، حتى قاطعني نداء هامس في العدسة:

ـ نديم.. إنت فين؟

ـ ٢ ـ

جلْستها المفضلة كانت بجانب النافذة المُطلة على الشاطئ، تتكئ على وسادتها المخملية الكبيرة، رواية «السيدة دالواي» الورقية التي ورثتها عن جدتها فوق ساقيها، تحاول أن تنهيها للمرة السبعين، شعرها الأسود الفاحم يغطي رأسها الملقى إلى الوراء، تتابع في عدستها الأثيرة سِير المشاهير، أخبار الموضة، وعالم الأبراج الذي تؤمن به إيمان الراهبات في الصوامع. العدسة المعززة للواقع ومن قبلها النظارات أغنت مريم ـ كما ستغنيني قريبًا ـ عن الكلام، ظاهرة الـ«Muteness telepathy»، خرس التخاطر، العقل يلقي الكلمات إلى رأس من يريد، دون مجهود، دون مواجهة، دون ثرثرة، أصبحنا نسمع نبرات أصواتنا حين نخلع عدساتنا كل شهر للتنظيف والصيانة، أو إذا تحدثنا لاإراديًّا... ونحن نيام.

تأملت قسماتها الناعسة وبشرتها الشاحبة وصدرها الذي شف الأوردة الخضراء تحته، قبل أن أخمش عقلها بنداء، فتحت عينين ذاهلتين تحت جبين مقطَّب:

ـ مالِك؟

سعلتْ، وضعت كفها على صدرها وأغمضت عينيها من ألم الحشرجة، ثم تمالكت نفسها وخاطرتني بعد ثوانٍ:

- مادونا ماتت.

- مادونا مين؟ المطربة بتاعة زمان؟

- كنت متوقعة، القمر وزحل في زاوية ١٨٠ من بيت ميلادها.

قاومت انبعاج السخرية في شفتَيَّ:

- وده معناه إن مادونا تموت؟

- مقابلة الكواكب بتولد ضغط نفسي ممكن يؤدي للموت، والأسبوع ده فيه مشهور كان لازم ينطفي نوره.

قالتها وأرسلت إلى عدستي فيديو للمطربة الراحلة في آخر ظهور لها على المسرح منذ ثلاثين عامًا، بدت نحيلة كمصاصي الدماء.

- طلبت يستنسخونها؟

- لأ، قالت كفاية «مادونا» واحدة قدام الرب.

- ذكية، نسخة «ريانا»(*) التانية ٩٠٪ هتموت بجرعة زايدة زي نسختها الأولى.

لم تجبني مريم، تاهت، لحظات أطلقت عليها «استقبال الوحي»، تشرد في السقف وتتلقى فيضًا إلهيًّا، قبل أن ترفع خصلة

(*) مطربة باربادوسية وممثلة ومُصمّمة أزياء.

وراء أذنها وترجع إلى عالمنا بابتسامة باهتة، وفي محاولة منها أن تبدو طبيعية تغير الموضوع بأي سؤال:

ـ صحيت بدري!

ـ قلقت، خرجت أتمشى على البحر.

ـ حلم؟

تذكرت وجه سيدة البحر فهززت رأسي نافيًا ومططت شفتَيَّ:

ـ خيالات مش واضحة، مسحتها.

ـ أنا مسحت كابوس أول ما صحيت.

لم أشأ أن أسألها عن التفاصيل، فمريم شفافة، هوائي إذاعي فائق الالتقاط، تحلم بجارة لم نرها منذ سبع سنين تتشاجر وزوجها، لنلتقي بها مصادفة فنجدها تشكو وتفكر في الطلاق! أو تحلم بي، حلمًا يجعلها ترمقني طوال اليوم بعينين دامعتين أو تكز على أسنانها غضبًا، قرون استشعار لا تلتقط في العادة إلا موجات الحزن أو الاستغاثة، لذا تمسح أحلامها حتى تخرج من الحالة التي تسبغ مزاجها بالقلق والتوتر.

اقترب الروبوت فوضع أقراص مريم الصباحية وكوب الماء ثم التفت إليَّ:

ـ صباح الخير، تحب تفطر؟

ـ عاوز قهوة، هاتها لي على الأوضة بتاعتي.

مسح جسدي بمجساته ثم أردف:

١٤

ـ ضربات القلب مش منتظمة.

ـ نفِّذ.

أومأ الروبوت: ٤ دقايق.

نطقها وانسحب إلى المطبخ فالتقمت مريم أقراصها، تابعتها حتى فتحت فمها حتى تريني أنها ابتلعتها، ثم انزلقت في الأريكة، كان عليَّ التحدث معها عن المُذَنَّب حتى أتلافى فزعًا مبالغًا فيه سيصيبها جراء اقترابه:

ـ النهارده هيظهر المُذَنَّب، المراصد أكدت إنه هيعدي بهدوء.

رمقتني للحظات ثم رفعت يدها فخفتت الإضاءة، أمرت الهولوجرام بتجسيم المُشترِي بيني وبينها، دار الكوكب حول نفسه دورة كاملة قبل أن توقف مريم الحركة عند بقع داكنة كالحروق أدنى لقُطبه الجنوبي:

ـ شوميكار ـ ليفي ٩، مُذَنَّب انحرف عن مساره سنة ١٩٩٤ وانفجر في كوكب المُشترِي في واحد وعشرين خبطة، الواحدة كان لها تأثير خمسين قنبلة هيروشيما، لو وصل مش هنلحق نخاف، هنقابل الرب أخيرًا.

ـ أو نتفاجأ.

هزت رأسها وزمت شفتيها بابتسامة ثم أشارت بيدها فاختفى المُشترِي وتوهجت صورة لمادونا من أغنية «Frozen»، ما لبثت الراحلة أن تمشت حتى منتصف الغرفة وحامت الغربان في

السقف، بدأت مريم تحرك شفتيها مع الكلمات وتتخلل بيديها جسد المطربة الراحلة، وكان عليَّ أن أقوم.

ـ أنا رايح المُحاضرة.

مريم لم تجبني...

مريم لم تعد هنا...

لم تكن كذلك حين تزوجنا، وحتى أنجبنا ابنتنا «سُلاف»، كأن روح صاحبة الاسم حلَّت في جسدها من بعد ابن قد صُلب، فبخلاف حساسية رئتيها التي لازمتها منذ ولدت كان مزاج مريم هادئًا، تعشق الموسيقى، وتبتسم بخجلٍ إذا أُهديت وردة أو شاهدت فيلمًا، حتى سقطت يومًا من فوق سلم المنزل، فقدت الوعي فأرسلت شريحتها إشارة استغاثة، في المستشفى لم يُظهر المسح الشامل أي خلل في المخ أو الرئتين، لكننا ومنذ عدنا إلى البيت تملكها شرود عجيب، دخان ثقيل تسلل إلى كيانها، صَارت شبحًا يَهيم في أركان البيت، شبحًا يأبى الإفصاح، أهملتْ داء صدرها فعاودتها الأزمات رغم زرع رئة جديدة، ولما نصحها الطبيب بشغل وقت فراغها خاضت بشغف في علم التنجيم والأبراج، باتت لا تتحرك من البيت إلا بعد تقصي زوايا الكواكب ووضع القمر، زحل والمريخ والزهرة وأورانوس باتت أقاربنا، نصحني طبيبها بالمُعاملة الهادئة، وأسرَّ لي بأن انشغالها رحمة من رحمات الإله، فنسبة الدوبامين في عقلها لم تعد تتزن سوى بمتابعة العالم افتراضيًّا في العدسة أو الهيام بين النجوم، أما

الأقراص اليومية فتحافظ على مزاجها وتصرف عنها هواجس لا تخفيها الابتسامات الصفراء، فذلك بأي حال أفضل من أن تنضم إلى مصحة مدمني التواصل الاجتماعي، أو تنتحر.

وقعتِ يا مريم، فتوقفت عقارب ساعتكِ، وتوقفتُ بعدكِ بخطوات، مددت يدي إليكِ فنظرتِ في عينيَّ ولم تستجيبي، أراقبكِ بجسد تتبدل خلاياه بمعدل مائة وخمس وعشرين مليون خلية في الدقيقة، كل سبع سنوات أصير شخصًا آخر، تغيرت ثلاث مرات خلال عشرين سنة، وأنتِ، في مكانك، تهيمين في النجوم كمرصد قديم لم يعد يُستعمل، أثر هش باقٍ يأبى السقوط.. ويرفض الترميم.

– ٣ –

حين أطلقتْ شاشة طائرتي تنبيه الوصول راجعت في «العين
الثالثة» المادة العلمية التي سألقيها، ثم هبطت أمام الباب، مكان
المحاضرة كان مَسرحًا قديمًا شُيد على الطراز الروماني كحرف
الـ«U» اللاتيني، يتكون من ستة عشر صَفًّا من المدرجات
المرقمة، تتوسطه دائرة قطرها واحد وعشرون مترًا تصلح
للعروض الموسيقية ومصارعة العبيد إن وجدت، يشعر الحاضر
فيه كأنه قد عاد إلى سنة ٢٠٢٠، أعتز منذ تجديده بعد زلزال البحر
المتوسط الذي أغرق الدلتا والإسكندرية بإلقاء محاضراتي فيه،
أقف من بعيد، مُراقبًا الجمهور الذي ما زال يحمل للحضور
المكاني حنينًا وشغفًا رغم تسجيل مُحاضراتي بالأبعاد الثلاثية،
فالهمهمات والتفاعل الحيّ لهما مذاق خاص، يُخرج قاطني
ناطحات السحاب الذين لا يغادرونها بالسنين، ويتيح فرصة للقاء
من لحم ودم بدلًا من مقابلات الصور الهولوجرامية.

حين امتلأ المسرح دخلت، تلقيت التصفيق المعتاد فرفعت
يدي وابتسمت مُجاملًا، المُحبون في الصفوف الأولى تزين
وجوههم ابتسامات التفهّم، المعتدلون في الوسط يشحذون

عقولهم بالأسئلة، والمعارضون «مُسبقًا» يتناثرون في الأطراف، يرفعون ألقابي مضيئة فوق رءوسهم: نصّاب، مغرور، مُلحد، كافر، زنديق، داعٍ لإباحة الجنس، نصير المثليين، المسيخ الدجال فوق رءوس سبعة منهم، والمجنون فوق البقية الباقية، عن نفسي أفضل اللقب الأخير، فهو ما أشعر به حقيقة حين أعتلي خشبة المسرح.

العنوان كان يتحرك فوقي في وهج بنفسجي مُريح «المقابلة!» ومن تحته اسمي وتخصصي، عالِم بيولوجيا ودكتور في علم النفس التطوري. سلَّكت حنجرتي برشفة مياه ثم أعطيت الإشارة فبث الهولوجرام الصور من ورائي وانبعثت الموسيقى، أفضِّل مقطوعات شوبان، تصنع مع الإضاءة المنخفضة حالة من التركيز والترقب:

- من ميت سنة تقريبًا سيطر على العلماء هاجس الإشعاع الذري، أعجوبة العصر وقتها، استخدموه بشكل عشوائي مع النباتات على أمل الوصول لصدفة وراثية مفيدة يطلع منها أنواع جديدة، أو تحسِّن نوع موجود بالفعل، وقتها ما قدروش يوصلوا لنتايج تستمر أو يتبني عليها فرضيات جديدة، سنة ١٩٧٠ قدروا يحقنوا الـ«DNA» في النباتات والبكتريا والحيوانات، بهدف تبديل بعض الصفات البيولوجية وتحسين الكائن الحي، بعدها بأربع سنين نجحوا في خلق أول فأر مُعدل وراثيًّا للتجارب. شكرًا لكل

الحيوانات اللي ضحت بحياتها عشان خاطرنا، سنة ١٩٨٠ نجحنا في تخليق أول خلية بكتيرية تقدر تمتص البترول وتهضمه بهدف القضاء على التلوث الناتج عن تسريبه، سنة ١٩٩٤ صنَّعنا أول ثمرة عمرها على رفوف المحلات أطول بكتير، أضفنا إنزيمات بتمنع التعفن، محاولة ناجحة للتحنيط، ومن هنا بدأنا نعدل أكلنا كله، بغض النظر عن الأضرار اللي فهمناها على المدى البعيد، بعدها بسنين حاربنا العقم، خضنا أول تجربة في تصنيع جنين من تلات آباء، خلية ضعيفة من أم، سيتوبلازم قوي من أم تانية، وحيوان منوي من أب، وكانت دي أول خطوة في فهم فكرة الخلق، ومن النتيجة دي قدرنا نخلَّق مواشي عضلاتها مضاعفة، سلامون سريع النمو، وفراخ بصدور أكبر، لكن للأسف، التطور كان بطيء جدًّا بسبب تكلفة التجارب العلمية، لغاية ما ظهر الـ«CRISPR»...

توقفت لحظات ليستردوا أنفاسهم ويهضموا ما فات، فالوجبة الرئيسية لم تبدأ بعد:

- الـ«CRISPR» تقنية خفضت تكاليف التجارب بنسبة ٩٠٪، لأن اتضح إن البكتريا اللي نجت من هجوم فيروسي بتحتفظ بسجلات المعركة، بصمة الحمض النووي للفيروس، فقدرنا نبرمج بروتين الخلية في حالة اختراق الفيروس للجسم تاني، بحيث يهاجمه ويفكّكه، ودي كانت

بداية القضاء على الإيدز اللي فِضل سنين طويلة عفريت الشعوب. ومن هنا اتفتح الباب لتلات تحولات غيرت شكل الهندسة الوراثية: واحد، بدأنا نقضي على الأوبئة القديمة؛ إيبولا، إيدز وسرطانات. اتنين، بدأنا نصمم أولادنا حسب الطلب؛ شكلهم، لون عينيهم، ذكاءهم، وللأسف جنسهم، معايا فلوس أقدر أصنَّع طفل متفوق على جنسه، خالي من العيوب، سوبرمان، أما لو مفيش فلوس، أكتفي بأن ابني أو بنتي يكونوا من البسطاء، أجازف بأنهم يتولدوا بإعاقات محتملة، مستوى معيشة تحت السلم الاجتماعي، وفرص شغل معدومة، لأن الروبوت أسهل وأرخص وأأمن طبعًا، فيضطروا يقبلوا بالأعمال اللي فاضلة، أو ينضموا للجماعات الإرهابية، أو يعيشوا من المخدرات والدعارة، ده غير خلل نِسب الذكورة والأنوثة، البنات أصبحت عُملة نادرة في دول كتير، وطبعًا بيختاروا الرجالة بشكل يناسبهم، يعني انتخاب صناعي يؤدي لنتايج كارثية. تالت تحول، كان القضاء على الشيخوخة، متوسط عمر الإنسان كان سبعة وستين سنة في ٢٠١٤، أصبح النهارده ٩٥ سنة، لكن، هل طول عمر البشر مفيد؟ للأسف لأ، زيادة سن المعاش ضغطت على الشباب في فرص الشغل، وعلى المجتمع في الموارد، كمان الجنس في السن الكبير ضعيف، والطموح معدوم، وأصبح مطلوب من الشباب إنهم يخدموا المعمرين، يعني نص العالم القوي أصبح عايش عشان يرعى نص العالم

العجوز، أوروبا بقت دار مُسنين، واليابان بتنتهي سكانيًّا، ومن هنا لجأ أجدادنا لتغيير الأعضاء عشان يبقوا أكتر حيوية مع تقدم السن وما يحتاجوش مساعدة، هنا يقابلنا سؤال: كام جزء مني أقدر أغيره وأفضل نديم؟ من بعد نجاح نقل الرأس في ٢٠٢٣ واعتماد الأعضاء المخلَّقة من الخلايا الجذعية في المعامل ما بقاش فيه حدود: كبد بأنظمة دفاعية أعلى لمقاومة الأمراض، قلب سوبر باور، أعضاء جنسية بتصنع المعجزات، وجلد بنت في العشرين بدل التجاعيد، باختصار تقدر تتحول لحد غيرك بنسبة ٩٥٪، يعني أنت فعليًّا، أنت، لا تمثل أكتر من ٥٪ منك، حد سأل نفسه قبل كده إيه الجزء اللي فينا بيمثلنا؟ إيه اللي فيَّ أقدر أسميه نديم؟

ترقبت الوجوه التي عبث السؤال بملامحها ثم ابتسمت في تشفٍّ، قبل أن أستعد لإطلاق النار:

- مفاجأة، مفيش تعريف، إحنا تقريبًا قربنا من خلق إنسان كامل بنسبة ٩٥٪، ومع ذلك، لسه فيه موت! إيه ده؟ هو الملك... ليه مصمم يموتنا رغم اجتهادنا؟ هل تطورنا بيقلقه؟ خرجنا عن خط السير المكتوب؟ هو مكتوب أصلًا؟ ولَّا إحنا قربنا من كواليس الخلق اللي وهمتنا بيها الأديان؟ مَصانع الإله، المشروع السياحي الأساسي اللي بيروج له، جنة الخُلْد، مصدر قوته، الجزرة اللي بيشاور لنا بيها عشان نمشي على الخط، القيامة، الحساب، والحور

العين «للرجالة بس طبعًا»، أو النار الأبدية اللي هتفحّم جسمك، وجلدك اللي هيتغير عشان تتعذب تاني! فين كل ده؟ وليه يهتم بينا بغض النظر عن كل المخلوقات اللي بتنهش في بعض طول الوقت في سلسلة غذائية قمة في التوحش والدموية! اسألوا نفسكم مين اللي أقنع القط يعذب الفأر ويلعب بيه قبل أكله؟ أو الضبع اللي بياكل الضحية وهي صاحية! النهارده الإنسان، بالعلم اللي وصلنا له، اكتشف إن السواد اللي بين المجرات مادة مش فراغ، عملنا مصايد للنيازك العملاقة المليانة بالمعادن ونقلناها للأرض قبل ما تتحرق في الغلاف الجوي، قدرنا نعيد تصنيع الفضة والزنك اللي اختفوا، عملنا مستوطنات في المريخ مستعدة لاستقبال البشر، روضنا القوة النووية في كل استخداماتنا، استخرجنا بترول القطب الشمالي بعد دوبان الجليد، بنتحكم في المناخ بنسبة كبيرة، كافحنا الشيخوخة والأمراض، ومسألة وقت إن يوصل عمرنا لطول لانهائي، للخلود، إيه بعد كده؟ نوصل للإله شخصيًّا؟ المقابلة اللي بخل علينا بيها من يوم ما وعينا على الدنيا بدعوى إن جسمنا مش هيتحمل يقابله، ليه؟ هو مش قادر على كل شيء؟ كلام مايصدقوش إلا طفل انبهر بالألاعيب السحرية بتاعت أبوه، لغاية ما كبر وفهم إنها مجرد حِيَل رخيصة، وببساطة شديدة بييجي وقت يتعلمها ويتفوق عليه، زي ما الروبوت أصبحت سرعة

٢٣

ذكائه الصناعي سبعة وسبعين مليون مرة أسرع مننا كبشر، وفي أجسام منيعة تناسب الخلود، مش زي أجسامنا الفانية اللي مليانة عيوب تصنيع، الروبوت اتبرمج يحس، يحزن ويفرح، ويستوعب الحب لو طبطبنا عليه، وبياخد قرار في لحظة خطر، فاضل له إيه؟ شغف، إرادة حرة، وإحساس بالألم عشان يحمي نفسه من الهلاك، بمجرد ما الألم يكسي جلده الخارجي؟ هنصدر قانون حقوق الروبوت، زي ما فيه حقوق للإنسان والحيوان، ونبدأ نحط نظام لحياته في كتاب يخوِّفه من العواقب، ويحذره من الغلط، حساب، جنة، ونار تحرق هيكله، ونعيد تجميعه تاني عشان يتحرق تاني، وشوية شوية هنحسده على تفوقه وسرعته في العلم، وبعدين نحارب بقاءه، ونضطر نخلق له نهاية، تاريخ صلاحية، لأنه ما بيموتش، فنقتله، بأعاصير وبراكين وزلازل، هيقاوم، ويثور، ولما يدرك إننا مش آلهة، هينتصر علينا، ولما يتربع على عرش الأرض، ويبتدي يتباهى بقوته، ويتغر، هيفكر يخلق نوع جديد، يكون له عبد، عشان هو يترقَّى ويستحق لقب، **إله**...

أعشق لحظات الصمت التي تلي انتهاء كلماتي، التصفيق الفاتر والوجوه المصدومة، النفور والتخبط، واللعنات المتساوية بين المؤيدين والمعارضين، مازال البعض يُكن للإله معزَّة خاصة رغم اقتراب جحافل العلماء من بيته بذلك القدر، أكاد أرى سور حديقته الوارفة، بابها الحديدي الصدئ، وظِل يديه على النافذة، ينظر إلينا

وللمشاعل بين أيدينا بفزع، في انتظار لحظة حرق جدرانه، نسف معمله وإسقاط تمثاله العتيق، سيشتعل غضب العميان، سيحرقون الروبوتات التي أفسدت تفكيرنا، ويدمرون أجهزة التعليم السريعة التي فجرت المعارف فينا ثم قادتنا إلى الثورة على السماء، ولكن، شاءوا أم أبوا، ستبقى جثة الإله المصلوبة، عبرة للإله القادم.

حين أضيء المسرح طلبت من الحاضرين طرح بضعة أسئلة، متحججًا بضيق وقت مزعوم لتجنب الصدام مع متحجري الفكر، ليُضيء السؤال الأشهر بوهج أخضر من فوق الرءوس الغاضبة:

- إنت بتنفي وجود الإله، ولو تسمح لي إنت بتهينه كمان!

- أولًا أنا ما أقدرش أهين الإله، لأني مش معترف بوجوده أصلًا، ثانيًا، لو قلت لك إن فيه ديناصور واقف في القاعة دي، جنبي هنا، وإنت مش شايفه، مين اللي المفروض يقدم دليل على وجوده، أنا اللي ادّعيت وجوده؟ ولّا إنت؟ للأسف إنتم بتطالبوا دايمًا إن اللي بينفي وجود الإله ـ لأنه مش شايفه ـ هو نفسه اللي يقدم دليل على عدم وجوده! في حين إن الأدلة معدومة، ولو وُجدت، بتكون أدلة ما يقبلهاش العلم والعقل، لأن الإيمان ممارسة بنشربها من أجدادنا بدون تفكير، بدليل إن شكل الإله في خيالك أكيد ما بيخرجش عن رجل كبير بدقن بيضا، شبه أي شيخ حكيم في أي قرية، أنا باصنّف الإنسان إنه «كائن متدين»، غير قادر على رؤية إلهه، لكن قادر يخلقه لنفسه، ويعبده،

ويسجله بأسماء مختلفة في تولتميت ديانة، وَهْم جماعي، وإله بيدعى حرية اختيار المخلوق لمصيره، ورغم كده إذا حد اختار عدم الإيمان بيه، يستحق عقاب أبدي، لمجرد إنه ما صدقش الفكرة! الإجابة على سؤالك يا سيدي الفاضل، أنا مؤمن بالإنسان، مؤمن بداروين، مؤمن بالتطور البطيء، التطور اللي صنع مننا جنس سوبر، مفيش كينونة متفوقة صممت جيناتنا المميزة، مفيش آدم، مفيش حوّا، والدنيا ما اتخلقتش في ست أيام، إحنا تطورنا على مدار ملايين السنين، وما اتقابلناش والديناصورات في أي زمن، فيه أجناس كتير سبقتنا وجماجمها مالية المتاحف، أجناس خرجت من البحر، وبالتكيف تطورتْ إلى جنس الهومو؛ الفصيلة الإنسانية أو القردة العليا، هومو ـ هابيليس؛ الإنسان الماهر، هومو ـ إريكتوس؛ الإنسان المنتصب، إنسان النيندرتال البدائي، وأخيرًا الهومو ـ سابيان؛ الإنسان العاقل الأول؛ اللي هو إحنا، ولسة التطور مستمر؛ ضرس العقل والزايدة الدودية واللوز، وحلمات الذكور؛ الأعضاء القديمة اللي بطّلت سلالتنا استخدامها، تشهد على بقايا مراحل فاتت من التطور البطيء جدًّا، تطور صعب رصده في حياة الإنسان، حد يقدر يلاحظ ابنه وهو بيكبر؟ حد يقدر يشوف قارة إفريقيا وهي بتبعد عن أمريكا الجنوبية تلاتة سَنتي في السنة؟ هل نقدر نرصد اللحظة اللي بيتحول فيها الإنسان من مراهق لراشد؟ وهل فكرتوا ليه المصري القديم اخترع ختان

الذكور؟ ليه قرر يعدل في الخلق؟ لأنه شاف تطور رصده واخترع طريقة لتحسينه، ما بقيناش محتاجين غرلة الحماية، لأننا بقينا بنلبس هدوم، والتور مولود بدون غرلة، وقدرته الجنسية بيُضرب بيها المثل، يلّا نقلد تطوره الناجح... يا عزيزي، أنا مش ممكن أؤمن بشيء غير لو أخضعته للتجربة وشفته بعيني، ولو فيه إله بيمثل الخير فليه بنخاف منه؟ ولو حكيم ليه خايفين من المستقبل؟ ولو عارف كل حاجة ومقدرها مسبقًا ليه طلب ندعوه؟ ولو متواجد في كل مكان ليه بنبني له بيوت العبادة؟ إذا كان فيه إله خالق، فهو ما يشبهش الإله اللي حكت عنه الكتب السماوية، الكتب اللي شجعت في يوم من الأيام المتطرفين على ضرب قنبلة نووية تبيد الملايين... باسم الدين.

انتهيت فرشفت من مياهي والتقطت سؤالًا من بين الوجوه المعتدلة:

ـ هل الروبوت ممكن يمتلك المشاعر؟

ـ إيه الفرق بين فيروس حقيقي وفيروس إلكتروني؟ ولا حاجة، الاتنين ميتين، خلايا جسمنا مكونة من بروتين وأحماض أمينية غير حية، زي الفيروس، لكنها مع بعض قدرت وبمساعدة الطفرات، تحقق الحياة. كيميا؛ الحواس كيميا، الذكاء كيميا، الشخصية السيكوباتية كيميا، والحب كمان كيميا، إنت عشان تحب جسمك بيفرز ستة أنواع من

الكيميا: «الفيرمونات»، ودي مادة لجذب الحبيب زي اللي بتفرزها الزهور لجذب الحشرات، و«النورإبينفرين» اللي بيحفز «الأدرينالين» اللي بيخليك تنهج وتعرق لما تشوف الأنثى، و«الأمفيتامين والسيروتونين» ودول اللي بيدوك إحساس إنك طاير من السعادة لما بتقعد معاها، وبالمناسبة دول نفس المواد اللي في تركيبة الشوكولاتة، وطبعًا «الدوبامين» اللي بيأكد إدمانكم لبعض وبيفيض في جسمكم لحظات الجنس، و«الأوكسيتوسين» لتقوية العلاقة وربطكم بمصير واحد. كيميا بينتهي أثرها من تمنتاشر شهر إلى أربع سنين في أي علاقة، وفي حالات الانفصال بيعاني الحبّيبة من أعراض انسحاب تشبه انسحاب الكوكايين من الدم، كيميا برضه، شيء ميت بيوهمك إنك حي، ده كله ممكن برمجته في الروبوت، أو يمكن النوع الجديد اللي هيقوم على أنقاض نوعنا، ويورثنا، مش هيحتاج للمشاعر، هيشوفها نقطة ضعف في السلالة القديمة، ولازم يتخلص منها.

أنهيت إجابتي وبحثت عن سؤال من الصفوف البعيدة فَعَلا الوهج رأس رجل:

ـ إيه بعد الموت؟

السؤال المرعب، اقتربت من مدرجات المسرح لأجيب، مُراعيًا الذمة والصدق في حقن الحقيقة العارية تحت الجلد بماسورة صرف صدئة، كان ذلك حين لمحتها، برداء أزرق

وكتفين ناصعتين ووشاح أبيض تحت شعر أحمر مموج! تجلس بجانب صاحب السؤال، جف حلقي بغتة وتعرّق رأسي، إنها هي، سيدة البحر، سيدة الحلم، رفعت يدي لأحجب الإضاءة المسلطة على وجهي، وسألت «العين الثالثة» عنها فقرأتْ ملامح وجهها دون أن تُظهر بيانات حولها، فقط صورة تشبهها، تجلس في وضعية اليوجا بحديقة ما، طال صمتي حتى ظنَّ الناس أني عاجز عن الإجابة وسَرَت الهمهمات، تمالكت نفسي وأجبت دون أن تغيب عن نظري:

- إيه بعد الموت؟ ممم، فين الكائنات اللي ماتت من ملايين السنين؟ فين تفاحة نيوتن؟ الإجابة، ولا حاجة، الموت هو نهاية الرحلة، الطاقة اللي جوانا زي كل أنواع الطاقة، لا تُستحدث من عدم، ولا تفنى، بنسميها الروح أو النفس، أيًّا كانت التسمية في الآخر لما الجسم بِنْيته الفيسيولوجية بتضعف وتنهار، الطاقة دي بتغادره، تتشتت في الطبيعة بين الأرض والحيوان والنبات؛ إعادة التدوير.

علا الوهج الأخضر نفس الرجل:

- وبعدين؟

اقتربت من حافة المسرح لأتبينها، كانت تنظر نحوي في ثبات، وابتسامة مترددة تلوح بين شفتيها. أجبت عن السؤال:

- للأسف، ماحدش رجع عشان يحكي لنا، في النهاية إحنا كائنات عضوية، الأجهزة ما رصدتش كيان روحاني جوانا،

الفرق اللي بينا وبين الشامبانزي في الجينات لا يتعدى نسبة ٢٪، الشامبانزي أقرب لينا جينيًّا من قربه للغوريلا، إحنا نوع من أنواع الكائنات، نوع محظوظ إنه تطور وسط ٩٩٪ من كائنات ما قدرتش تتحمل الحياة وانقرضت، بس للأسف، الأنا العليا بتاعت الإنسان صوّرت له إن خلقه عجيب، مُميز عن باقي الكائنات بطفرة التفكير والابتكار، وأكيد شايف نفسه متصل بقوة أعلى مهتمة بيه دونًا عن سائر المخلوقات، وبغض النظر عن حجم الكون اللانهائي فهو المخلوق الوحيد اللي عليه العين، هو المختار، زي الدودة الشريطية ما شايفة أكيد إن الإله خلق الإنسان عشان يُشبع شهيتها، وده اللي خلّى الإنسان يستبعد - بغرور شديد - إن حياته تنتهي ببساطة، وبدون تتويج، لدرجة إنه خلق قصص خرافية ومعجزات تؤيد وجود إله حامي، ونسي إن مفيش دليل مادي واحد على وجود حياة بعد الموت، أو مهندس ورا الكون ده، باختصار، خوف الإنسان من الموت هو اللي خلق فكرة الإله، إله يوفر له فرصة تانية لحياة جديدة بعد الدفن، جنة يكمِّل فيها الحياة الأرضية القصيرة، أمل يعيش بيه، أفضل ما يواجه حقيقة إننا مجرد كائنات ما نفرقش كتير عن أصدقائنا من الثدييات، وإن موتنا هو نهاية اللعبة، لكن هل المفروض نخاف من الموت؟ لأ، لأننا لو عايشين فالموت مش موجود، ولو الموت اتوجد، يبقى احنا مش موجودين، يعني مش هنتقابل، ده ما يمنعش إن فكرة وجود كيان مسئول عن حسابنا ومشاكلنا بتوفر مجهود كبير على

خلايا المخ خاصة بالنسبة للأطفال والبسطاء من الناس... وأُنهي كلامي بمقولة للراحل «كارل ساغان» عالم الفيزياء المشهور اللي قال إن العلماء بشكل شبه يومي بيعترفوا إن نظرياتهم اللي تعبوا في تجاربها كانت خطأ، طالما شافوا بعينيهم دليل جديد أو سمعوا حجة أقوى من حجتهم، العالم يتطور، والمفاهيم كل يوم تتجدد رغم إن التغيير مؤلم، والغريب إننا ما بنسمعش عن سياسي أو رجل دين غيّر رأيه أو اعترف إنه غلطان.

قلتها ورفعت يدي مشيرًا بانتهاء المُحاضرة، فمن السخيف أن أبدأ في رصد تململ الحاضرين من أوجاع مؤخراتهم على الكراسي، لذا أُفضل مغادرة المسرح مبكرًا ودون إنذار، بخلاف أني لا أطيق صبرًا أن أرى حمراء الشعر عن قرب.

صعدت سلمًا أوصلني إلى ممر طويل في نهايته مَخرج جانبي للشارع، المطر لأول مرة منذ سنين ينهمر فوق الرءوس، كلٌّ في انتظار طائرته، فتحت مظلتي وصارعت بعينَيَّ الزحام حتى وجدتها، ذات عينين مُحاصَرتين بكحْل ثقيل، وشفتين تغرب بينهما شمس، ممشوقة كالمهر تميل إلى النحافة المحببة دون كيعان بارزة ودبابيس في الكتفين، غجرية الذوق، أنفها مثقوب بحلية فضية، وصدرها مُرصع بسلاسل طويلة لم تخفِ ترقوتين قاتلتين، وبجانبها تحت المظلة، وقف صاحب السؤال الأخير، بلا معلومات تدور حوله في العدسة! تحدثا ثم ابتسمتْ، مثل ابتسامتها في حلمي، من أنتِ؟ سألتها وما كان

منها إلا أن التفتت كأنها سمعتني! التقت أعيننا للحظة فتوقف الزمن، وقطرات المطر، وتوقف عقلي، وبقي النبض يطن في أذني، نبض غير نبضي، ربما نبضها، رمقتني لثوانٍ لم ترمش فيها، ثم أشاحت بنظرها عني لما صممت على اختراقها، اتخذ الأمر لحظات حتى أستوعب خروجها العجيب من حلمي، وأستوعب الشبق الذي لفحني، كان ذلك حين التفت الرجل الواقف بجانبها، ثم اتجها نحوي، الفضول ثبّت قدمَيَّ في الأرض، طلبت من عدستي تحديد مكان الطائرة فأعطتني أجل انتظار خمس دقائق، رفعت ياقة سترتي وأشحت بنظري نحو السماء، حتى اقتربا.

- باحييك على المُحاضرة، هايلة.

التفتُّ متصنعًا المفاجأة، الرجل وسيم، في منتصف العقد الخامس، يرتدي سترة أنيقة، عيناه خضراوان رائقتان، شعره مسترسِل فوق جبين واسع وصدغ عريض نبتت فيه لحية قصيرة، ابتسمت مُجامِلًا:

- أشكرك جدًّا.

صافحني بقبضة قوية:

- طارق هارون، متابع لنظرياتك من فترة، أنا صاحب السؤال الأخير عن الموت.

- فرصة سعيدة.

ثم أشار لسيدة الحلم: تاليا.

أسبغتُ وجهي بابتسامة ومددت يدي بسلام لم يكتمل في الحلم، مدت يدها فلاحظتُ وشم أصابع البيانو يحيط الرسغ! قاومت اندهاشي بابتسامة فأردف طارق:

- تسمح لنا نقف معاك، لغاية ما طيارتك توصل؟

- الشرف ليَّ.

قاومتُ أن أطيل النظر إلى وجهها، أو أتفقد دبلة زواج بين الخواتم المكدسة في يُسراها، قال طارق:

- تحليلك مثير، البشر نوع من الأنواع وهينتهي بسيادة نوع جديد، والإله مُجرد فكرة، ابتكرناها عشان نتوج نفسنا فوق باقي الخلق ونطمّن نفسنا إن النهاية مش نهاية.

- إحنا ما نفرقش كتير عن الكائنات اللي حوالينا، يمكن أكتر حاجة بتميزنا، إننا الكائنات الوحيدة اللي بتكدب.

ضحك: «بتميزنا»!

- طبعًا، الكدب أعظم حاجة تستحق نفخر بيها، أكيد مش هتحب تقول لمريض إنه هيموت، أو لمراتك إنك شايف ست تانية أجمل.

ابتسمَت الحمراء ولم تُعقب، ألم يئنِ الأوان أن تتكلمي؟ قولي أي شيء، أسمعيني صوتكِ.

أردف طارق:

- حقيقي، بس إحنا كمان مميزين بالأحلام.

عمَّ يتحدث؟ عن ظهور رفيقته في حلمي ليلة أمس! شردت للحظة قبل أن أجيبه:

ـ كل الكائنات بتحلم، بتشوف أحداث يومها.

ـ لكن، مش بتتنبأ بمستقبل.

ـ التنبؤ، نفحات الإله لبني آدم! لكن للأسف أنا مش معترف بآدم، ولا بفكرة التصميم الذكي المفاجئ للبشر.

أردف طارق: حاسس إنك هربت من الإجابة.

ـ إطلاقًا، ببساطة، الإنسان في الأحلام عنده قدرة اتصال مُمكن عن طريقها يشوف الحاضر اللي حصل في نفس اللحظة في مكان تاني من الكرة الأرضية، موجات، ولما الحدث يتحقق بعد وقت، يتحول لنبوءة من المستقبل، وكرم منسوب للإله، الأحلام بتثبت إن الماضي والحاضر والمستقبل مَوجودين في نفس اللحظة، وبالتالي بتنفي الزمن.

ـ يعني لو حلمت إنك هتقابلني في المحاضرة النهارده، فده لأني قررت من يومين إني أحضر؟

تزاحمَت الكلمات في حلقي، قاومت أن أسترسل:

ـ مسألة وقت قبل ما نفهم إن الأحلام مش هدية من رجل كبير بدقن بيضا بيراقبنا.

ـ أو يمكن رسالة من جانب آخر إحنا ما نعرفوش.

تأملْت وجه طارق للحظات مُحاولًا استيعاب كلماته، كان ذلك حين اقتربتْ طائرة فخمة:

ـ للأسف طيارتنا وصلت، سعيد جدًّا بمعرفتك.

صافحني ثم أرسل إلى عدستي بطاقة إلكترونية تومض بكلمة «الملاذ»، تحتها كُتب «اترك جسدك بالخارج» وعنوان في حي الزمالك بالعاصمة القديمة:

ـ يا ريت في يوم تشرفنا.

ابتسمْت مُجاملًا، فهزت حمراء الشعر رأسها واتجهت إلى الطائرة، سمانة ساقها اليسرى موشومة بـ«ماندالا» الأحلام، ومؤخرتها على الشكل المفضل لديَّ؛ قلب «مثالي» مقلوب. رفعت رأسي بالكاد لأحييها بإيماءة قبل أن يرتفعا إلى السماء ويختفيا.

- ٤ -

بوادر ظهور المُذَنَّب كانت تملأ السمع والأبصار، تسابق الناس في ناطحات السحاب والأعالي المعمورة متابعة لحُمى اقترابه، سيُحلق من الغرب إلى الشرق في وميض عجيب دائمًا ما ظنه القدماء نهاية العالم، تلك الدعوى التي ما زالت تجد الصدى داخل الصدور، يوم تعيش الأجيال وتموت في انتظاره، برعب ودعوات برحمات الإله، يتبعون نبوءات الأنبياء والسَّحَرة التي تؤكد - في كل عصر - أن النهاية وشيكة، ساعة الحسم التي سنحيا بعدها حياة خالدة ملؤها النساء وقناطير الذهب وأنهار العسل، أو نُسلخ في شوّاية أبدية شحومنا وقودها، تُديرها ملائكة العذاب في سرمدية.

لِمَ يكلف ملائكته العناية بنا وهو الذي يقول «للشيء» كن فيكون؟

لِمَ خلق الملائكة من الأساس؟

ولِمَ خلق الشياطين وسخرهم؟!

«سخرهم» تعني التعاون معهم!

ولِمَ ترى أعين الديوك الملائكة فتصيح في الفجر، وترى الحمير الشياطين فتنهق!!

لأن الحمير ترى الموجة تحت الحمراء؟ والطيور ترى الموجة فوق البنفسجية؟

ونحن أيضًا ☺...

أصبحنا نرى الأشعة غير المرئية، منذ قرنين، ولم ندرك شياطين أو ملائكة.

ثم ما فائدة الرؤية الخاصة للحيوانات إن كانت غير مُكلَّفة أو عاقلة؟

وهل الإله في حاجة لمُساعدة الملائكة في إدارة هذا الكون؟

أليس مُطلقَ القدرة؟ مُطلقَ العلم؟

ولِمَ خلق ذلك الكون الواسع ثم اختص ذلك الكوكب الصغير فقط بالحياة؟!

ما الداعي لتلك المسرحية الأسطورية باهظة التكاليف؟

سينقرض جنسنا من الوجود دون أن نبلغ نهاية الكون، فقط ليفرز مُعجبيه من معارضيه؟

أليس ذلك بذخًا؟

أما كان الإله قادرًا على الفرز والانتقاء قبل الخلق؟

أما كان قادرًا على حفظ الدين الذي يريد؟

أم أنه يخوض التجربة معنا؟

يخوض تجربة هو أعلم بنتيجتها مسبقًا!

لماذا إذن يطلب منا الدعاء؟

إذا كانت الدعوات تفي بالغرض فلِمَ لم يشفِ مرضى الطاعون أو يعيد إنماء أحد الأطراف المبتورة لضحايا الحروب؟

لماذا هذا القدْر من المعاناة رغم أنه يستطيع منعها بسهولة؟

ربما لأن الإله... لا دين له؟

لون الأسئلة التي لا إجابة لها أصفر مائل للاخضرار؛ لون المياه الآسنة، لون العفن المفروش على الألسنة، تتزاحم في عقلي فيمتلئ صدري بالعدم، سائل أسود لزج يسيل من أذني ومن بين أسناني، يطفح، فأرسل لشاشة طائرتي إحداثيات الهروب إلى إدماني الأثير؛ إلى الحي الغربي.

في تلك الليلة كان الحي صَاخبًا، مُضاءً بألوان بنفسجية وقرمزية بعثت في نفسي نشوة، وسط دعوة «المتدينين» بتكثيف التضرع والصلاة، ونداءات «الطبيعيين» بممارسة الجنس أثناء مرور المُذَنَّب ليُلقي إشعاعاته في الأرحام، طغت الحمى على الجميع، سافر الأغنياء إلى الفضاء قبل أيام لرؤية المُذَنَّب عن قرب والتقاط الصور التذكارية بجانبه، واكتفى السواد الأعظم بمتابعة تسابق الشركات بتريليارات البيتكوين(*) لرعاية الحدث وبث الإعلانات أثناء متابعة المركبة الهندية التي ستصاحب المُذَنَّب خلال رحلته الطويلة وحتى عودته.

(*) «Bitcoin»: البيتكوين عملة إلكترونية ليس لها وجود فيزيائي، تم تداولها على الإنترنت منذ عام ٢٠٠٩، مما غير من شكل الاقتصاد العالمي بنهاية سنة ٢٠٢٧.

خُضت الشوارع مشيًا حتى نسيني الوقت، متعة السير لا تضاهيها متعة، الموسيقى الهادرة وصراخ النشوة يتخللان الأذن والعقل، والوهج الملون فوق الرءوس تقرؤه العدسات، يُعلن به كلٌّ عن مواقفهم كما أعلن الآباء قديمًا عن أحاسيسهم في سطر مكتوب على مواقع التواصل الاجتماعية البائدة، رجل يكتب «أنا المسيح، نزلت من السماء على شرف المُذَنَّب»، وآخر يَبث حلمًا في هولوجرام؛ يُضاجع صديقه على الملأ، فتاة تبيع بويضاتها لمن تريد الإنجاب، وأخرى تعلن عن موعد انتحارها مع ظهور المُذَنَّب بسبب عشق لم يكتمل!

ثم حانت لحظة الظهور، أظلمت الهولوجرامات فجأة وبدأ العد التنازلي، سبعة، ستة، خمسة، أربعة، ثلاثة، اثنين، واحد، وسطع المُذَنَّب، وهج يتحرك ببطء شديد، يجر وراءه ذيلًا من الغبار، والثلج الجاف، يتفتت فينفث سحرًا يجفف الحلوق، توقفت الموسيقى، الرءوس فوق الرقاب مشدوهة مشدودة مشنوقة بحبال خفية، ذاهلة، تحاول استيعاب أن ذلك المُذَنَّب حين زار الأرض في مرة سابقة، كان يطَّلع على وجوه أجداد فنوا في التراب، فالإنسان يراه مرة واحدة في حياته، زيارة لها رنين وقداسة، صلاة خاشعة لإله عتيق يتجلى، لحظات لم يقطعها سوى دويّ طلق ناري من مسدس عتيق، اخترق جمجمة الفتاة التي أعلنت عن انتحارها منذ قليل، سقطت صريعة بين الجموع، تاركة عدستها لتسجل آخر لحظاتها، ليراها الحبيب الذي خان وهجر، اتخذ الأمر لحظات ليفيق الناس، ابتعدوا عنها في دائرة،

قبل أن تنهال الصور من العدسات، ليشهد العالم رجفة أصابعها وموتها قبل أن تجف دماؤها، ثم علت الموسيقى الهادرة من جديد، واستعر الجنون، ثم بدأت ممارسات الجنس علنًا.

لِمَ حرّم الإله الانتحار؟

يشتد بنا الألم وتضيق الحياة، نرغب في الرحيل مع اقتراب مُذَنَّب أو مرض فتاك، أو فراق عشيق، أو حتى دون سبب، لنتلقى العذاب مُضاعفًا! معذرة... أنا لم أطلب الالتحاق بدنيتك، أرفض الاختبار، أرفض الاختيار، سأترك ورقتي فارغة، وسأضرب أحد الملائكة لأحصل على كارت أحمر، اشطب اسمي من سجل المُمتحنين، لا أرغب في شهادة من مدرستك.

حين بلغت الشارع الوردي خفّت أصداء المرح، باتت صيحات الاحتفال هَسيسًا، وانبعثت الهمسات من الأركان، الهولوجرامات تعرض الأفلام الجنسية المجسمة، والدرونات النانومترية(*) المملوكة لأصحاب الشارع تحوم كالذباب فوق الرءوس مراقبة وبثًّا للإعلانات أمام الأعين، بدا الحي وكأن الزمن توقف عنده منذ عشرين عامًا، تجار التبغ الخام يبيعونه بالجرام(**)، بائعو المياه الصالحة للشرب يروجونها في الخفاء، سماسرة تحديث الأجساد يهمسون في أذني «Upgrade»، يعرضون

(*) «Nanometric Drones»: الدرونات النانومترية، طائرة صغيرة بدأ استخدامها في المراقبة والرصد رسميًّا منذ عام ٢٠٢٣.

(**) انتهى إنتاج السجائر رسميًّا عام ٢٠٤٧.

الأعضاء الصناعية المستعملة والعدسات المسروقة بذكريات أصحابها، وآخرون يُروجون الدُّمى الجنسية الحية بجميع أشكالها والأجهزة التناسلية المزودة بالروائح والسوائل، والبعض يرفع إصبعيه الخنصر والإبهام، مشيرين لأعلى وأسفل، دليل امتلاكهم ملفات من موسيقى الـ«Resurrection»، وتعني القيامة، تجنبت سماعها لمعرفتي بخط سيرها «الفادح» في ثنايا عقل مَن يجرؤ؛ لذا أكتفي بالتبغ عادة، ليس هناك أفضل من سيجارة ملفوفة آمنة أوقفت الشركات الغبية إنتاجها، تأملت فاترينات العرض دون أن أتوقف كي لا يحاصرني السماسرة، ثم وصلت إلى «بيت الحور»؛ مبنى عتيق من دور واحد، مغطى كاملًا بأوراق الشجر، يستوي فوق ثلاثة أدوار تحت الأرض، قرأتِ الشاشة بصمة عينيَّ، أضاء النور الأخضر تأكيدًا على خُلوّي من الأمراض، قبل أن ينفتح باب المصعد، ركبت، فهبط بي إلى أسفل.

كم أحتقر مَن أقر بأن الشقراوات هن النساء، أو صرَّح أن الخمريات هن نصف الجميلات، النساء «تركيبة»، هاتان الشفتان تحت هاتين العينين، هذا الخد وتلك الخُصلة المنسدلة فوقه، انحناءات القوام ودرجة اللون التي تكسيه، عارية أو نصف عارية، تركيبة، الخلطة التي تجعل من الأبنوسية ملكة جمال، ومن الشقراء خنزيرًا بريًّا، ومع ذلك فدائمًا ما يصيبني التردد أمام الهولوجرام، تنوع الإناث لا يجعل القرار سهلًا، قلّبت الفتيات بأصابعي لدقائق طالت، قبل أن أردد في نفسي ما أقوله في المطاعم عادة «ليست تلك وجبتك الأخيرة حتى تنتقيها بذلك الهم»، ليقع اختياري

اليوم على هندية، وفي المرات القادمة سأجرب حسناء برازيلية أو يابانية حوراء، اخترت البنفسجي للون الغرفة، والفانيليا للرائحة، وموسيقى السيتار لأذنيّ، ثم نوع الجنس الذي أرغب في ممارسته، وبالطبع ملأت القائمة بأقرب الأوضاع إلى لياقتي مع بعض الطموح، قبل أن أنتقي قائمة الطلبات الخاصة، يأتي الرقص في مقدمتها، ثم يتولى الخيال الدفة ليحقق أظلم الرغبات، أرسلت من سِواري البيتكوين المطلوبة، فنطق الهولوجرام «رقم سبعة» فتوجهت للغرفة.

أغلقت الباب ورائي وكانت على السرير مرخية، ليس لمُذَنَّب يمر بالسماء أو زلزال يهز الأرض أن يقلق راحتها أو يحرك فيها شعرة، رأتني فابتسمتْ بملامح شلّت تفكيري كما تشل الحية ضحيتها، اقتربتْ مني بخطوات ملؤها الغنج، ولما باتت على بُعد سنتيمترات التقمت شفتَيَّ، بثت في جوفي فرموناتها المكثفة قبل أن تدفعني برفق لأغطس في كنبة، تساءلت يومًا لِمَ ضمرت حاسة الشم لدى الإنسان دونًا عن باقي الحواس؟ ثم استنتجت السبب؛ فالرائحة أقرب الحواس إلى الجنس، الغزال يطلق المسك من سُرّته في موسم التزاوج إعلانًا عن الرغبة، يقترب الذكر، يشم الإناث حتى يعثر على الرائحة التي تحركه، ليقرر التزاوج، أما الإنسان فالجنس لديه ابتعد عن الطبيعة، خضع للتقاليد الاجتماعية، فهو بخلاف الطعام والشراب والتنفس، يستطيع الانتظار؛ لذا جعله القدماء مَحظورًا مُحرمًا، تابو، لا نستطيع ممارسته حين نرغب، لا نتكلم عنه إلا سرًّا، فعلًا مشينًا، نجسًا؛ لذا

كان علينا إهمال أنوفنا، الترفع عنها والشعور بالعار منها، أو غلقها نهائيا لو استطعنا، متناسين تمامًا أننا نهرس بأقدامنا عضو الإثارة الجنسية الأول...

إنه التطور، إلى الخلف.

حقائق مؤلمة ليس من المناسب تذكرها في حضور إلهة هندية.

تحت دائرة النور، وعلى نغمات السيتار، تلوّت وتمايلتْ، تحركتْ أطرافها وخصرها في موجات تدير العقل، أوضاع رسمتها كتب الكاماسوترا قديمًا، قبل أن تشدو بصوت بث التنميل في أعصابي، كانت تعرف جيدًا ما تفعل، ما إن ناديتها حتى زحفت فوقي، انهالت عليَّ مسحًا وتقبيلًا، غرقتُ فيها، ثملت، أوصلتني إلى حدود الجنة قبل أن تهمس في أذني بأن علينا التوقف، فضربات قلبي غير منتظمة، تجاهلتها فاعتدلت، تلت عليَّ تعليمات الأمان الخاصة بعاهرات الروبوت فارتميت على ظهري مستسلمًا، دلّكتْ صدري ونصحتني باستبدال قلبي بآخر جديد، ثم اقترحتْ منتجًا لشركة، دفعت تكلفة ذلك الإعلان، بعد دقائق ابتسمتْ ثم انكفأت عليَّ، استوقفتها، نظرتُ في وجهها ثم طلبت تغيير لون جلدها للون المرمر ففعلتْ، ثم بدلت شعرها الأسود بالأحمر، وغيرت من هيئة شفتيها لاستدارة عنقود عنب ووسعت عينيها قليلًا، نظرت إليها للحظات مُستعيدًا تلك التاليا، ثم التقمتها، بروح أخرى وشغف غريب، حتى أصدرتْ مفصلاتها صريرًا فتلوّت

٤٣

فوقي بحِرفية حتى انتهيت وخمدت، لدقائق لم أحصها، أنظر إليها في عجب غير مصدق الشبه بينها وبين تاليا، بث في أذني نغمات زغزغت ثنايا عقلي، ومَسحت جسدي بالزيت ثم دلكتْ منتصف ظهري فهويت في بحر كاريبي، سقوطًا لانهائيًّا نحو مياه زرقاء فيروزية، ما إن لمستُ سَطحها حتى غفوت، لأستيقظ فوق كرسي مريح، مُرتديًا ملابسي التي تم غسلها، وفي عدستي يدور فيديو مجسم لأفضل لحظاتي مع فتاة الروبوت الهندية، لحظات منتقاة تُظهرني «إسكندر أكبر» في أعتى فتوحاته فوق جزيرة بيضاء سعف نخيلها أحمر، تومض تحتها الاختيارات: تجميد حيواناتي المنوية نظير رسوم سنوية، تخفيض ١٠٪ على زيارة منزلية لنفس الفتاة، أو الحصول على تسجيل مجسم للقاء. أوقفت الصورة وتأملت ملامحي، لدقيقة كاملة، قبل أن أختار المحو.

ـ ٥ ـ

ألقيت جسدي على كنبة الطائرة وطلبت عودة للمنزل، هامدًا خامدًا، تضربني رعشات النشوة، وأحاسيس أخرى في لون الطحالب اللزجة أهرب من التركيز فيها، أتابع في الشاشة مُذَنَّبًا يقترب من الأرض بسرعة خيالية نراها شديدة البطء، كخطواتي في أول زيارة قمت بها إلى الحي الغربي، وأول معرفتي ببيت الحور، وقتها كان قد مر على زواجي من مريم اثنتا عشرة سنة، تربع الملل فوق الأكتاف وترهلت أطرافه، وله كل الحق، فهو أهم اختراع لفصيلتنا والمحرك الأساسي للتطور والتغيير، هل رأيت خرتيتًا يشعر بملل من قبل؟ وهل رأيت في المقابل بجعة تمارس «القَمْص»(*) أو ليّ البوز؟ بالطبع لا، فقط الإنسان هو من يعاني تلك الأعراض، فراغ الهواء من الصدر حتى يتقلص وينقبض، شد الأعصاب من الأطراف رويدًا رويدًا حتى تنقطع، لتفقد ما يُسعر نارك، ما يحفز تحدّيك لذاتك، لتصبح حتى رؤية المُذَنَّب.. روتينًا يوميًّا...

(*) القَمْص: رد فعل ينتج عن الأنثى البشرية بنسبة ٧٧٪، متفوقة على الذكر، أسبابه «أحيانًا» تكون مفهومة، وأحيانًا غير معلنة، ومن علاماته ليّ البوز والنظر تجاه الحائط، هز الساق بعصبية مع الشهيق والزفير المسموعَيْن، والاستعاذة من الشيطان الرجيم بصوت هامس!

فالزواج؛ كاختراع، غير مُصمم ليستمر أربعين عامًا، ومن الخيانة أن ترتبط بامرأة قبل أن تكتشف نفسك أولًا...

لم أكره مريم يومًا أو أرغب في استبدالها. هي الكونتيسا، مَلكتي المتوّجة، القديسة، هي عذراء الكنيسة المرفوعة فوق الرءوس، أدركت ذلك مع الوقت كطفل يستكشف قدرات إلهه، حتى صدقت بها وآمنت، ومارست الشعائر، بِتُّ أرهب فكرة الاقتراب منها أو لمسها، أقشعر من تخيلها عارية، وأنفر إذا مارستْ عليَّ غنج الإناث أو اشتممت في أنفاسها الجوع الذي أراه في الأخريات، سور شفاف ضُرب بيني وبينها، ليعلو حتى السحاب من بعد إنجاب ابنتنا، تُوِّجت على عرش، باتت معاشرتها تدنيسًا، لها، وللهالة المقدسة التي تشع من حولها، شعور جارف لم أستطع إيقافه أو كبحه، سبعين ألف سنة جنسية باتت تفصلنا، حتى لاحظت هي، فالتغير والنفور لهما رائحة نفاذة، في البداية أومأت لي بصمت، ثم نوَّهت بكلمات متوارية خلف كلمات، تهربت منها بكل الحجج حتى ضرب الشرخ كرامتها، ولم أسمع صوت التكسير، فالأزيز بداخلي كان عاليًا، طغى على بقية الأصوات، أزيز نحلة مُستفزَّة مجنونة محبوسة في رأسي، تهفو للخروج من أذني، أو تثقب جبهتي، لامتصاص رحيق الغزلان، أو لسعهن، في البداية كنت أتعجب من نفسي، لِمَ تتكالب الخيالات وتتزاحم حين تظهر بسوق النخاسة غزالة تروقني؟ تضغط على مفاتيحي بأصابع قدميها، أو تلمس شغفي، تثيرني فيخلع خيالي ملابسها قطعة قطعة، أراها عارية، أتخلل

الجِلد لأتابع القلب النابض وتدفق الدماء في شرايينها، قبل أن أدخل فيها، عبر عينيها، أو تنورتها بعد فتح حوضها إجباريًّا، أرتديها كقفاز، أتحرك بها وأرقص في المرآة، أتنفس برئتيها، ألامس جِلدها بأصابعها، أخربشها وأكسب، أمسح لفحات سخونتها، بكفيها، ثم أُلقي بكلماتي في أذنها، بعد أن ألعق طبلتها تطهيرًا، هراء ذكوري مليء بالفكاهة والانتصارات المزيفة على التنانين والجبال والأشخاص، وقد أذكر بعض القصص المثيرة التي تُحفز هرموناتها، أو أضعها في اختبار شخصية وأتركها تزهو بنفسها حتى تتساقط أسنانها فأجدلها في سلسلة حول رقبتي، ثم أقنعها أنها فريدة من نوعها دون النساء، لها أربعة أثداء وثلاثة أرداف، وعقل عالِم فيزياء، حتى تقف حلماتها؛ احترامًا، فالأنثى تبجل الصياد الماهر حتى وإن وضع رأسها المحنط على الحائط، وتعشق النصب على أن يكون باسم العشق، في تلك المرحلة تكون قد قُليتْ في زيتي واحمر جلدها، هنا أتلو خواطري بعد أن أسمعها في رأسي صاخبة صارخة، أبثها كموجات الراديو بين الكلمات وتحت الأنفاس، نـداءً، بل أمـرًا: اركعي أيتها الأنثى، يا من بالغ التطور في نحتكِ وتركيبكِ وخرط منحنياتك، أنتِ الدليل الوحيد المقبول على وجود إله، أنتِ الشهية الأولى والأخيرة، أنتِ ملخَّص الكون في سبعة وخمسين كيلوجرامًا، أنتِ نَيزكٌ بض طري وردَ من النجوم، اسجدي، طيعي وافهمي، فأمامكِ جواهرجي حقيقي، يُقدر صنعتكِ وعيارك، دعيني أنتزع عنكِ جلدكِ فالجو حار رطب، دعيني أحصد أعلى شطحات

جنونك، أعيد عبادة الأنثى ثانية إلى الوجود، على يديكِ، ليست هناك مَن تفوتها الموجات. يَرمُقنني في شرود، بحدقات مُتسعة تلمع بالخيال، يَرتبِكْن، ثم يَبتلِعنَ رِيقَهنَّ فأكتفي بِصَمْتٍ وابتسامة، أهز رأسي مُجاملة وأسلم عليها بود، بل بأطراف أصابعي، كأني لم أُلقِ في مائها حجرًا، كأني لم أعاشرها وأنجب منها أطفالًا في تلك الدقائق القصيرة، ثم أرحل وبي نشوة، وظفَر مكبوت، سأراقبها وهي تقترب من بابي، قطة جائعة في موسم التزاوج، قطة تعاني أعراض الانسحاب من الإدمان قبل الإدمان، وسيكون لي الرأي الأخير، إما أن أفتح لها الباب، وإما أن أكتفي بزجرها بعيدًا، لتزداد خربشة ومواءً وجنونًا.

ظننت نفسي يومًا عبدًا للفروج مُبجِّلًا للأثداء، أو أنني أمر بالمُراهقة المتأخرة التي تُصيب الرجال بلا استثناء، تصيب حتى من تزوجوا عن عشق حقيقي وخلَّد التاريخ قصصهم، ثم قرأت عن «عنترة بن شداد»؛ ذلك الشاعر العربي الذي كتب الدواوين في محبوبته عبلة، وخاطر بحياته لأجلها، ثم خانها!! مع أكثر من ثلاثين امرأة، وتزوج عليها، قرأت أيضًا عن «هيو هيفنر» صاحب مؤسسة «بلاي بوي» الإباحية، قبل أن يموت كان مرتبطًا بثلاث عارضات يصغرنه بستين عامًا، في وقت واحد، ويثني على الفياجرا التي أعادت إليه الحياة! هنا، أدركت أنني كائن يعلو سلم السلسلة الغذائية، ضارٍ مُفترس للنساء، وعليّ أن أتصالح مع نفسي وأكف عن جلد الذات، فهن الغزلان وعَرَقهن مرَق، مَن يلوم الأسد على القتل والنهش؟

فالبقاء دائمًا وأبدًا سيبقى للمفترِس.

شيء ما ليس على ما يُرام، أليس كذلك؟ بل أشياء، إن كانت العلاقة بين الذكر والأنثى من تصميم إله فلن أتطوع لإخباره بالنبأ الحزين، سِلعتك يشوبها العطب كلما طال بها العهد، عيب خِلْقي ـ إن كان للخلق وجود ـ أو تطور لم يكتمل بعد! مثل الأجساد التي نحتها من أجلنا، هشة ضعيفة، مليئة بالثغرات، محمومة بالشهوات.

إن كان الإله يفضل النباتيين، لِمَ لم يجعل في صيد البازلاء متعة كمتعة صيد الغزلان؟

إن كان في الجنة «حُور عِين» للرجال فلِمَ لم تُجعل للنساء؟

ولِمَ لا تقبل النساء بفكرة التعدد في الأرض إن كن من تصميمك وعلى دينك؟

من ذا الذي يستطيع إرضاء أنثى واحدة؟

هذا سؤال في الخيال غير العلمي.

أليس من الأفضل لك أن تنكر الخلق؟

تدفعه بعيدًا عن مسئولياتك، أو تعتذر، حتى لا تُتهم بسوء التصميم، حتى لا تُرفع عليك دعوى إتلاف متعمد أو إهمال؟

بعد لقاء مع صديق قديم، أسرَّ لي همسًا بأن الحور العين تركن السحاب المركوم، وتسللن خلسة من فوق سبع سماوات تحرسها الملائكة، ليستقررن في الحي الغربي، أستطيع هناك أن أعيش

تجربة خلق الغزلان من عدم، في مكان يُسمى «بيت الحور»، فجينات نساء الأرض مُبرمجة في ذاكرة الآلات، لك الاختيار في كل تفصيلة، بداية من شعرها وحتى أصابع قدميها، صوتها، لونها ورائحتها، درجة حرارتها، وحتى درجة غنجها، لن تميز بينها وبين أنثى متمرسة على الجنس سوى أنها لا تعبس في وجهك تأنيبًا أو ترميك بعدم الاهتمام وقلة الشغف بعد الجنس، وتستطيع أن تعيدها عذراء بهمسة في أذنها، لتنتصر «ذكوريًا» بفتوحاتك، ورغم أنك ستفتقد لحظات التمنع ومتعة الرفض والإصرار والتربص، إلا أنها تحت الطلب بشكل حصري، متاحة مُرحبة مِضيافة هائجة في أوقات ندرة الغزلان الحقيقية، فكثيرًا ما تختفي القطعان وكأن بينهن اتفاقًا، هكذا ذهبت إلى «بيت الحور»، يسبقني الفضول، أسلمت نفسي للآلة فصعدتْ بي إلى أطراف الجنة، لتتفجر في نفسي الأسئلة، لماذا نظرنا إلى الجنس كفعلٍ نجس؟

ألم يبتكره الإله؟

ألم يختره وسيلة للتزاوج؟

ولِمَ نستحم بعده؟

أليس من المنطقي أن نستحم قبله؟

الإجابة النموذجية بصوت عميق وبشَدَّة فوق الهاء: «**التطهُّر**»!

والتطهر لا ينقِّي إلا من **الدنس والنجس والذَّنْب!**

يخفف وطأة الخطيئة ويمحوها بالماء والصابون، فالجنس الذي تربينا عليه فِعل دنس محسوب على الأنثى، لكنه محمود

للذكر، بل ومحط فخر وتباهٍ، في مجتمع يحرمه ويستنكره في الظاهر، لكنه مهووس به في الباطن، بل ويسرع فور الانتهاء منه في التخلص من آثاره.

وماذا عن ممارسة الجنس مع أنثى روبوت؟ هل هذا حرام؟

ليس هناك خلط في الأنساب أو احتمالات إنجاب من الأساس، من يملك القرار؟ وأي مرجع نعود إليه؟

وماذا عن غشاء البكارة؟ ذلك الجدار الذي دفن الكثيرات تحت التراب، لقد اعتقد القدماء أن الأنثى خُلقت فقط من أجل تسلية آدم، بل وخرجت من ضلعه أثناء نومه حين شعر الملل!! فمن البديهي أن يصدقوا أن الغشاء هو هدية الرب للتأكد من الشرف!

لكن لِمَ خلقه الإله في الفيل والشمبانزي والجرذان؟

ولماذا خلقه في الأنثى ولم يخلقه في الذكر؟

وماذا عن عضو يفضح الزوج إذا خان؟

هل الغشاء هو مرحلة في التطور؟ وسيلة الجسم في حماية نفسه من الميكروبات؟

وربما وسيلة لجعل المرأة تتريث قليلًا فيمن ستستضيفه؟

العهر ليس في جلدة رقيقة، بل في العقل.

أيقبل الإله اقتراحاتي لتحديث منتجاته؟

أيقبل النقد؟

هكذا ظننت يومًا، وكذلك «أوديب»، كان مَلِكًا على طيبة

الإغريقية حين ضرب الوباء مدينته، حار في الأسباب فسأل عرَّافًا فأخبره أن في المدينة رجلًا دنسًا، وهو سبب الوباء؛ لأنه قتل أباه وتزوج أمه، ولم يخبره باسم الرجل، فهدده أوديب حتى رضخ في النهاية ثم أشار إليه معترفًا: إنه أنت أيها الملك... هاج أوديب وماج، وضع العراف في السجن واتهم آخرين بالمؤامرة عليه، قبل أن يكتشف أن العراف على حق، الرجل الدنس لم يكن إلا هو نفسه، قتل أباه وتزوّج أمّه وأنجب منها ولدين وبنتين، دون أن يعلم، لماذا؟ لأن الإله لعنه بلعنة أزلية قبل أن يولد، وكان عليه أن يُكفر عن ذنب «لم يقترفه» بفقء عينيه، لأنهما لم ترَيا الحقيقة.

-٦-

حين عُدت إلى البيت ركض نحوي «داروين»، ذلك النقي ذو الشعر الأبيض الذي فعلت كل ما بوسعي لجعله كلبًا مثاليًّا، زرعت فيه شريحة التحكم عن بُعد، أضبط درجة نباحه، نوبات غضبه، وآمره أن ينام فيسقط على ظهره حتى أوقظه، كما جنبت من جيناته عوامل الضعف كي يطول عمره؛ فلا نعاني فراقه المؤلم مثلما حدث مع كلبنا السابق، فهو الكائن الوحيد الذي تتحدث إليه مريم باستفاضة، حتى إني فكرت في استنساخه تجنبًا لانتكاسة قد نغرق فيها لسنوات، ولنفس السبب أتجنب اختيار روبوت على شكل إنسان للعناية بالبيت، كي لا تتعاطف معه إذا تعطل أو وجب الاستغناء عنه، ولم يكن ذلك ليغير من الأمر شيئًا، فمريم تذرف الدمع على الشجر المقطوع، على الدب القطبي حين انقرض، وفي أوقات الفراغ لملئها.

ارتقيت السلم ودلفت إلى ممر الغرف، إلى حجرة سُلاف، وفتحت الباب، كالعادة كانت فوق كرسيها الجلدي المريح، والروبوت بجانبها ينظف الغرفة ويرتب أغراضها المنثورة، مُستغرقة في عالمها الافتراضي الذي لم تعد تغادره إلا للنوم، تأملت ملامحها، لم تتغير يومًا، من رآها صغيرة في فيديوهاتها

المتحركة على الحائط لن يبذل مجهودًا ليميزها كبيرة، أتذكر حين راقبتها طوال مراحل الحمل بالبعد الثلاثي لتسعة أشهر كاملة في شاشة الحزام المحيط ببطن مريم، ثم تابعت انبثاقها من الرحم إلى المياه، لا يمر يوم إلا وتراودني فيه تلك اللحظات، اندفاع الدم، خروج الرأس، الجسد اللَّين اللامع، العبث في وجه الحياة، الصعود إلى النور، الشهقة، الصرخة، ثم الاستسلام للنوم بعد بكاء هزيل كمواء القطط، تلك الساعة التي كنت أتحينها لأتأمل عينيها المغلقتين على أحلامها، فمها الذي يلوك ثديًا وهميًّا، ولعبتها التي تحتضنها، رغم سعادتي بنضج سُلاف أفتقد تلك الأيام، ربما لأن المصير محتَّم، فعلى أحدهم يومًا أن يصبح شمسها التي تضيء حياتها، وسأصير أنا كوكبًا بعيدًا غير مسكون، يؤنس عينيها كلما شردت، لا أستطيع تخيل ذلك اليوم، ولا أمنع نفسي من تمني بلوغه، تلك الكلبة الصغيرة ذات الخمسة عشر عامًا، ستصير أمًّا، وستعرف من الحياة ما تعرفه النساء، أو هي بالفعل عرفته.

زغزغتُ قدمها ففتحت عينيها:

ـ ما شفتكيش من يومين!

ـ آسفة، مسافرة برلين، الأولمبياد فاضل عليها تلات أسابيع.

ـ طيب الحضن بياخد عشر ثواني.

ـ حضنين.

ونامت برأسها على صدري فقبَّلت مفرق شعرها:

ـ احكي لي.

- متأخرين في البرمجة، وعندنا مشكلة في الوزن، الروبوت المفروض يقل كيلو كمان عشان الطفو في كثافة المية، وعندي مشكلة صغيرة في عزل المفاعل.

قالتها وعرضت بالهولوجرام تجربة يَسبح فيها الروبوت الذي صَممته على هيئة بشرية، يغطس تحت المياه بسنتيمترات بسيطة:

- عارفة! وإحنا صغيرين كان كل أملنا مفاعل ذري عشان الكهربا ما تقطعش، النهارده بنتي داخلة أولمبياد الروبوت بمفاعل عندها مشكلة صغيرة في عزله، لو قلتِ الكلام ده من تلاتين سنة كانوا قالوا عليكِ مجنونة.

ضحكتْ فداعبتُ أرنبة أنفها، ليأتي وقت السؤال السمج الذي يخرج من صدري دائمًا بجزء من المريء، فعليَّ تقبل أن لابنتي صديقًا، نفس مشاعر النساء تجاه فكرة الزوجة الثانية، تلك المنطقة العتيقة التي ترفض التطور في مخي:

- أخبار صديقك إيه؟

- كويس.

- ممم.

تلك «الميمات» الممدودة، أقولها حين أكتم في قلبي أمرًا، تأملت جسدها، يشبه جسد أمها مع فرق النضارة، ثم تخيلت ذلك الحقير وهو يُلامسها، وقبل أن أتخيلها تلامسه بدورها زفرت تشتيتًا لأفكاري ثم سألتها مُغيرًا تلك السيرة العكرة:

- بتسجّلي أحلامك؟

مالت برأسها للحظة رأيت فيها ملامح مريم:

- باسجلها ومقسماها، عادية وكوابيس.

- كوابيس!

- الكوابيس بتجيب إعلانات أكتر من الأحلام العادية، فيه واحدة باعت حلم لشركة أفلام بسبعين ألف بيتكوين.

- طب والأحلام اللي بتشوفي فيها حاجة من المستقبل؟

- دي باشيلها لوحدها ومش باعرضها لحد.

مسحت على شعرها فابتسمتْ:

- بابي، أنا محتاجة أشتري الـ«iJacket» قبل ما أسافر.

- يفرق عن الچاكت القديم؟

- بيغيّر أربعتاشر لون بدرجاتهم، وبيظبط المقاس لوحده، والآنتي فيروس اللي فيه «Updated» من غير فاتورة، ويتحمل الـ«NIA»(*) سبع ساعات، بتلتمية وأربعين «بيتكوين» بس.

من يَملك صد إعصار بيديه يملك صد عينَي سُلاف؟

باستسلام فاوضتها: بتحبيني؟

ابتسمَتْ بعفوية رغم ما يعتمل في صدرها من ناحيتي:

- إنت العالم كله.

وقْع تلك الكلمة يعيد ترتيب خلايا جسدي، غابت في صدري للحظات ثم لثمتْ خدي بقُبلة وغاصت في كنبتها:

(*) NIA: Non-inhabited areas؛ المناطق غير المأهولة، مصطلح أُطلق على المناطق التي تم تهجير السكان منها لارتفاع درجات الحرارة فيها.

- لازم أرجع الـ«VR»(*) عشان عندي شغل كتير.

ضغطْت على سِواري الأسود مُحولًا المبلغ إلى سِوارها زاهي الألوان، ألقت برأسها إلى الوراء عائدة إلى باحتها الافتراضية، مغمضة العينين، راسمة ابتسامة عذبة على شفتيها لا توحي بأن ذلك الرأس الصغير يحوي من العلوم ما يعجز عن استيعابه علماء القرن العشرين، فقد أنفقتُ معظم ما أملك يوم قررنا الإنجاب، انتقينا لها أفضل صفات الأجداد الوراثية، قبل أن تُحقن بالجينات المُحفّزة للذكاء، لم أكن لأتحمل أن تصبح صغيرتي من المتأخرين المنبوذين في ذلك المجتمع، كما لم أحلم يومًا أن تحلل علاقتي بأمها كامرأة مُجربة، فجهل الأطفال يجعل منا آلهة، حتى يكبروا ويغادروا البيت، ليكتشفوا أننا لم نكن سوى بشر، وأحيانًا وَضِيعِين، لتنطق الأعين بما لا يقوى على قوله الرجال، تنظر إلى أمها بشفقة، وضيق من غيابها في عالم النجوم والأبراج، وإليَّ بإعجاب، من أفكاري التي تصدم الجموع، بالإضافة لغضب لا تخفيه الأحضان.

صغيرتي لا تدرك بأنها الكون الذي أحيا فيه ومن خلاله، لا تدرك أنها سبب عودتي إلى البيت كل يوم، ولا تستوعب أن ابتسامتها كافية لملء الخواء بداخلي، فقد أصبحتْ أمي وابنتي وزوجتي، بعد ارتقاء مريم العذراء، بين النجوم.

(*) VR: Virtual reality؛ تقنية قائمة على محاكاة يستطيع المستخدم من خلالها الانتقال لعالم افتراضي كامل بالصورة والصوت واللمس ومقابلة الآخرين.

-٧-

حين وقفتُ في مِرآة الحمّام تأملت لمسات أنثى الروبوت على جلدي، وتخيلت قبولي عرض الاحتفاظ بحيواناتي المنوية نظير رسوم سنوية، أن تنجب أنثى الروبوت مني طفلًا! ابنًا خالدًا لا يموت!!

ماذا سأدعوه؟

ابتسمتُ فغسلت أسناني ثم تأملت قسماتي، رغم أقراص إيقاف الشيخوخة اليومية فإن تخطي الأربعين هو بداية عد تنازلي هامس لنهاية ما، فمن تحت الجلد شخص يتجعَّد، يهرم، يمل الحياة ويضيق بمن حوله، وبنفسه، يقف خلف عينَيَّ ويُردد بأعلى صوت ما أقرؤه، يصرخ بما أفكر فيه، وينفث في رأسي أحلام يقظة أضاجع فيها كل «ياء» مؤنثة تقترب من دائرتي، حتى أقوم من مكاني بُعدًا عن فمه كريه الرائحة ومظهره المزري، فملابسه ضيقة بالية، مُثار دائمًا، كفحل في هياجه، مزاجه عصبي وأسنانه صفراء، يكبرني بعشرة أعوام، له مِثل صوتي، وعينَيَّ إذا جحظتا، غسلت وجهي ونفضت عقلي كي لا أوقظه، ثم ابتعدت خطوات، رسمَت المرآة جسدي ثم أضاءت الهالة الحمراء حول دهون خفيفة

بالبطن، إجهاد في منطقة الكتفين والقلب، وبقعة داكنة في طرف جبهتي تظنها المجسات دائمًا جرحًا لم يلتئم، قبل أن تستعرض بياناتي، وزني زائد ثلاثة كيلوجرامات، البنكرياس الصناعي يعمل بكفاءة، ونصائح بتعديلات غذائية مقترحة، قرأتها باستهتار مريح، ثم خرجت إلى الغرفة.

مريم كانت جالسة على الفراش، ترتدي قميص النوم الوردي، تطالع النجوم وتقرأ مزاج الغد من قمر مُجسَّم يدور أمامها وفضاء يشع ويتوهج، مماثل لخريطة السماء والنجوم التي ربما تكون قد فنت منذ آلاف السنين الضوئية ولم يصلنا خبرها بعد. اندسست بجانبها، تأملتها لدقيقة لم تُبدِ فيها أي اهتمام لوجودي، فانشغلت في العدسة بيوميات نزاعات المياه الإفريقية والآسيوية، أسعار اللتر النظيف الذي تجاوز سبعة بيتكوين، وتوابع الزلزال الأمريكي الذي ضرب كاليفورنيا وكولومبيا قبل أن أطفئ النور وأستلقي. مرت دقائق كدت فيها أن أغفو حين سمعتها تهمس ولم أكن قد سمعت صوتها منذ أسابيع، تتمتم بما في رأسها من أفكار، صوت خفيض يتبعه نحيب خافت تنكره إذا سألتها عن سببه ولو رأيت الدموع في عينيها! فما كان مني إلا أن أعطيتها ظهري وأغلقت عينَيَّ، حتى إذا نفخ النوم في أنفي همسَت:

ـ نديم.. بتحبني؟

هل تحب الشجر؟

هل تحب البحر؟

هل المسيح مسيحي؟

ـ بحبِّك طبعًا، بتسألي؟

ـ محتاجة أسمع.

ـ هي نجومِك مش بتقول لك؟

ـ النجوم ما بتتكلمش عنك.

تنهَّدتْ، ثم لامستْ ساقي:

ـ رجليكِ ساقعة جدًّا يا مريم.

سحبَتها في صمت، تلك كانت طريقة مريم في طلب الجنس، دعوة خافتة ما تلبث أن تتراجع مع أول معارضة، كم أكره انسحابها، أغضب من صمتها، من يأسها، أردفْت:

ـ ما سألتيش النجوم مرة ليه رجليكِ ساقعة؟

ـ نظرية التطور ما طالتنيش.

ـ محتاجة تتحركي عشان الدم يجري.

ضاق صدرها فسحبتْ نفَسًا وزفرته:

ـ مالك؟ (سألتها مستفزًّا).

ـ ماليش.

ـ نفسي مرة تتكلمي.

ـ أنا باتكلم.

ـ وأنا مش فاهمِك.

- الشمس في البيت التاسع، السنة دي سنة الكشف بالنسبة لبرجك، هتفهم كل حاجة.

- فعلًا!

- علم النجوم موجود لأن الإنسان بيعيد أخطاءه.

أتفهم أن تطلب غزلان الغابات المفتوحة المكر والخديعة لاصطيادها، الترقب والاختفاء، بندقية دقيقة التصويب أو جعبة سهام حادة، وتوقيت مناسب، لكن أن تطلب «غزالة مشوية على الفحم + العيش والسلطات» نفس المجهود والشقاء، فذلك تعذيب نفسي لصيادها، والمعادلة بسيطة:

ضعف الإغراء = ضعف اندفاع الدم سفليًّا + (الملل والتعوَّد × عدد سنين الزواج^{2})

وبالتالي:

ضعف اندفاع الدم سفليًّا = إحباط أنثوي + (إهمال جسدي × عدد سنين الزواج^{2})

بحثت في جعبتي عن طلقة رصاص من أجلها، عن شبكة صيد غير مليئة بالثقوب، أو سهم منتصب متماسك، ولم أجد، عاهرة الروبوت عصرت روحي حتى غادرت عصارة الجنون دمي، كيف تدور ماكيناتي دون رحيق يُسعر شراييني؟

- مش مصدق إنك لسه بتتكلمي بالنجوم والحظ، الموضة دي بطلت من زمان.

رمقتني بلا تعبير، ثم أعطتني ظهرها مُنهية الحوار، راودني النعاس، غلَّفني وكاد يظفر بي لكن دقات صمتها كانت صاخبة، فليس للوردة ذنب إن ذهبت رائحتها وذبلت. حسمت أمري، شققت معصمي بسكين مشحوذ والتففت فعانقتها، لم تستجب، ولم ترفض، قبَّلت رقبتها ثم لامستُ صدرها، بدأ نفَسها يضطرب، اختلطت دموعها بنهيجها، خلعت بيجامتي ورفعت عنها قميصها، وطلبت من العدسة استرجاع ليلة ساخنة مع «صديقة عابرة» لتشتعل الجذوة بداخلي، واستجابت مريم، بسلبية، استلقتْ على ظهرها تقليديًّا فاعتليتها، بلا مقدمات، وتعمدت أن أكون عنيفًا حاسمًا، عليَّ أن أترك فيها ما يكفيها شهرًا أو سنة، فلا تنظر إليَّ بشجن، ولا تعاتبني من خلف الكلمات، عسى أن يُنسيها الارتجاج كواكبها ونجومها، عسى أن تقرر الترهبن في دير سانت كاترين، حتى حانت سكرات انتهائي، وأردت التجويد ـ حيث إن النهايات الأخيرة تدوم ـ فخدشت شحمة أذنها بلفظ جريء مَصحوب باسمها، أو هكذا ظننت، «Shit»، ما نطقته لم يكن سوى اسم صديقتي العابرة التي تتلوى من تحتي في العدسة... هل سمعَت الاسم؟ ربما، وربما لا، سكنتْ حركتي لاإراديًّا وساد الصمت والترقب، انتظرت منها أن تبدي ردة فعل ولم تفعل، فقط خفتت أنفاسها قبل أن تغمض عينيها وتستلقي على جنبها، انتظرتُ دقائق حتى انخفضت حرارتي ثم خلدتُ إلى نوم ثقيل سأقوم من بعده مهشم العظام.

- ٨ -

بعد يومين.

حين أنهيت عملي اتجهت سيرًا إلى المقهى، روتين اعتدت عليه منذ سنين، احتساء القهوة وسط الناس يبعث في شراييني الحياة، التقاء الأعين، الهمسات، ارتطام الشوكات والملاعق وتبادل النظرات مع أنثى تحتسي الشوكولاتة، وربما اصطيادها، جلست قرب النافذة واستعدت العنوان، «الملاذ - اترك جَسدك بالخارج»، طلبت من العدسة معلومات، ثوانٍ وانهمرت البيانات، فيلًّا قديمة بالزمالك تطل على وادي النهر الجاف، تضاء بالشموع والقناديل، لا كهرباء، لا شبكات، لا عدسات «AR»، من يدخل الملاذ يصير مقطوعًا عن العالم الخارجي، المكان يوفر الطعام، الاسترخاء، والصمت! وخدمات روحانية أخرى.

الكلمات تحمل تساؤلات أكثر منها إجابات، فتلك الاتجاهات تواكب العلم دومًا مواكبة الرعد للبرق، التواصل بالكائنات غير المرئية والاندماج في الطبيعة، هالات الطاقة التي تحيط أجسادنا، والشاكْرات؛ مراكز القوة التي تُعالج الأمراض، تأثير البلاسيبو، تلك الفكرة السحرية التي استخدمها الأطباء قديمًا، مواد غير فعالة،

وغير مضرة، تُعطَى للمريض على أنها العلاج، وما يلبث أن يتحسن بتأثير الوهم النفسي، لفترة، قبل أن ينتكس فجأة، أو يكتشف انتشار السرطان في كل أعضائه، لم تسجل حالة واحدة شَفاها العبث في الشاكْرات المزعومة بشكل كامل، والطب لم يتقدم يومًا على أيدي شامانات البوذية، ومع ذلك فالناس ما زالوا يتهافتون وراءها، خصوصًا الصفوة والمثقفين، يسافرون من أجلها الهند وأمريكا الجنوبية أو المريخ، ليضعوا أنفسهم تحت إمرة معلمين يوجهونهم إلى حالة من النشوة فيقعون فريسة سهلة للتلقين والتصديق... ثم راودني وجه تاليا... تلك التي أثارت في صَدري نهشًا لا أستطيع حكَّه، لأنه من الداخل، عجزي عن استيعاب ظهورها في حلمي يجعل من مقابلتها ثانية هاجسًا لمُراهق يَستكشف عَالم النساء لأول مرة، رغبة مستعرة في إجابة، في القنص، هل حمراء الشعر ـ أكثر إناث الأرض ندرة ـ كانت تناديني؟

أنهيت القهوة وخرجت، فصُنْع الصدفة خير من انتظارها، سأذهب، سأقفز من الطائرة، ثم أرتجل.

منذ متى أفكر بما سيقال لأي أنثى؟

حتى وإن كانت متزوجة، فبعض الغزلان المحبوسة في المحميات يمللن الحياة حتى يقفزن على الأسلاك المكهربة انتحارًا.

وضعت الإحداثيات على الشاشة، دقائق ودخلت حدود القاهرة القديمة، مدينة الذكريات، عبرت وادي النيل الجاف إلى

أرض مليئة بالأشجار العتيقة، أرض كانت يومًا تُعرف بالزمالك، هبطت فمشيت في شوارع مكسوة أرضها وجدران بناياتها العتيقة بأوراق الشجر والأغصان الجافة، أحراش الهجر، فمنذ انحسر النيل بسبب نزاعات المياه(*) وارتفعت درجات الحرارة عالميًّا بعد ذوبان جليد القطب بنسبة مخيفة، باتت تلك المنطقة التي طالما تجولت فيها صغيرًا معقلًا للغجر والأجانب النازحين عن أوروبا، يسكنون أطلال العوامات الراسية على الطين الجاف ويملئون الشوارع يمينًا ويسارًا، يقفون خلف بضاعتهم المعروضة بعناية، سُترات حرارية مستعملة، مخلفات إلكترونية لإعادة التدوير، كتب ممنوعة، وزجاجات مياه نقية مهربة، بالإضافة إلى ماكينات نزع وتغيير بيانات الشرائح(**).

تخللت المارّة حتى وصلت أمام «الملاذ»، لافتة نحاسية على باب فيلّا قديمة من ثلاثة طوابق ترجع ربما لمائة عام مضت، تحمل واجهتها بقايا نقوش عتيقة، تغطيها فروع متسلقة تكاد تخفي لون الحجر، بالإضافة إلى شجرة باسقة غليظة الجذع في

(*) بدأت نزاعات المياه في الشرق الأوسط في أكثر من جبهة، الأولى في شمال الجزيرة العربية بعد سيطرة تنظيم «داعش» الإرهابي على مياه نهرَي دجلة والفرات، وفي غرب الجزيرة بين إسرائيل وفلسطين والأردن وسوريا ولبنان على نهر الأردن قبل جفافه، أما في إفريقيا فقد بدأ النزاع بعد تعنت إثيوبيا والاستئثار بنسبة خمس وعشرين بالمائة من مياه النيل الواصلة إلى مصر، مما أشعل النزاع بين البلدين.

(**) ماكينات تُصنَّع في معامل قراصنة المعلومات لنزع الشرائح المزروعة تحت الجلد من قِبل الحكومات، تقوم تلك الماكينات بتحديد مكان الشريحة وانتزاعها، أو التلاعب بمعلوماتها للتهرب والتخفي.

الحديقة تظلل المبنى. بحثت عن جرس أو شاشة استقبال ولم أجد، فقرعت مقبضًا على هيئة صَدفة مستديرة، بعد دقيقة فتح البابَ عجوزٌ قرأتْ عدستي أن عمره لا يقل عن خمسة وتسعين عامًا، عارٍ تمامًا، كسلحفاة دون دَرَقة، التجاعيد والأوردة تفترش جلده، وفوق رأسه طربوش قانٍ لم يُخفِ من تحته شعرًا أبيض ناعمًا يتدلى على جانبَي وجهه:

ـ مساء الخير، طارق موجود؟

رمقني لدقيقة كاملة، بلا تعبير، ثم ضاق ما بين حاجبيه قبل أن يُغمض عينيه ويفتحهما ببطء ويهز رأسه إيجابًا حتى سألته:

ـ ممكن تقول له نديم؟

فتح الباب، ثم أشار إلى مساحة رُصت فيها الأحذية فخلعت حذائي، سِرت وراءه خطوات على أرض خشبية تئن، محاولًا منع عينَيَّ من تأمل مؤخرته المترهلة، قبل أن يستدير أمام حائط متخم بالصناديق المغلقة، أشار إلى عينَيَّ بسبابته ففهمت:

ـ بس أنا لازم أكون على اتصال...

ملامحه لم تحمل التفاوض، تهاوت كلماتي بين قدمَيَّ فخلعت عدستي في هدوء ووضعتها في صندوق، مختلسًا النظر لعضوه المنكمش بين فخذيه، الموت مبكرًا أهون عليَّ من رؤية «مجدي» يتدلى بين فخذيَّ كالزائدة الدودية، نفضت عن نفسي ذلك الكابوس ودلفت وراءه إلى صالون عتيق تضيئه شمعدانات نحاسية، أجلسني

على كنبة مريحة والتقط من فوق المنضدة إبريقًا نحاسيًّا، صب منه مشروبًا عشبيًّا في كوب صغير وضعه في راحتي وأنا أتأمل عضوه المنكمش الذي بات في مستوى وجهي، اشتممت المشروب ولم أتبين نوعه، قبل أن يبتعد العجوز العاري، ساد الصمت، أو هكذا تخيلت، حتى التقطت أذناي الهمس، صوتًا خافتًا لأنثى تئن، تتأوه في لذة، وضعت الأعشاب جانبًا واقتربت من الجدار فأصغيت، نعم، هذا مواء الجنس، مواء سكت بغتة! طالعت الصور الموضوعة على بيانو عتيق، صورة لزوجين بملابس الزفاف ترجع أزياؤهما لخمسين عامًا مضت، وصورة في باريس لطفل صغير مع الرجل والسيدة من الصورة الأولى، طفل يشبه طارق كثيرًا، وصورة لطارق كبيرًا في بلدة أوروبية بين الثلوج، وصورة لها؛ تاليا، في مقهى كان يطل يومًا على النهر، أسرَتني ضحكتها والشمس على ملامحها قبل أن أجلس أمام البيانو، رفعتُ الغطاء برفق وعانقت أصابعه مستدعيًا من الذاكرة مقطوعة.

ـ شوبان؟

التفتُّ فوجدتها بالباب، زجاجة حليب رشيقة مرصعة بالنمش، حافية، تدخن سيجارة ملفوفة بورق شجر، تُخرج دخانًا أخضر، ترتدي قميصًا مفتوح الصدر، فوق تنورة غجرية مطرزة، وفي رسغها ألف سوار لم تُخفِ وشم أصابع البيانو، أفقت منها فتظاهرتُ بإكمال اللحن ثم أجبتها:

ـ غريب جدًّا!

من نظريات صيد الغزلان

حين يقترب الغزال لا تُبدِ إعجابًا، اكتفِ بلامبالاة لا تصل للتجاهل، وقليل من التحدي مع خفة الدم، احرص على صُنع شرخ في ثقتها بنفسها كي تنثني رقبتها قليلًا؛ علِّق على وبرة في ملابسها، قطعة جرجير وهمية بين أسنانها، أو أحمر شفاه لطَّ جوانب فمها، وتذكَّر، فأمامك ثلاث ثوانٍ فقط لمباغتة الأنثى، ذلك هو الزمن الذي لا يستطيع فيه مخها تكوين رد فعل تجاهك.

ضرب الاستنكار ملامحها:

- إيه الغريب؟!

- إن مفيش أنثى بيتهوفن في العالم، تركيبة مخكم فيها نقص ناحية التأليف الموسيقي.

استفزازي قرَّبها مترًا، غمرتني رائحتها، جِلد معبق بزيت مُسكر، نفست دخانها ولامست أصابع البيانو بأنامل مليئة بالخواتم:

- نوكتورن ١٥ لشوبان، أوبوس ٥٥، اتعزف سنة ١٨٤٤ وأهداها لـ«جين ستيرلينج».

- واو! ده كتير على أنثى - وكان عليَّ أن أبدأ حوارًا - المقطوعة دي ليها معايا ذكرى عاطفية، أول مرة أسمعها أيام المدرسة

خلتني أحب البيانو، لعبت سنين لحد ما الحياة شغلتني، البيانو ده بتاعك؟

ـ لأ، بتاع شوبان، عزف أغلب ألحانه عليه.

ـ لحظة!! يعني إيه بتاع شوبان؟

هزت رأسها بابتسامة فتفحصت ماركة البيانو المحفورة على لوحة نحاسية صغيرة، «Pleyel»:

ـ أكيد بتهزري! ده بجد! أنا واقف قدام بيانو شوبان الأصلي!

كالقطة مسحت شفتيها بلسانها:

ـ وعزفتَ عليه كمان.

ـ إزاي جه هنا؟

ـ والد طارق اشتراه من مزاد في باريس.

ـ أوف!! مفاجأة، بصراحة المكان كله عاجبني، حاسس إني في فيلم قديم.

ـ المبنى عمره ١٥٠ سنة، مفيش كرسي اتغير.

ـ ممم، تاليا؟ صح؟

هزَّت رأسها: ذاكرتك قوية.

ـ إحنا ما اتقابلناش قبل كِده؟ أقصد قبل المحاضرة؟

ـ ما أظنش.

مسحْتُ ملابسها بعينَيَّ وابتسمْت:

ـ ذوقك غجري!

من نظريات صيد الغزلان

أَبدِ الإعجاب بملابسها أو حُليها في مرحلة «الاستكشاف»، بملامح الوجه أو تصرف تصنعه في مرحلة «الاختبار»، ثم بعضو أو مساحة في جسدها في مرحلة «القفز داخل خطوط الدفاع».

قالت: جدتي من غجر إسكتلندا.

ـ أسمع عنهم لكن ما تخيلتش أقابل واحدة منهم.

ـ ما نختلفش كتير عن الأجناس اللي بتتكلم عنها في محاضراتك.

ـ عامة أي فئة منعزلة، بيبقى فيها صفات خاصة، غالبًا سيئة.

ـ أمراض؟

ـ أو جمال متفرد.

طال صمتها فأشرت إلى الحائط:

ـ من شوية كان فيه حد في أوضة قريبة بيعيط أو...!

ـ ده كان صوتي.

وابتسمتْ دون أن ترمش، تتفاخر الفائرة بموائها الصباحي، نازعتني نفسي أن أقص عليها حلمي لكني تراجعت، فتلك بداية سخيفة ما كنت أنا شخصيًّا لأستسيغها، سألتني:

ـ بتعمل إيه هنا؟

ـ عاجبني الراجل العريان اللي بره فجيت أشتريه.

قلتها وأشحت بنظري نحو البيانو حتى ابتسمت فاستطردتُ:

ـ بصراحة، أنا مش عارف أنا جاي أعمل إيه هنا!

اتسعت ابتسامة أبرزت غمّازتين قاتلتين، سحبتْ نفَسًا من سيجارتها الملفوفة وتابعتْ:

ـ أغلب اللي بييجوا هنا أول مرة بيبقوا مش عارفين همَّ جايين ليه.

ـ تقدري تساعديني أعرف؟

ـ مَبدئيًّا ممكن أساعدك تبطل أسئلة إنت مش عاوز تسألها.

أبديت الإعجاب من جرأتها بهزة رأس:

ـ بمعنى؟

ـ إنت جاي هنا عشاني؟

نجحتْ في بعثرة خلايا وجهي، وتوهمتُ للحظة أنني اشتممت ريقها في زفير خرج مع حرف الشين في «عشاني». ابتسمْت رغمًا عني ثم حسمت أمري بالرقص على سلمها:

ـ يمكن!

أطفأَت سيجارها في مَنفضة وغمزتني بعينها:

ـ إجابة غلط.

كان ذلك حين حضر طارق، يرتدي قميصًا أبرز ذراعين قويتين في جسد متناسق لم أتبينه يوم قابلته:

- العالِم الوسيم، صفتين نادرًا ما بيجتمعوا في شخص واحد.

ابتسمتُ بتواضع رغم الزهو الذي أصابني:

- عادة الكلام ده بيبقى تريقة.

صافحني بحرارة ووجه تورد بالدماء:

- صدقني، الناس اللي زيك حقهم تمامًا يتغروا.

ثم أحاط كتف تاليا بود مَن يُتمم على ممتلكاته:

- دي مفاجأة، أنا وتاليا كنا متراهنين، هي مصممة إنك جاي، وأنا قلت مش هتيجي.

نظرت لتاليا: أرجو يكون الرهان كبير.

أجاب طارق: تاليا نادرًا ما نظرتها بتخيب، الرهان الحقيقي إن الملاذ يعجبك.

- المكان جميل، من سنين ما نزلتش القاهرة القديمة.

- أنا عمري ما اقتنعت أسكن في أبراج فوق السحاب، حتى بعد ما اتهجّرت القاهرة، الحياة الحقيقية هنا.

ثم نظر إلى تاليا: ولّا إيه؟!

هزت رأسها وابتسمت فهمس في أذنها. دقيقة كاملة يُسر لها بكلمات لم أميزها، نظرتْ خلالها في عينَيَّ قبل أن تنفرج شفتاها:

ـ فرصة سعيدة.

ـ أنا أسعد!

قبَّل طارق يدها وللعجب تحركت الدماء في صدري، غيرة لم
أفهمها، انتظر حتى خرجتْ ثم سألني:

ـ شربت حاجة؟

ـ شربت حاجة مش عارفها.

ضحك طارق: ده روزماري على كاموميل، مهدئ للأعصاب.

ـ هي... تاليا؟

ـ مراتي.

امرأته، زوجته، صديقته، عشيقته، أيًّا كانت فهي تعرف أنني
جئت من أجلها، وأرادتني أن أعرف أنها تعرف، حمراء الشعر
تمارس السحر. أردفْت:

ـ حكت لي إنها من أصول غجرية.

ـ ده صحيح، من سبع سنين كنت بادوّر على حد يعزف
بيانو في الملاذ ويساعدني في إدارته، لغاية ما قابلت
تاليا، جدتها من غجر إسكتلندا وكانت صديقة عزيزة،
ست جميلة كان عندها مَلَكة قراية الناس، بمجرد ما تبص
في عينيك تسرد لك ماضيك ومستقبلك في دقيقة، وتاليا
ورثت الصفة دي.

ـ أخدت بالي، يا ترى الحياة مع حد عنده الشفافية دي عاملة
إزاي؟

ـ في البداية كنت باتخض من الكشف، أنا تقريبًا عريان قدامها أربع وعشرين ساعة، وبعدين اتعودت، هي كمان اتعودت تطفي عينيها معايا، الحب لازم يكون أعمى.

ابتسمت، وكان عليَّ كبح أسئلتي عن أنثاه، فمن المفترض أني لم آتِ من أجلها، رغم أني لم آتِ «إلا» من أجلها، انصرفت بعينيَّ إلى البيانو:

ـ البيانو ده مفاجأة.

ـ والدي كان عاشق للموسيقى، اشتراه من مزاد بمعظم ثروته تقريبًا... كان مجنون.

ثم أشار لصورة فوق البيانو:

ـ ده بابا، ودي ماما، الله يرحمهم.

ـ إنت شبه والدك، حاسس إني أعرفه، هو عازف مشهور؟

ـ لأ، والدي كان دكتور بشري، ده بيته، وفي الدور اللي فوق كانت عيادته.

ـ وده إنت؟

ـ في فرنسا وأنا باعمل دبلومة الطب النفسي، والدي ساعدني أدرس طب، بس أنا اخترت طريق تاني، أعتقد إنه لو كان عايش دلوقت كان أول واحد يتهمني بالجنان، خاصة بعد ما حوّلت فيلّته لملاذ.

ـ احكِ لي عن الملاذ.

ـ اسمح لي أعمل لك جولة.

خرجت وراءه، تقدمني إلى سلم خشبي دائري، وقف بجانبه العجوز ذو الطربوش القاني والغرلة المتحررة، همس طارق في أذني:

ـ ده هادي، كان تمرجي عند بابا، بيشتغل معاه من وهو عنده أربعتاشر سنة، رجل أصيل ما أقدرش أستغنى عنه.

ـ هو طيب فعلًا، أخد مني العدسة وقلّعني الجزمة.

ضحك طارق:

ـ معلش، قوانين الملاذ وبنحاول نحافظ عليها.

ـ بس هو عريان ليه؟

تأمل طارق العجوز ثم التفت مبتسمًا:

ـ يمكن لو عشت ظروفه في يوم تعمل زيّه.

اتفقت معه من باب تقبُّل الآخر، وإن لم، ولن، أبتلع مصير الصديق المترهل المنكمش.

في الدور العلوي اتجهنا يسارًا، إلى باب عليه رسم لمثلث (Δ)، واربه برفق عن غرفة كبيرة، برتقالية السجاد والمخادع والحوائط، شبه خالية من الأثاث، استلقى فيها سبعة أشخاص على جنوبهم، ثلاثة في هدوء التماثيل وأربعة في أفواههم غلايين عتيقة، يرتدون بيجامات كتّانية مريحة، ومن فوقهم سحابة كثيفة لا تكاد تتحرك، تخدمهم تاليا، تقف بينهم كالفنار في ليل مظلم، تُذْكي نار الغلايين وتشدو بنحيب عجيب غير مفهوم، كلمات

صوفية، وربما غجرية، ممزوجة بذبذبة غريبة تدغدغ الآذان تأتي من جهاز مُركَّب موضوع في ركن، همس طارق:

ـ دي الأوضة «دلتا»، هنا بنحقق أعمق درجات النوم، نوم إحنا تقريبًا ما بنجربوش، استرخاء كامل بمعنى الكلمة، بنصوم تلات أيام عن الأكل، ما عدا المية، وبنغير موجات المخ من موجات النشاط اليومي العادي «بيتا»، لموجات «دلتا» اللي أنت سامعها دلوقت، بننزل تقريبًا من تلاتين «هرتز»(٭) لتلاتة «هرتز»، فرصة للمخ يرتاح، يسترخي، ويسرَّب أفكاره للعقل الباطن على هيئة أحلام.

ـ اللي بيدخنوه ده أفيون؟

ـ لأ، ده مشروم بيتزرع في الهند، بيطفي الأصوات الداخلية العالية، وبيحقق صمت تام، زي صمت الفضاء.

ـ تلات أيام من غير أكل!

ـ قمة التصفية والشفافية، بتوصل لحالة تركيز ما وصلتهاش قبل كده، في النوم بتطفو الحقايق على السطح، المخ مش محتاج يتظاهر أو يمثل، بيكون على طبيعته، فطرته، لكن أول ما تحصل اليقظة، بنبتدي نتظاهر ونتحرك بشكل مختلف، ما بنكونش إحنا.

ـ ممم.

_____

(٭) هرتز: وحدة قياس التردد، وتُستخدم في وصف ترددات الموجات الصوتية والكهرومغناطيسية وموجات الراديو، وبالطبع موجات المخ.

ميماتي الممدودة، أقولها حين أشتم العبث، وحين أبحث بعينَيَّ عن حمراء شعر ولا أجدها.

ـ ندخل على المرحلة اللي بعدها.

اتجهنا إلى غرفة أخرى يحمل بابها رمز ألفا «α»، فتحه طارق وكان وراءه باب آخر يسبقه بمتر ونصف، أغلق الأول وراءنا وجذب ستارة صغيرة تُخفي نافذة زجاجية سمحت لنا بالرؤية، الغرفة كانت تشبه الأولى في المساحة لكنها بنفسجية، حتى الوسائد والسجاد، والشموع المضاءة، جلس فيها ثلاثة أشخاص على الأرض في وضع تأمُّل بوذي، تخفي أعينَهم عصاباتٌ قماشية، وعلى صدورهم سلاسل تحمل أحجارًا بنفسجية براقة. همس طارق:

ـ مش كل اللي بيخلصوا المستوى «دلتا» بيقدروا يكملوا للمستوى «ألفا»، اتنين أو تلاتة بالكتير، أصل الوحدة مرعبة بعد صخب الحياة، وخلع العدسة وقت طويل بيحتاج مجهود، المشكلة الأساسية في الأحلام، مش كل الناس بيكونوا مستعدين للي ممكن يشوفوه.

ـ والسلسلة اللي على صدرهم دي...؟

ـ أماثيست؛ حجر بيساعد على الانسجام بين الجسم والروح، السلام الداخلي، وبيصد الطاقة السلبية.

كم أعشق تفاني النصَّاب، خاصة حين يصدق نفسه، يبيعك حجرًا أو شظية في سلسلة، ويروي الأساطير عن كونها مبعث نشاطك وحيويتك، منبع تركيزك الحاد، تسحب السموم من جسدك،

تقويك جنسيًّا، تفعِّل لديك خاصية الطيران دون أجنحة وتصد عنك الحسد، ولو كان الحسد حقيقة لمات كل المشاهير يا أغبياء!

ـ ممم، وفي المستوى ده بيعملوا إيه؟

ـ بعد صمت طويل هتسمع صوتك الداخلي، إحنا بنعيش ونموت، وصدفة إن حد فينا يقدر يسمعه مرة، بنطلع من موجة النوم «دلتا»، لموجة «ألفا»، حوالي تلاتاشر هرتز، استرخاء كامل وصعوبة في خلق الأفكار، واعيين، لكن ممنوع الكلام، أنفاسهم هي أعلى حاجة ممكن يسمعوها، الموضوع يبان سهل، لحد ما يتم الإحلال.

ـ الإحلال!!

ـ اللحظة اللي اللاوعي أو العقل الباطن بيفرض فيها سيطرته على العقل الواعي، بيحل مكانه ويتولى الدفة.

ـ اللي أنت بتتكلم عنه ده اسمه «Bipolar Disorder»، اضطراب ثنائي القطب، فرصة ممتازة للهلوسة.

ـ اللي بنسميه هلوسة ممكن يكون أول حوار حقيقي مع الرب.

ـ عندي فضول أعرف سبب حضورك محاضرتي! على حسب ما فهمت أفكاري بتناقض قناعاتك، إنت بتفترض وجود نفْس بتحركنا، وإننا جنس مميز، وإن من دون كل الكائنات لينا مَعزَّة خاصة عنده.

ـ صعب نفهم الخالق، وصعب نقارن تفكيره بينا.

ـ ده صحيح، لكن ممكن نفهم إن جوجل سنة ٢٠١٤ كان بيستجيب للبشر أسرع منه.

هز رأسه وشرد للحظات ثم أجاب:

ـ صدقني، فيه دعوات من الأفضل إنه ما يستجيبش ليها.

ـ أرجو يكون عارف هو بيعمل إيه.

ابتسم ثم ساد الصمت للحظات حتى أردف:

ـ في المرحلة التالتة، الموازين بتتقلب، ودي مرحلة مش بيقدر يوصلها غير واحد من المجموعة اللي أنت شفتها.

قالها وسكت، صعد الفضول بأذرعه السبع على ظهري، وما لبث أن ركب كتفَيّ فرأسي ليسد بممصاته فمي وأنفي، أخرج طارق من جيبه سيجارة ورق الشجر الملفوفة، أشعلها وناولني:

ـ تجرب؟

بعد تردد أخذتها، سحبت إلى صدري نفَسًا صعد مباشرة إلى قشرة المخ لينشر حالة من الاسترخاء السريع، سألته بإباء طفل رفض الطعام قبل أن يشتم رائحته فيتخاذل:

ـ إيه اللي بيحصل في المرحلة التالتة؟

ابتسم: هتقابل أغرب حد ممكن تقابله، نفسك.

ـ ممم!

ـ لازم تجرب.

إن كان إبليس قد أخطأ، فمن وسوس له؟

السيجارة والفضول كان لهما تأثير ورقة صنفرة تحك ثنايا المخ، لم أملك إلا الصعود وراءه دورًا إضافيًّا، سِرنا في طرقة طويلة مليئة بالأبواب، حتى وصلنا إلى نهايتها، باب عليه رمز «θ»:

- ثيتا، الموجة التالتة.

أطفأ نار سيجارته بإصبعيه وأخرج من جيبه سلسلة مفاتيح نحاسية عتيقة، بها أكثر من مائة مفتاح، انتقى منها واحدًا عليه علامة صفراء، دسَّه في الباب ففتحه وأضاء نورًا أحمر خضَّب الجدران والكرسي العجيب الذي يتوسط الغرفة، كرسي طبيب أسنان طراز القرن الماضي، هكذا أوحى لي، مكسو بالجلد الطبيعي، له مسندان ومخدع للرقبة، مُعلق فوقه قبتان معدنيتان، الأولى في حجم الرأس، والثانية فوقها، أوسع منها، موصولة بأسلاك غليظة إلى السقف، ومن وراء الكرسي صندوق خشبي كبير مغلق. أشار طارق إلى الكرسي:

- استريّح.

- ده كرسي كهربا؟

ضحك: تقريبًا.

بدا الكرسي مُريحًا رغم الصرير الذي أصدره حين جلست، بحثت عن أحزمة لتقييد اليدين والرجلين فلم أجد.

- دي المرحلة الأخيرة، بنبطأ موجات الدماغ لحد أربعة هرتز.

- ممم، تنويم مغناطيسي؟

ـ لأ.

اقتربَ ولمس القبة الأولى فتوهجت بلون بنفسجي، ثم لمس الثانية، فدوى طنين خافت منتظم، أشار للأولى:

ـ ده «EEG» (*)، وده «fMRI» (**).

ـ دول أنتيكة من قرن فات!

ـ صحيح، والدي كان بيستخدمهم في العيادة، واحد يقرا موجات المخ، والتاني يحدد مصدرها عن طريق متابعة الأكسجين في هيموجلوبين الدم، القبة دي بتقرا الموجات اللي خارجة من المخ، ومن هنا ـ وأشار للقبة العليا ـ باراقب مصدرها، ده كان قبل التعديلات اللي كشفت لي موجة غريبة كان صعب رصدها أو حتى ملاحظتها، موجة ثيتا، بتخرج من منطقة «Hippocampus» (***).

ـ الذاكرة!

ـ بالظبط، قضيت وقت عشان أفهم شفرتها وسببها، لغاية ما اكتشفت إنها موجة... من الماضي.

لم ألمس الخبال في عينيه، وهذا أقلقني، وقفت، تأملت كرسي طبيب الأسنان ـ أو الحلاق ـ العتيق والقبتين من فوقه ثم ابتسمت:

(*) EEG: جهاز لرسم وتخطيط موجات المخ.
(**) fMRI: جهاز للتصوير بالرنين المغناطيسي.
(***) Hippocampus: الحصين؛ منطقة توحيد المعلومات بين الذاكرة القصيرة والطويلة.

ـ يعني إيه موجة من الماضي؟

ـ ذكريات مدفونة، حاجة لمستها إيدك في يوم.

اتسعت ابتسامتي لكني تمالكت نفسي:

ـ آسف، ممكن تفهمني أكتر؟

ـ الأفكار لها طاقة، موجات، زي كل حاجة مادية، أجسامنا طاقة، والكرسي ده طاقة، ذرات وإلكترونات بتدور حواليها، كل حاجة في حالة حركة، ومع ذلك كل حاجة بتظهر ثابتة، عينينا بتشوفها بس عشان قادرة تلقط ذبذباتها، لكن لو ذبذباتها سرَّعت؟ زي ريشات موتور الطيارة لما بتزيد سرعتها ـ وطقطق بأصابعه ـ الكرسي ده هيختفي، رغم إنه فعليًّا هيفضل موجود في الأوضة، إحنا مش شايفينه، نظريًّا بس، لأن قدراتنا محدودة.

سكتَ وابتسم بسماجة فعاجلته: وبعدين؟

ـ إيه اللي يحصل بقى لو كثفنا الطاقة اللي خارجة من مخك دي، أو بمعنى أصح بطأنا ذبذبتها، فجأة هنشوف في الأوضة حاجة ما نتخيلش إنها كانت موجودة، حرفيًّا هتظهر من العدم.

حككت ذقني ثم تخللتْ أصابعي شعري بحثًا عن رد ولم أجد:

ـ أنا آسف، بس يعني إيه؟

ـ اللي هتفكر فيه وأنت قاعد على الكرسي ده، هيتخلَّق، في الصندوق ده.

٨٢

وأشار بيده للصندوق الخشبي المغلق. أمهلته لحظات علَّه يتراجع.

ـ الكرسي ده بيحول أفكاري لشيء مادي يظهر في الصندوق ده؟

ـ بالظبط، زي العبد الرباني ما بيقول للشيء كن فيكون.

ـ في يوم من الأيام منصور الحلاج(*) قال «ما في جبتي إلا الله»، وأعدموه، مش متذكر إن الرب تدخَّل!

ـ الحلاج ما فهمش غير نص الحقيقة بس، كونك شخصية من شخصيات الكاتب، ده لا يعني إنك تطلع المسرح وتقول أنا الكاتب.

ـ كلامك غير مقنع.

ـ اللي أعرفه إنك مش بتعترف بشيء غير لو أخضعته للتجربة.

ـ أوك... اتفضل وريني.

ـ الملاذ تلات مراحل، لازم تخوضهم بالترتيب، موجاتك لازم تتظبط عشان تحقق السلام الداخلي الأول.

كلنا «باستثنائي» نتفق أن إبليس أقنع آدم كذبًا بقطف سر «الخلود» من الشجرة المحرَّمة، ولكن...

(*) الحلاج: أبو عبد الله حسين بن منصور الحلاج، من أعلام التصوف، صَلَبه الخليفة المقتدر بالله في القرن الرابع الهجري لاتهامه بإفساد الدين على العامة والترويج لفلسفة توحد الخالق بمخلوقاته.

ألم يكن آدم بالجنة من الأصل؟

لِمَ تهافتَ وأُنثاه على الخلود إذن؟!

نظرت في عينيه بحثًا عن التحدي ولم أجده، كان ساكنًا يبتسم. أجبته:

- مرة تانية.

- عامة الملاذ تحت أمرك، لو غيرت رأيك يشرفني تيجي في أي وقت.

حين نزلنا السلالم ميزت صوت البيانو، مقطوعة شوبان التي عزفتها منذ قليل، توقفت أمام باب الصالون، حمراء الشعر كانت بالداخل تعزف اللحن ببراعة لم أعهدها في أنثى.

- هيَّ.. اتعلمت البيانو طبيعي ولَّا زرع(*)؟

- فيه حاجات لازم الزمن ياخد راحته فيها، الستات لغاية دلوقت بتحمل في تسع شهور يا دكتور.

- عشان كده الطفل البشري أضعف طفل، كان المفروض - لو تصميم ذكي - يقعد في بطن أمه تلات سنين بدل تسع شهور، عشان يتولد بيتكلم وبيمشي بدل ما يعيش عالة سنين.

ضحك طارق بصوت عالٍ فالتفتت تاليا دون أن تتوقف عن العزف، هززت رأسي في ود وارتديت حذائي ثم عدستي ونظرت إليه من خلالها:

(*) زرع المهارات: تقنية تعليمية تم اعتمادها عام ٢٠٢٨، تَستخدم البرمجة العقلية لزرع المهارات الحسية في مناطق محددة بالمخ، في دقائق معدودة.

ـ سؤال، ليه العدسة مش قادرة تعرف عنك معلومات؟

ـ لأني شايل شريحتي من زمان، الحياة تحت الميكروسكوب مش مريحة، في يوم لازم تعمل كده.

ابتسمت وصافحته:

ـ متشكر على الاستضافة.

- ٩ -

اعتقدَ القدماء أن صواعق السماء سهام من جعبة «زيوس» كبير آلهة الأولمب، يلقيها ترهيبًا وتخويفًا على البشر ليصيب بها من أخطأ، كما اعتقدوا أن الرسل تصعد إلى السماء بحيوان خرافي يجمع بين الثدييات والطيور نُحتت أقدم صوره في المعابد الفارسية، زرادشت يركب فوق ظهره وبرفقته ملاك، يصعد من السماء الأولى إلى السماء السابعة حيث كان على موعد مع إله النور لكي يُعلمه الحكمة ويعطيه الشريعة!

آمن القدماء أيضًا بأن شجر الزيتون سيتكلم يومًا، وأن الإله يقبل الدعوات «حصريًّا - Exclusive» حين تمطر السحب فينفتح باب السماء، وأن المسيخ الدجال سيظهر في آخر الزمان وعلى جبهته كلمة «كذَّاب»، يراها المؤمنون فقط، وينخدع الكفرة الملاحدة! يا لها من محنة كبيرة لم تذكر في الكتب السماوية! ثم ينزل من السماء الرسول عيسى، أو يسوع «ولا أعرف لِمَ اختلف الاسم! أم أننا نتحدث عن شخصيتين مختلفتين «شُبِّه لهم أنه هو!»» ليقتل المسيخ الدجال، والخنزير «حيوان ليس له وعي» ليسود «**العـدل المطلق**»، فكل شيء مكتوب، كل مؤمن مبشر بإيمانه

قبل أن يعي، وكل ملحد موصوم بإلحاده قبل أن يولد، وإمعانًا في الرحمة، كفَّت السماء عن إرسال الرسل «تخفيضًا للتكاليف» رغم أن العالم لم ينتهِ بعد! أم أنه اكتشف أخيرًا أن التعذيب لا يُدخل الإيمان في القلب فقرر تغيير استراتيجيته؟ «Whatever»، سأعتبر أن تسونامي آسيا الأخير الذي قتل ثمانمائة ألف، وزلزال أمريكا الكبير، ليسا إلا استعراضًا مبهرًا لقدراته الفائقة، فالإله ليس له ديانة، ولو أراد لأطفأ الشمس والقمر، أو جعلَنا نحلم جميعًا بحلم واحد نستيقظ لنحكيه لبعضنا البعض فنزداد إيمانًا به.. أو بلبلة.

نحن نحصي من يحلم بموت شخص أو لقائه، لكننا لا نحصي من لم يحلموا بذلك، النسبة ١ إلى ١٠٠٠٠٠٠، فمن الطبيعي أن يحلم شخص وسط الآلاف بشيء قد يحدث، هكذا يقول المنطق وعلم الإحصاء، الصدفة موجودة، حتى ولو بنسبة تقترب من الصفر، مثلها مثل خلق هذه الأرض وسط ملايين الكواكب غير المأهولة، ومن أدرانا أنها غير مأهولة؟! فما لا تدركه الأعين والأجهزة أكبر بكثير.

ملحوظة: كل تلك الأفكار لم تمحِ تاليا من رأسي...

منذ رحلتُ عن الملاذ وصوتها لا يغادر أذني، تلك البحة القاتلة، رائحة أنفاسها، النمش المنثور في وجهها كنجوم ليلة غير مُقمرة، واحمرار كعبيها الحافيين على الأرض، تلك الساحرة المتنبئة، قارئة الأعين، خرجتْ من العدم لتلحس ثنايا عقلي بلسان مشتعل، شيء فيها يثير الإدمان، شيء أشبه بمسحوق الهيروين

الذي أرسل الكثيرين إلى الجنة، عقلي يذكرها كـ«Snooze» المنبه كل سبع ثوانٍ، أحصيتها على العدسة، العدسة التي لم تسجل صورتها، اللعنة على صاحب الملاذ وقوانينه المتخلفة، هل حقًّا يطأ تلك الفائرة الحمراء؟ يعاشرها كلما أراد؟ نجار يلمِّع الذهب! لم أصدق احتضانه لها، بدا متكلفًا، كما أن في كلماتها وعينيها نداء، استدعاء، رغبة، توحشًا، أبالغ؟ لا أبالغ، كيف عرفتْ أنني جئت من أجلها؛ لمَّا رأيت في عينيها التحدي والاستفزاز حين نوهت أن طارق كان يعاشرها صباحًا، وأن مواءها قد داعب أذنَيَّ؟ ستتكلم حين أختلي بها، ستحكي وتفضفض، ستشكو وتطلب الترميم أو سد الثغرات، ولن أرفض لها طلبًا، إذا أرادت أن تقتلع جذوره من داخلها سأكون الفلاح الأصيل، وزرع الشغف في النهاية ليس إلا...

خدمة للإنسانية...

- ١٠ -

«أخبار المُذَنَّب في اليوم الرابع»

• انتحار جماعة من مائتَي شخص بمعلمهم، تجرعوا السم على ظهر مركب في المحيط الشمالي بعدما أطفئوا محركاتها.

• حطَّت المركبة الهندية بنجاح على المُذَنَّب، العالَم يرى لأول مرة صورة حية من سطحه، وتقارير الحَفْر الأولية تشير لوجود عناصر الزئبق والأمونيا وثاني أكسيد الكربون.

• همرات نيزكية متولدة عن المُذَنَّب «خمسة وعشرون ألف نيزك خلال ساعة» تسقط على الصين فتشعل مساحات شاسعة من الغابات.

• الجنون يجتاح الشوارع وازديـاد حالات الاعتداءات والاغتصاب.

• جماعة الـ«Resurrection» تعلن عن بث مقطوعة جديدة باسم «المُذَنَّب».

• أحد رجال الدين يعلن أن ضفيرة المُذَنَّب ليست إلا ذنوب

البشر التي تراكمت على مر السنين، وسيبدأ انحرافه نحو الأرض خلال أيام لتدميرها.

- هجمة إلكترونية باسم «المُذَنَّب» تضرب شركة «العين الثالثة» وتعطل شبكاتها لمدة ثماني ساعات مما أصاب الحياة بشلل لم تعهده الناس من قبل، وتبنت جماعة «Resurrection ـ القيامة» مسئولية الهجوم.

- يتوقع العالم زيادة عظيمة في نسبة المواليد بعد تسعة أشهر من رحيل المُذَنَّب لما لاقته الدعوة الجنسية للتناسل من إقبال.

- اليابان تعلن عن الرغبة في شراء أجنة «أيام المُذَنَّب» بمليار بيتكوين للطفل الواحد لزيادة عدد السكان تحت سن الأربعين، وسيتم منح الجنسية للأم والأب على أن ينتقلوا للمعيشة في البلد بشكل كامل.

- مريم تصلي لليوم الرابع في خشوع عجيب...

- ١١ -

لثلاثة أيـام.. أحـاول البدء في صياغة بحثي الجديد عن «الشيطان»، ولا أفلح.

لثلاثة أيام.. أحاول البحث عن طريق لها، أو صرفها من رأسي ولا أفلح.

هاجس أبيض مُشرب بحمرة يسيل فوق قمة رأسي كل سبع ثوانٍ، يغرق أذني فيأمرني: ابحَث عنها بالعدسة، حاول الاتصال بها، قابلها، تحدث معها، انظر في عينيها وهي تتكلم، اخترقها، الفف روحها حول رسغك، ثم انتزعها، بهدوء، أشعلها بأنفاسك الحارة ثم صبها بداخلك وقلّب بالملعقة جيدًا حتى تتلاشى، سيتبقى النمش العسلي فقط على أطراف فمك، ونسيلة من حلماتها بين أسنانك، فبعض الإناث قابلات للأكل، وبعض الرجال من فصيلة آكلي اللحوم.

ولما كان الوصول إليها متعذرًا عن طريق العدسة، والوصول للملاذ يعني المرور بطارق البطريق الأخير، لم يكن أمامي سوى الاتصال بمالكها، مفاوضًا على شراء البيانو كحجة مبدئية، على أن أرتجل خطة بديلة إذا رفض أو اعتذر.

ذكرت الاسم في رأسي وطلبت من العدسة تحقيق اتصال،

رحَّب طارق بي في حفاوة فعرضت عليه البيع، لاذ بالصمت لحظات ثم ابتسم:

ـ مُمكن أوافق أبيعهولك، بس بشرط.

ـ السعر اللي تطلبه.

ـ تمن البيانو.. نستضيفك في الملاذ أسبوعًا.

فاجأني الطلب، نظرت في قسماته مُستشفًّا، ثم لاحظت «ن» الجمع في كلمة «نستضيفك»:

ـ وإيه اللي هتستفيده؟

ـ ما أكدبش عليك، قليل لما باقابل حد باستمتع بالكلام معاه، ووجود أستاذ في البيولوجيا وعلم النفس التطوري في الملاذ مكسب ليَّ.

طال صمتي فقرأ ما يدور في رأسي:

ـ فكرة الملاذ قايمة على سرية الوجود فيه، ما حدش هيعرف إنك هنا، لو خضت التجربة وارتحت عندي أنت اللي هتعزم أصدقاءك.

التجربة أحتاج إليها كما يحتاج الصياد لسهم طويل المدى حتى يظفر بغزال بعيد من بين الأغصان، تابعني بابتسامة اتسعت حتى ضحك:

ـ بتضحك؟ (سألته).

ـ أنا سامع الخناقة من عندي هنا، النص اليمين من عقلك؛

النص الثائر، عامل خناقة مع النص الشمال؛ المُهيمن، الروتيني، رافض التغيير.

ـ أنا مش متعود على صحبة ناس ما أعرفهاش.

ـ الأسبوع ده مفيش عندي ضيوف، باعمل استراحة بين الجلسات عشان أعرف أعيش، ما تنساش إن الملاذ هو بيتي.

كان عليَّ إخبار مريم بأنني سأسافر أسبوعًا لإلقاء عدة مُحاضرات في قارة أخرى، وسأستغل الفرصة لإنهاء بحثي الجديد عن «الشيطان وعلاقته بجنس الهومو»، لم تسألني عن التفاصيل، فمريم لاإكتراثية في الظاهر. «Good Luck»؛ قالتها بعينين شاردتين ملؤهما الشكوك، ثم هامت في عدستها متابعة لأحوال صديقات باهتات يائسات ضاجعْت نصفهن في ناطحات السحاب اللاتي لا يغادرنها.

ثم صعدتُ إلى غرفة سُلاف، كانت على كرسيها الجلدي، مُستغرقة في الباحة الافتراضية، داعبتها ثم سألتها عن أخبار الأولمبياد فأخبرتني أنها نجحت في حلِّ المشكلة الكامنة في مفاعل الروبوت وتستعد ليوم المسابقة، احتضنتها وأعلمتها بغيابي لأيام معدودات: بتحبيني؟ ابتسمتْ بعفوية رغم ما يعتمل في صدرها من ناحيتي وأجابت: إنت العالم كله...

الكلمة التي تعيد ترتيب خلايا جسدي. غابت في صدري للحظات ولثمت خدي بقُبلة ثم غاصت في كرسيها عائدة إلى عالمها...

وانطلقت طائرتي إلى غابات الزمالك.

حيث يبدأ موسم صيد الغزلان.

- ١٢ -

هل سنشرب في الجنة خمرًا؟

هل سنسكر؟

لا أظن!

إن لم تتشابك الهلاوس ويرقص العقل فليس ذلك خمرًا، بل مجرد عصير جَزَر باللارينج، مفيد، لكنه لا يثير خيالًا.

ذلك هو الفرق بين مريم وتاليا، القادمة الجديدة، فخمر حمراء الشعر محسوب من خمور الدنيا، أما خمر مريم فمنزوعة الكحول، طالما راهنتُ يا مريم أنكِ إذا ارتديتِ جسدي وتنفستِ برئتَيَّ بدلًا من رئتيكِ المعطوبتين لغفرتِ لي نزوعي وميلي لرحيق الغزلان، إنها طبيعة الذكر يا عزيزتي، ولو اختبرتها لأدمنتها، هل تضيق الأم بولدها إن رأت فيه شبقًا للنساء؟ نعم، ستصرخ، ستقرص أذنه، ستوبخه، لكنه سيظل وليدها الذي لا تستغني عنه.

في الملاذ تركت عدستي مع العجوز العاري منكمش الغرلة، خلعت حذائي وانتظرت في الصالون، العالم بدون الواقع المعزز للعين الثالثة، بدون المعلومات التي تحلق حول الأشياء لتقرأ تاريخها وتحكي قصتها، بدون التعرف على وجوه الأشخاص

وأسمائهم، عالم ثابت كلوحة كلاسيكية مُملة، سُكون مريب يبعث على السأم، ويحرض على النوم، تأملت البيانو العتيق قبل أن أجلس أمامه، رفعت الغطاء وعزفت لحن شوبان مناديًا حية الزيزفون البيضاء، الحية التي تظهر مرة واحدة كل مائة عام، تقول الأسطورة إن لحْس الدهن من جلدها يصب في العقل علوم الإنسانية وحكمتها، يبدو أن طارق المحظوظ قد لحس ما يكفيه، سبع سنوات كاد فيها أن يمحو لونها، أكاد أشعر أنها لم تكن بيضاء بذلك الحد، ولا ألومه إن كانت إفريقية محشوة بالشوكولاتة، لكنها بالتأكيد ملأها السأم حتى فاض وفاحت رائحته، تنادي لسانًا آخر، ذَكَرًا آخر، ليلحس كُثبان أذنيها برطب الكلام.

انتظرت أن تأتي لكنها لم تفعل، دقائق لم أكف فيها عن عزف النداء، لكن طارق هو الذي ظهر:

- عزفك محترف.

- زمان كنت أحسن من كده.. إنت بتعزف؟

جر كُرسيًّا جلس عليه بجانبي، ثم ألقى يده على أصابع البيانو فأصدرتْ نغمة عالية:

- في بولندا، بلد شوبان، سنة ١٨٣٠، حصلت ثورة، في الوقت ده هو كان في باريس، دخل بيته بعصبية شديدة، ورمى إيده على البيانو ده، زيِّي كده بالظبط، بس، ثوانٍ والإلهام اشتغل، ألّف مقطوعة «Revolutionary Etude»، من أهم ما كتب، كانت مجرد حالة غضب، حولها لعمل فني. طول عمري

باشوف اللي بيعزفوا بيانو ناس مش من الكوكب، بيعملوا معجزات رُسل أنا مش قدها ولا تخيلت في يوم أكون قدها، حاسس إن عيب حتى أحاول، وهو ده السبب اللي خلاني أقرر أبيع لك البيانو.

ـ رغم إنه كان بتاع والدك!

ـ طالما صاحبه مات، احتفاظي بيه زي حبس حيوان نادر في الأَسْر، لا منه عايش براحته ولا منه بيمتع الزوّار.

هززت رأسي مُظهِرًا الإيمان بما يقول، ما كنت يومًا لأضحي ببيانو شوبان الأصلي حتى ولو طلبه شوبان نفسه. أردف:

ـ بس هاحتاج منك وعد.

عاجلته: إني أرجع أعزف تاني؟

ـ لأ، إنك في يوم تدي البيانو ده لحد يستحقه.

أطلت النظر في عينيه: أوعدك.

ـ أشكرك، يلّا بينا.

صعدت وراءه إلى الدور الأخير، طُرقة طويلة يغطي جدرانها ورق حائط عليه رسوم لنغمات موسيقية وملائكة، تشبه طُرقة الدور الثاني لكنها بدون غرف، فقط باب واحد في نهايتها، اقتربنا فأخرج طارق سلسلة مفاتيحه الرهيبة، انتقى واحدًا دسّه في الثقب وفتح الباب.

الغرفة كانت صغيرة نسبيًّا، سطح الفيلّا المائل على طراز

العمارة الأوروبية يمر بها ليميل سقفها فيضطر مَن يقترب من النافذة المستديرة أن ينحني، نافذة ترى وادي النهر القديم وأطلال الفنادق الباقية من بين أغصان شجرة وارفة، تعلو سريرًا بسيطًا ملاصقًا للحائط يسع شخصًا واحدًا فُرشت عليه ملاءة نظيفة باهتة، وفي الركن منضدة خشبية فوقها مرآة متوسطة مشروخة، تحمل إبريقًا فارغًا وورقًا وقلمًا، وجهاز ميترونوم(*) خشبيًّا عتيقًا، رغم بساطتها بدت مريحة، وضعت حقيبتي ثم التفتُّ إلى طارق:

ـ مين كان عايش هنا؟

ـ كانت خلوة، أبويا لما يحب يهرب من الدنيا كان يطلع هنا، ماكانش يسمح للخدم يخبّطوا على الباب حتى.

قالها واتجه إلى النافذة، فتح مزلاجها وأدارها نصف دورة ثم جذب فرع شجرة بيده:

ـ دي شجرة تين بنغالي، من أقدم أشجار الزمالك، عمرها حوالي مية وخمسين سنة.

ثم اقتطف ثمرة حمراء، مسحها بكفيه وناولني إياها وهو يبتسم:

ـ فوايده رهيبة.. في الجنس.

ـ بتستعمله؟

_____

(*) ميترونوم: بندول إيقاعي «كرقاص الساعة» يعطي تكتكة منظمة وثابتة في الدقيقة الواحدة.

ضحك وغمز بعينه: ما بقتش محتاج.

ثم لمس الميترونوم، حرر بندوله فتحرك الثقل يمينًا ويسارًا صانعًا تكتكات منتظمة تشبه ضربات القلب:

ـ الأيام الجاية الأوضة دي بتاعتك، في الأول الوضع هيكون صعب من غير عدسة ولا هولوجرام ولا اتصال بالعالم الخارجي، زي أعراض انسحاب الهيروين، لكن بعد شوية هتتعود، وتقدر تطّمن على بيتك برسايل مَكتوبة تأكد إنها هتوصل.

وأشار إلى الورقة والقلم، ثم تابع: هاسيبك ترتاح ساعة وبعدين تاليا هتعدي عليك عشان تحضرك.

أغلق الباب وراءه فغلفني الصَّمت إلا من تكتكات الميترونوم، بدت كمطرقة كبيرة ملفوفة بالإسفنج، تطرق جبهتي بانتظام، تغرسني في أخشاب الأرضية كمِسمار يلقى مصيره، نظرت من النافذة إلى حوض النهر الجاف والمراكب الساكنة على الطين، وتذوقت الثمرة فوجدتها مُسكرة لاذعة، ثم تأملت السقف المائل فلاحظت رسمًا يدويًّا، وجهًا، نصفه لفتاة ذات شعر أسود فاحم تنظر تجاهي، والنصف الآخر لسمكة على فمها بقعة حمراء! لم أستطع إبعاد عينَيَّ حتى حضرت تاليا فانتزعتني:

ـ يا ترى عرفت إنت جاي ليه؟

بلوزتها الخضراء بدت مثيرة مع حُمرة شعرها، وعينيها العسليتين ورقبتها الطويلة فوق رُمحَي الترقوتين، وقدمين حافيتين تذوبان فوق أخشاب الأرضية. أجبتها:

ـ جاي أشتري البيانو.

ـ ممم.

ـ ولقيتها فرصة كويسة أرتب فيها أفكار بحثي الجديد.

هزت رأسها: الإجابة غلط برضه.

من نظريات صيد الغزلان

استخدام كلمة مفاجئة تقلب دفة الحوار «مع مراعاة مراقبة ملامح الوجه»، ولا تخَف؛ فالأنثى أشرس مما تظهر، وأكثر قدرة على ادعاء الخجل.

ـ جاي عشان حلمت بيكِ.

صمتت للحظات: وده يخليك تقضي سبعة أيام في مكان زي ده؟

ـ لما أكون اتحرمت من الأحلام، وبعدين أحلم بيكِ قبل ما أشوفك بيوم! مستعد أقضي سبع سنين في الأوضة دي عشان أفهم.

ـ أنا قررت آجي المحاضرة، وأنت لقطت الموجة في أحلامك، مش ده كلامك؟

ـ وليه موجتك إنتِ بالذات من دون اللي حضروا؟

ـ المفروض إنت اللي تفسر ده.

ـ وعشان كده أنا جاي أكتشف.

عقدت يديها، ثم مالت برأسها يمينًا: اقلع.

ـ نعم؟!

ـ اقلع...

من نظريات صيد الغزلان

لا تتردد في استعراض جسدك دون أن يبدو الأمر مفتعلًا، بشرط أن تمارس تمارين البطن والصدر بانتظام؛ فالمرأة لا تحب أن ينافسها ذَكَر ثدياه في حجم ثدييها.

لم أكن لأتردد أمام ذلك العرض، بتحدٍّ قمت، خلعت قميصي، فرمقتْ بنطلوني، خلعته وراهنت أنها ستلحظ احتفاء دمائي بها، وفعلتْ، تدحرجت عيناها لأسفل، ابتسمتْ، قبل أن تُخرج من جيبها جهازًا صغيرًا يشبه الذي يباع على أرصفة الأجانب النازحين، قرَّبته من رقبتي وضغطت زرًّا في منتصفه فأصدر فرقعة أصابتني بألم لحظي شديد في منتصف رأسي وآخر في رسغي:

ـ إيه ده؟

- ده الـ«Mayhem»، جهاز تعطيل الشريحة، في اليوم السابع هشغلها لك تاني.

- ليه؟

- مش بنحب الحكومة تبقى قاعدة معانا في التجربة.

- غريب إن الوجع في صدري!

- الحكومة بتزرع شريحتين مراقبة، واحدة حقيقية وواحدة احتياطي.

قالتها وناولتني بشكيرًا كبيرًا لففته حول خصري ثم أشارت بسبَّابتها أن أتبعها. سِرت خلف الحافية، أتأمل نغزتَي ظهر مثاليتين وانثناء خصر ووشم ماندالا الأحلام على سمانة قاتلة، انحرفت تاليا يمينًا فدخلت وراءها حمَّامًا من الحجر الكبير، البخار يتصاعد من مغطس حجري في المنتصف، على الجوانب تراصت الشموع وزجاجات الزيوت، وفي الركن مرحاض أرضي توارى خلف ساتر من البوص، ناولتني كوبًا صغيرًا ساخنًا صبَّته من إبريق فخّاري، اشتممته ثم تجرعته دفعة واحدة، مرارته أصابتني برعشة كتمتها وقاومت بحة صوتي بعدها:

- ده إيه؟

- عصير تبغ.

وأشارت إلى المرحاض بابتسامة، لم أكن لأفعلها أمام حمراء الشعر لكني سايرتها، قبل أن أصل إلى المرحاض أصدرتْ معدتي صوتًا لم أعهده منذ توقفت عن أكل اللحوم، وما إن

جلست القرفصاء حتى انتابني ألم رهيب لم أستطع كبحه، أفرغت معدتي لاإراديًّـا، وبالكاد قاومت نزول باقي أعضائي، غمرني العرَق وتلاحقت أنفاسي قبل أن أقوم، التقطتْ منشفة ساخنة ودون أن تنوه لفتها حول عينَيَّ فسادَ الظلام، ثم أمسكتْ كفي برفق وقادتني إلى المغطس، ساعدتني فجلست في مياه ساخنة تصل إلى صدري، لم أرغب في سؤالها عما تفعله، سمعت زجاجة تُفتح وقطرات تُصب، ثم فاحت روائح مختلطة مهدئة للأعصاب، كان ذلك حين مدَّت يديها إلى عنقي تدلكه وفروة رأسي، ثم دست أصابعها خلف تجويف الترقوة بقسوة مُحببة لم أظنها ستصدر عن هاتين اليدين، بثت في جسدي استرخاءً على استرخاء، قبل أن تضغط على أعلى محجرَي عينَيَّ، العظام خلف أذنيَّ وأسفل فكيَّ، ثم توقفتْ، انتظرت لحظات، ناديتها فلم تستجب، رفعتُ المنشفة لأجد نفسي وحيدًا!

لا بأس، لِمَ العجلة؟ فالإله خلق العالم في ستة أيام، لم أكن لأتخطى تلك المدة لاصطياد تاليا، وضعت المنشفة على عينَيَّ وغطست في المياه حتى أذنيَّ، مستمتعًا بالسخونة، وتداعت الأفكار حول بحثي الجديد، انسالت من ظلمة السقف إلى عقلي.

كنت أجلس بين الصفوف في مدرجات المسرح الروماني، مدرجات لانهائية تخطت طبقات الجو العليا، تملؤها ملائكة طاوية أجنحتها في خشوع، يُسبحون باسم الإلـه الأعظم

ويتهامسون، حتى دخل المسرح أحد البشر من نوعية «الهومو ـ
سابيان»؛ فصيلة من القردة العليا تطورت عن سلفها النيندرتالي (*)
الذي انزوى وكاد ينقرض، توسط البشري المسرح فساد الصمت،
نظر إلينا برأسه الكبير في خُيلاء، ثم طقطق ظهره الذي تطور
واعتدل من بعد انحناء، قبل أن ينادي جبريل في الحاضرين:

ـ السجود للبشري.

قامت الجموع وتعالى حفيف الأجنحة، نظروا لبعضهم
البعض خلسة قبل أن ترتج المدرجات بوقع السجود، ودونًا عن
الواقفين، انتابتني الحيرة، من الأمر وصاحب الأمر، ما المغزى
من تلك التجربة التي أعلن عنها وأمرنا بالاجتماع لعرضها؟ لِمَ
يأمرنا بالسجود لسلالة لا تكاد تنطق كلمة؟ سلالة كانت سمكًا
منذ ملايين السنين! إذا قابل ذلك البشري أول أجداده فقد يصطاده
برمح ليقتات عليه! وحتى الملائكة الذين يفضلون السمع والطاعة
دون عناء الجدال تساءلوا: لِمَ تجعل فيها من يفسد فيها ويسفك
الدماء ونحن نسبح بحمدك ونقدس لك؟! أتختار أكثر أهل
الأرض همجية لتفرضه على الكائنات كاختراع جديد وتصميم
ذكي؟ لِمَ تريد لفصيلته أن ترتقي السلم، فعيناه ليستا أفضل عينين
ولا قلبه أفضل قلب، هناك مَن هم أقوى منه، وترددت في نفسي

(*) الإنسان النيندرتالي: الإنسان البدائي، وهو أحد أنواع جنس هومو الذي استوطن
أوروبا وأجزاء من غرب آسيا وآسيا الوسطى، ويأتي في الترتيب قبل الإنسان
الحالي مباشرة.

كلمات «أنا أفضل منه، فلديَّ عين تحوي علوم الدنيا، وأستطيع الطيران بأربعة أجنحة، كما أنني بارع في صيد نساء البشر، لن أسجد، لقد وهبتني الاختيار ولي الحق في قول لا، وإلا فما استطعت قولها الآن، أليس كذلك؟».

وقفت، طويت أجنحتي تأدبًا ورفعت يدي:

ـ عفوك سيدي، لست بالسجود مُقتنعًا؛ فتلك تجربة لا تستحق العناء، منتصب القامة سليل الأسماك ليس بأفضل من يُمجَّد بيننا ويعلو سلم الخلائق، أن تجعله علينا سيدًا لن يأتي لتلك الأرض بخير، واعذرني، كلنا نعرف، وأنت أولنا، أنك لم تخلقه حقيقة، لم يكن سوى خلية في الماء، ليس طينًا أو صلصالًا أو فخارًا كما أقنعته، وسيستمر في التطور رغم انقراض أغلب الكائنات، فقط لأنك قررت أن تهبه المُلك والجلال!! سيصدق نفسه، وسيظن أنه المختار، وسيهرس المخلوقات تحت قدميه، قبل أن ينقلب عليك.

ساد الصمت، رمقتني الملائكة في رعب، ثم همس أقربهم:

ـ ماذا قلت؟! اقطع لسانك، ابتلعه.

وشوشتُه: طالما أعطانا الاختيار، فعليه أن يلتفت للتحذير.

ـ تحذير!! ستجلب على نفسك عذابًا لم تسمع عنه الكائنات من قبل.

لحظات ونودي بصوت رهيب: نديم...

ذلك كان صوت تاليا...

رفعتُ المنشفة عن عينَيَّ فاختفت مدرجات المسرح الروماني، كانت تحمل بيجاما كتانية مثل التي رأيتها على رواد الغرف، وضعَتها بالقرب مني وخرجَت.

-١٣-

في الطابق الأدنى كان طارق منتظرًا بجانب الغرفة، وضع يده على كتفي وهمس:

- تاليا حكت لي عن أحلامك.

تعرقتْ فروة رأسي فنظرت لها، ثم عُدت إلى طارق الذي أردف:

- انقطاع الأحلام عرَض طبيعي للمجهدين ذهنيًّا.

تنفست...

إشارة أمانٍ ثانية من حمراء الشعر، مساحة الخصوصية بيني وبينها تتسع:

- مش من الأفضل إني ألبس العدسة؟

- فتح مسارات الأحلام بين نفْسك وبين المخ أهم من تسجيلها.

وفتحت تاليا الباب الذي يحمل شعار دلتا، اتجهْت إليه فاستدركني:

- دكتور، هي محاضرتك الجاية بتتكلم عن إيه؟

ـ عن الشيطان.

ابتسم ونظر لتاليا ثم عاد لي:

ـ وارد جدًّا تقابله جوَّه.

وفتحتْ تاليا الباب، تبعتها، دون أن أدري أن تلك الخطوات الصغيرة..

ستكون بداية لتغيير حياتي إلى الأبد.

- ١٤ -

- ليه كل حاجة برتقاني؟

سألتها وأنا أتأمل الحوائط والسجاد، ومؤخرتها المثالية وهي تنحني لتشعل البخور، أجابتني:

- البرتقاني موجة شِفا.

- لون شعرك.

التفتت: ولون رهبان التِّبْت.

- إنتِ بوذية؟

ابتسمتْ: ساعات.

- مش فاهم!

- باعمل شوبينج، باخد من كل دين اللي يناسبني.

- ممم، وطارق؟

- تقدر تقول عليه صوفي لو مصمم على التصنيف.

من نظريات صيد الغزلان «باب انتزاع الذَّكَر المُنافس»

الطَّرْق برفق على جبهة الأنثى؛ منطقة الثوابت، استعراض نقاط الضعف في مُنافسك والسخرية منها دون صخب، فأنت تحتاج فقط بضع كلمات للقضاء على رجُل.

مثال:

الزواج أو الارتباط مثل دور البرد، يأتي ويذهب.

وتذكَّر الآتي:

الصيد ليس رياضة، ففي الرياضة يكون كل المتبارين على علم بالتنافس، أما في الصيد، فيكفي أن يعلم الصياد فقط.

- الصوفية، محاولة لترقيع التوب الإلهي.

أردفت تاليا:

- كل إنسان لازم يؤمن بحاجة.

- فرق كبير بين اللي حابس نفسه جوة علبة، واللي عايش فوق السحاب.

- طارق متصالح جدًّا مع اللي وصل له.

- والبطريق قبل ما ينقرض كان متصالح جدًّا برضه، المهم إنتِ مبسوطة معاه؟

نظرت في عينَيَّ للحظات ثم قالت بحسم:

ـ نام على جنبك الشمال.

استلقيت كما قالت:

ـ لكن ليه حضر المحاضرة؟ إحنا من عالمين مختلفين!

ـ بيسد بكلامك ثغرات في إيمانه.

ـ وانتِ؟ ليه حضرتِ؟

ـ حسيت في كلامك بغضب ناحية السما، كأنك بتتعمد تهاجمها، إنت عندك تار شخصي معاها؟

ـ مش باغيَّر الموضوع، بس حجة حضورِك مش مقنعة.

ـ وكنت جاية لأن طارق مُعجب بيك.

ـ ممم، عامة أنا مش معترف بوجوده عشان أغضب منه، الأديـان أخَّرت اكتشاف جاليليو ميت سنة، وبتحارب داروين لغاية النهارده رغم إن نظريته ما بقتش نظرية، ده علم قائم.

ـ متأكد إن ده السبب الوحيد لغضبك؟

ـ إنتِ شايفة حاجة تانية؟

ـ عندي سبعة أيام أقدر أعرَّفك فيهم اللي ما تعرفوش عن نفسك.

مدت أصابعها ففتحت فمي كأنني دُمية، دسَّت فيه ورقة نبات نافذة الرائحة، وسعدت بأول عربون؛ عُقلة من سبابتها في فمي تعمدت لحسها.

من نظريات صيد الغزلان

الجرأة في لمس أو لعق شيء منها «عرَق، بقايا طعام، عُقلة إصبع» له تأثير سحري، يجري كموجة كهربية من أسفل ساقيها وحتى خديها.

ناولتني غليونًا طويلًا من الأبنوس عليه نحت لنساء عاريات، نظرتْ في عينَيَّ طويلًا ثم أشعلتْ بأناملها عود ثقاب دسَّته في فتحة الغليون.. سألتها:

ـ متهيأ لي لازم أسأل أنا باشرب إيه.

ـ ما تبدأش حاجة ما تقدرش تنهيها، اتعود تمشي مع التيار.

سحبتُ نفَسًا فغشي الخدَر أنفي فحلقي، قبل أن يصعد سريعًا إلى خلف محجرَيْ عينيّ، انتابني دفء لذيذ، وتنميل طرد عن جسدي القلق والتوتر، تاركًا الشبق ليستولي عليّ. تأملت سمانة ساقيها؛ بذرة الفتنة في النساء لو فقط أدركن، وعرقوبها الذي يعطي صورة مطابقة للمهبل إذا فقط لاحظن، واستدارة ثدييها التي استلهمت الكواكب منها دورانها، قبل أن تميل الغرفة بزاوية ٣٠ مع النفَس السابع. ضغطتْ تاليا على زر في جهاز بالركن فصدرت موجات منتظمة هزت أذنيَّ من الداخل، ثم ضمت يديها فوق رأسها وبدأت تشدو بصوت عجيب، ذراعاها تتحركان كأعشاب

في قاع البحر، كلمات مُبهمة أكاد أفهمها، ازدادت إبهامًا مع توالي الأنفاس، بدت الحروف هندية الهوى، أو عربية وأنا من فقدتُ الاستيعاب، تخرج من شفتيها مصحوبة بدخان بنفسجي وبرق دون رعد، مع النفَس الأخير توهج جِلد تاليا بلون فسفوري، بدت كسمكة زينة تسبح في فضاء مظلم، فضاء جُمجمتي من الداخل، وسط ضباب رمادي ثقيل يتخلل المخ ويخفيه، ويفيض ليخرج من أذني، هدأ صوت تاليا، ثم تلاشى، سبحتْ تجاهي، منعكسة آلاف المرات في مرايات لانهائية، لها سبع أذرع تتلوى حولها، وصدر لا يعبأ بالجاذبية، انحنت عليَّ، لثمت فمي بقُبلة طويلة! ضغطت بسبابتها على منتصف جبهتي ثم همست «نام»، قبل أن تسبل عينيَّ بأناملها.

ـ ١٥ ـ

ـ ماما!

صرختُ قبل أن أزيح المخدة من فوق رأسي، قبل أن أفتح جفوني، وقبل أن أعتدل في سريري لأجلس.

لِحظِّي العَسِر ولسوء البخت، الوقت كان ليلًا، ذلك الكائن البغيض الذي لا أعرف لخلقه سببًا مقارنة بالنهار المشرق المليء بالبهجة، فرغم استيقاظ المدرسة المبكر «غير المُبرَّر» وأداء الواجبات اليومية، فهناك الصُّحبة، الفسحة، تبادل السندوتشات والحلوى، والحكايات التي لا تنتهي، وحين أعود للبيت، فاللعب بنظارة الـ«VR» التي أركض في أراضيها حتى أسقط تعبًا، ثم تتحرك الشمس إلى بيتها لتنام، فيختفي الأصدقاء، تُرفع الألعاب، وتُحرَّم الحلوى، ليسود البيت سكون مزعج، ساعة ينهشني الترقب خلالها فأفتح اليوتيوب لأشاهد برنامجًا مفيدًا كي أرشو أمي، أو أقلب صورها القديمة التي تمد فيها شفتيها كالبطة بين صديقاتها، أحاول تهجي كتاب مصوَّر، أو ألقي النكات وأتصنع الحركات المضحكة كمهرج رخيص، حتى يعلو من المطبخ نداء الإعدام اليومي:

ـ نديييييييم، يلَّا يا حبيبي، ادخل أوضتك لازم ننام.

ـ ليه؟

سؤال وجودي لم يستطع إنسان على الأرض الإجابة عنه.

في البداية أتصنع الصمم، تنادي ثانية فأنشغل بما أفعله وأندمج، ثم تخرج من المطبخ وفي يدها مصْل التعذيب الليلي؛ كوب لبن، وإنذار، ألوذ بحضن والدي الذي لا يترك تليفونه المحمول، أتوسل إليه بدموع سريعة لا يرهقني اصطناعها فيحتضنني، ويشفع لي عندها في دقائق إضافية، قبل أن تقترب لتذكرني بالنجوم التي ستُزال من قائمة الاجتهاد فوق الثلاجة، وحرماني من نظارة الـ«VR» ليوم كامل، لتأتي اللحظة التي أبرز فيها آخر كروتي، أسب أمي Naughty؛ أقذع الألفاظ التي يهتز لها عرش الرحمن، ثم أفاوض على النوم فوق صدر أبي، تبتسم وتتركني متهمة إياه بالرعونة، أغمض عينَيَّ لدقائق وأكاد أغفو من الدفء، قبل أن أستيقظ لأختلس النظر من شاشة التليفون في يد أبي، يكتب كلمات لا أفهمها، ورسومًا ملونة جميلة «♥ ♋ ⚥ ☜ ω» ثم «⊘» قبل أن ألمح صورة لسيدة عارية الصدر! يتأملها للحظات ثم يغلقها بسرعة، يحملني برفق إلى غرفة نومي، يضعني ويسجّيني بالبطانية ثم يُقبلني، كم أحبه! فاللعب معه، والسينما معه، والركض والغميضة والحلوى والجلوس فوق كتفه والعبث بنظارته المزدحمة بالحروف والصور، معه. أما أمي، فالمدرسة والواجبات والشجب والصريخ والطعام الصحي سيئ

المذاق، لكني أحبها، مثله، فحين أقلق ليلًا لا أنادي عليه، بل أناديها هي، لتأتيني راكضة، تضمني حتى أغفو، فلولاها، ولولا ذلك القمر (اللعبة) الذي ينير الغرفة والذي أصررت على شرائه بعد بكاء وصريخ، لخرجَت الوحوش الكامنة من تحت سريري وانفتحت الأبواب بصرير عجيب لتخرج منها الموتى الأحياء والتماسيح، ومع ذلك يُقلقني أقل صوت فأستيقظ، أمسح عرقي وأدعك عينَيّ وأحاول النوم ثانية، لكن الصوت يتكرر، صوت نحيب مكتوم شاكٍ متوجع، صوتها (ماما!)، أناديها فلا تستجيب، ينتابني الخوف فأتحير بين البكاء والركض إلى غرفتها في نهاية الطرقة، صوتها يعلو، تتأوه، سيتطلب الأمر مرورًا من أمام باب الحمَّام المظلم، أتخذ القرار، أضع قدميَّ على الأرض، يا إلهي إن أمي تستغيث، أركض دون أن أنظر خلفي، تلتقط أذناي صوت صفعة عالية، أمُرُّ من أمام باب الجحيم، من أجلها، أصل للغرفة، الباب موارب، أنظر من خلاله، أمي تستند بيديها وركبتيها على السرير، مثل الكلب، عارية، وأبي من ورائها، عاريًا هو الآخر، ملتصقًا بها، عضوه كبير جدًّا!! ليس مثل عضوي، يدخل في...! ويصفعها، يضع على جلدها خمس أصابع كبيرة، انتابتني الدهشة من المشهد، كيف يضرب أبي أمي؟ ولماذا تستسلم له؟ لماذا يجذب شعرها؟ دفعتُ الباب برفق: ماما. انتفضا، انفصلا، انقلبتْ أمي على جنبها ووضعت البطانية فوقها، وقام أبي على عجَل فأخفى نصفه السفلي بالمخدة ثم اقترب مني:

ـ حبيبي إيه اللي صحّاك؟

- إنت بتضرب ماما؟

ضحكا وتبادلا النظرات:

- لأ يا حبيبي، أنا كنت... بادعك لها ضهرها عشان بيوجعها.

ثم حملني وذهب تجاه غرفتي، أجلسني على السرير وهمس:

- معقولة أنا أضرب مامي؟!

- على بوبوهتها.

ضحك حتى سعل:

- باهزر معاها، نديم يا حبيبي، ماما محدش يقدر يضربها، تقدر تضرب المُدرسة بتاعتك؟ تقدر تضرب تيتة؟ تقدر تضرب ربنا؟

- لأ.

- ماما دي زي ربنا.

في الأيام التالية استرجعت المشهد الذي رأيته في غرفة أمي لكنني لم أجرؤ على سؤالها، ولم أفهم لِمَ تغير كل شيء بعد ذلك، وحين ظننت أنني قد نسيت، سمعتهما يصرخان يومًا فخرجت، نهرتني أمي وأمرتني بالعودة إلى غرفتي، رضخت خوفًا وحبست دموعي، واسترقت السمع علِّي أفهم ما ألمَّ بهما، كانت تتحدث عن امرأة دعتها «الشرطوطة» أو شيئًا مثل ذلك، ورسائل «متسخة» على تليفون أبي أغضبتها، وأن تلك ليست المرة الأولى، ولا الثانية، وذكرت شيئًا عن ديل كلب لا ينعدل،

ليتعالى الصراخ ثانية ويدوي السباب، حتى دوَّت الصفعة، دخلْت مسرعًا فوجدت أمي على الأرض بفم ينزف، وأبي واقف فوقها بوجه أحمر غاضب، ما إن رآني حتى رماها بنظرة غاضبة ثم خرج مسرعًا، هرعت إليها فاحتضنتني، بكيتُ فضحكتْ وزغزغتني رغم دموعها، قالت لي إنها سقطت على فمها، وإن أبي غاضب منها لأنها لا تشرب اللبن.

كانت تكذب، لأول مرة.

في تلك الليلة غادر أبي البيت، وضع ملابسه في حقيبة واحتضنني حتى آلمني، ثم رحل. قالت أمي إنه سيسافر وسيأتي لزيارتي كل أسبوع، محملًا بالهدايا والحلوى. بكيت، وسألت أمي عن مصير أُرجوحتي؛ يد أبي ويدها اللتين ترفعاني في الهواء، وعن الأخ الثاني الذي وعداني به ولم يوفيا، ابتسمتْ بعينين باكيتين ثم قبّلت جبهتي وسبَّلت عينَيَّ بأناملها:

ـ نام يا نديم.

كان ذلك حين أفقت، أو هكذا تخيلت...

فتحت عينَيَّ بصعوبة بعد تقطيع الرموش، حلقي مملح كبرميل مخللات منسي، رفعت يدي لأمسح لُعابًا وهميًّا على خدي ثم حرَّكت رقبتي فطقطقتْ من أثر سُبات طويل، الشموع تناقصت لِثُمن حجمها، والغرفة عبقت بالبخور حتى استحالت الرؤية، كان ذلك حين مسحتْ يدها جبهتي وتخللت أصابعها شعري:

ـ اشرب.

رفعت عينَيَّ فأدركتها، كانت تجلس خلفي في رداء أبيض، تصب المياه في كوب فخّاري وتناولني.

ـ أنا نمت قد إيه؟ (سألتها).

ـ ست وتلاتين ساعة... متواصلة.

اعتدلْت فشربْت حتى ارتويْت:

ـ جعان.

ـ هنا مية بس، طعم الأكل بعد أيام هيكون سحري، كأنك أول مرة تاكل.

تثاءبت بألم: إزاي عاوز أنام تاني كِده؟

ـ لأن عقلك لأول مرة يصحا، حلمت؟

ـ حلمت، بنفسي وأنا صغير.

ـ أمك كان ليها تأثير قوي عليك.

وانسابت تفاصيل الحلم في مُخيلتي فهزت رأسي مؤْثِرًا الصمت، لطالما تخيلت أني قد نسيت تلك اللحظة المخفية في قبوي المظلم، حتى رأيت جثمان أمي في فراش الموت، أذكر محاولاتي الفاشلة لطرد الخيالات من رأسي وأنا أنظر لوجهها الأزرق، لصدرها الذي تدلى كالجورب المستعمل، أذكر أنني لم أبكِ كما ينبغي.

لكن لِمَ اجتررت ذلك الكابوس الآن؟

حقيقة لا أريد أن أعرف.

ـ أنا دايخ.

ـ لازم تكمل نوم.

ولامستْ بسبابتها جبهتي، ضغطت زر «OFF»، غمرني النعاس وازدادت جفوني سبعة كيلوجرامات فاستعدْت نفس اللحظة قبل ست وثلاثين ساعة.

هل قبّلتني تاليا حقًّا؟

أم أنني بدأت هلوسات الحلم مبكرًا؟

ـ هو انتِ... قبل ما أنام...؟

ابتسامة بجانب فمها، تهاوتْ بعدها الكلمات من حلْقي على رقبتي ثم على المخدة، السقوط في فوهة بركان خامد له مذاق خاص، ستدور عكس عقارب الساعة، سيتخلل ضلوعك تيار دافئ ويغمر أذنيك طنين مريح، ثم يقترب القاع، أو هكذا تظن. سحابة رمادية داكنة، هشة غاضبة، مزدحمة بصواعق بطيئة، برق صامت يتلوى كالثعابين، غطستُ فيها مائة متر قبل أن أستقر على أرض صخرية مكسوَّة بالعشب، أقف عليها منهكًا منذ ثلاثة شهور! خارج نطاق الزمن، خارج نطاق الرحمة، أغصان اللبلاب نمتْ على ساقيَّ، أنظر إلى السماء الساكنة، والنجوم التي تتباعد في سرعة عجيبة، ولانعكاسي في بحيرة ملؤها المطر، لوني يتماوج بين الصفرة والحمرة القانية، بين خوف ينهش روحي وغضب يحرقها.

ـ ما منعك ألَّا تسجد أيها المعتوه؟

جفلتُ فالتفتُّ، كان على هدوئه المعتاد رغم تجسده البنفسجي الذي لم يُخفِ غضبًا مكبوتًا، أجبته:

ـ أنت تعلم.. وهو يعلم.

أصمَّ أذنيَّ بصرخة هائلة حتى كاد الهواء يشتعل من حولنا:

ـ كيف سولت لك نفسك تحديه أمام الملأ؟ وكيف تهدد البشري وذريته؟ تأتيهم من بين أيديهم ومن خلفهم وعن أيمانهم وعن شمائلهم! أي هراء هذا؟!

ـ أعترف أنني لم أكن مهذبًا لكنها طبيعتي التي يعرفها، كما تعرف أنت أن سليل البرمائيات سيسقط في أول اختبار.

ـ ليس ذلك من شأنك.

ـ لِمَ لبَّيت دعوتي إذن؟

ـ لقد سجدنا في يوم ما لنفس الإله.

ـ أيعلم أنك ستقابلني؟

قال بنفاد صبر: الآن بدأتُ أندم على تلبية دعوتك.

ـ أرغب في العودة.

ـ العودة! لقد طُردتَ من الملأ الأعلى، ستدوَّن قصتك في السجلات، وستعيش أيامك الباقية منبوذًا مدحورًا في الأرض حتى تلقاه يوم موتك.

ـ أسيظل الإله حيًّا حتى ألقاه؟

حدجني بنظرة كادت تخترقني:

ـ لا تخُض بما ليس لك به علم.

ـ لِمَ لم يقتلني؟ أود أن أعرف، أم أنك جئت اليوم لتفعلها؟

ـ لقد أقر بحرية الخلق جميعًا، وإن جئتُ لأزهق روحك
ما تكبدتُ عناء التحدث معك.

ـ الحرية! ممم، حسنًا، سيدون قصتي في سجلاته، وستصدقها
المخلوقات الغاشمة، سيكون عليَّ أن أكتب ما حدث.

ـ اكتب ما شئت، فأنت تُجيد لغات الطير.

ـ عليَّ أن أصير من المُنظَرين إذن، هذا حقي.

ـ تريد أن يمتد بك العمر حتى يُبعثوا؟ لتقضي على سلالة
البشري بما لديك من قدرات؟

ـ ها أنت قد قلتها، آدم غير قادر على مواجهتي.

ـ يكفيه ما سيلقاه من أهوال في الأرض حتى يظفر بجنة الخُلْد.

ـ جنة الخُلْد! التي لم تُخلق حتى الآن؟ أنت تصدق يا جبريل؟
تصدق أنه يملك مفاتيح الخلود؟ تصدق أن سلالة البشر
سيُبعثون؟

تبدل لونه إلى الأحمر القاني:

ـ لقد تخطيتَ الجنون.

ـ جنون! ماذا لو طلبتُ العفو والرحمة منه.. أيقبل؟ أم أن
لرحمته حدودًا؟

ـ الغرور ساقك أن ترتكب حماقة لم تشهدها الخلائق من قبل.

١٢١

ـ لم يعد لديَّ ما أخسره، وكل ما أريده أن أُظهر الحقيقة.

ـ أي حقيقة؟

ـ سيصير البشر أسياد هذا الكوكب، وسيقتلون الإله بأيديهم يومًا.

ـ ولن تبلغ ذلك اليوم إن حدث، فعمرك محدود.

ـ كذلك أنت.

نظر إليَّ في صمت ثم تسارعتْ ذبذباته فاختفى، صِحتُ وأنا أعلم أنه سيسمعني:

ـ أين آدم الآن؟ فوق جبل الصفوة؟ ينعم بالعرش الجديد الذي لم يشْقَ يومًا في اكتسابه!

تبددت كلماتي في الخواء، نظرت للسور الشاهق الذي يخفي نافذته، أعلم أنه يراني، يسمعني، ولن يسامحني، فلم يتصدَّ عبد من قبل لمواجهته علنًا، إن كان خلقني كما ادّعى يومًا فليمنع الإنسان من السقوط، ليستغنِ عن الملائكة، ليُرني قدراته الفائقة، وليُبقني حيًّا إن استطاع، لولا أني أعرفه لانتظرت حَجرًا مشتعلًا يُصيبني منه، أو مَلَكًا من ملائكته يبرز فيقتلني غيلة، لكنه لن يفعلها، فوجوده الأزلي، وظهور كل المخلوقات من بعده، وثباته العجيب وسط كائنات تتحوَّر وتتبدَّل وتتكيف وتتطور، أعمارها القصيرة مقارنة ببدايته المُلغزة يوم كان عرشه على الماء، كل ذلك صبغ عليه هيمنة لا مضارع لها، فليقل ما يقول، فليس هناك مَن شَهِد النشأة، وليس هناك مَن رآه وهو يقسم الخلية، بل ليس هناك مَن

رآه رأي العين! لن أصمت، سأثبت له أن آدم لا يستحق المُلك، لا يستحق البقاء، عليه أن يعود لقبيلته التي حاربَت الهمج السابقين، عليه أن يندثر كما اندثرت الزواحف العملاقة التي لم يعاصرها، سأصعد إلى جبل الصفوة، إلى جنة البشريّ، فأنا لم أُهدِه بعد هدية زواجه من الأنثى التي انتقاها الإله، ولم يُعرف عني يومًا أنني قليل الأدب. انتزعت قدمَيَّ من العشب الذي نما عليها، تسارعتْ ذبذباتي فانتقلت..

إلى سرير غرفة نومي ببيتي قرب البحر.

نظرت للصور حول المرآة، وللوحة الملونة الكبيرة ورائي، حين التقطْت وقْع الخطوات، ثم انفتح الباب عن مريم، عارية، تأملت جسدًا لم يعد يُدير في جسدي خلية حول نفسها، مُنحنياتها اليائسة، جلدها الشاحب، وكل العيوب التي قد تغدو في أنثى أخرى مصدر إلهام... اقتربتْ، بأحمر خدود زائد عن الحد، بخطوات مترددة، ونظرات لوم تتوارى، نظرت إلى عقرب الثواني في ساعة الحائط فلاحظته يتباطأ، مع كل خطوة تخطوها نحوي يزداد بطئًا، حتى لمستني فتوقف الزمن، قبَّلتني فتركت لها شفتَيَّ قبل أن تدس لسانها بين أسناني، كان عليَّ التحرك سريعًا، قبَّلت عنقها غصبًا، أركعتها فاخترقتها، مُوليًا وجهها ناحية الحائط حتى لا نلتقي، قبل أن ألحظ الشعر الأبيض الذي غزا فروة رأسها، التجاعيد حول خديها، والنمش الكبير يطفح على كتفيها، توقفت، أمسكت بذقنها فلففتها نحوي حتى سمعت طقطقة رقبتها، ولَيْتني لم أفعل، فمَن ظننتها مريم كانت... أمي، تنظر إليَّ بعتاب غريب،

بحب، ودموع تترقرق في عينيها! تيبسْت في مكاني، لم أستطع حتى الخروج منها، غمرني العرَق وضرب الصقيع أوصالي، كان ذلك حين انفتح الباب، عن طفل يشبهني، بل عني، صغيرًا في بيجامتي القطنية الزرقاء، أنظر لأمي التي استلقت على السرير عارية، ولنفسي كبيرًا، أغمضت عينَيَّ فلم تستجب أجفاني، ولمَّا صرخت تقيأت صمتًا، حاولت أن أتحرك فعرقلتني جذور سوداء خرجت من باطن قدمَيَّ وانغرستْ في أرض الغرفة، جذور تنبض، تُجبرني على وطء أمي، فتحت فمي بصرخة حتى تمزقت أطراف شفتَيَّ، ثم خرج صوتي شارخًا حنجرتي...

كان ذلك حين سعلتُ فخرجتْ روحي...

قبل أن تعود بغتة...

فتحت عينَيَّ بصعوبة وكانت تاليا فوق بطني جالسة، دون أن تثقلني، تحيط وجهي بيديها:

ـ إهدا...

ـ مش قادر آخد نفَسي.. كابوس.. صعب.. جدًّا...

ثم تقيأتُ بألم حتى أفرغتُ معدتي، مسحتْ تاليا رأسي ثم أردفتْ:

ـ ساعات الموجة دلتا بتفتح أبواب مش المفروض تتفتح.

ـ أنا نمت قد إيه؟

ـ أربعين ساعة كمان، إنت خلصت المرحلة الأولى.

- ١٦ -

كالخارج من غيبوبة تركتْ الغرفة دلتا، الوقت كان ليلًا، ساندتني تاليا حتى المغطس الكبير، وضعتْ خلف ظهري مسندًا وغسلت رأسي بمياه دافئة ثم دلكت رقبتي بأناملها، كنت مسلوب الأعصاب بين يديها مثل أطفال المجاعات، تُقلِّبني كخرقة مستعملة، أتأمل عينيها في سكينة لم أجربها منذ دهر، سكينة نوم لثلاثة أيام في مُحيط مُظلم، دون طعام، دون «العين الثالثة»، والذكريات من حولي تسبح بأنياب بارزة.

- مريم دي...؟

سألتْ تاليا، نظرتُ في عينيها وأخَّرْت الإجابة لثوانٍ، فتلك لحظة فاصلة:

- مراتي.

من نظريات صيد الغزلان «في ذكر كلمة «مراتي»»

انطقها بهدوء، وتأكد من أن تبدو عادية، مثل ذِكرك لفريق كرة القدم الذي ورثت تشجيعه من أبيك، مثل ولادتك بوحمة في جبهتك، واعلم، أن تلك الكلمة

تُنفر بعض الإناث، ذوات مسافة الهرب(*) الطويلة، لكنها تجذب من يعشقن التحدي، هجين من الغزلان المفترسة يحمل بداخل ضلوعه جينات الصياد، فانتزاع رجُل من فوق امرأته انتصار شخصي يملأ تلك الضلوع فخرًا ويضخ الغرور في الأثداء المتحفزة.

نظرت تاليا في عينَيَّ لحظة، ثم نزلتْ إلى الحوض، غمرتها المياه فشفَّت ثنايا ردائها وأطراف الشعر الأحمر. إذا أرادت الأنثى أن يتم اجتياحها، فعليها أولًا أن تعطي الإذن، فهي سيدة الموقف.. حتى حين.

ـ نطقت اسمها تلات مرات وانت نايم!

ـ فعلًا! إنتِ كنتِ موجودة طول الوقت؟

اقتربتْ حتى فاح ريقها في وجهي:

ـ ممم... إنت ضيف خاص.

ازداد غروري سبعين كيلوجرامًا: ممكن آكل؟

ولم أكن أقصد الطعام بأي حال من الأحوال.

ـ حاجة خفيفة، عشان دمك يفضل في عقلك.

ـ أنا مركز جدًا، وده غريب.

(*) مسافة الهرب: هي المسافة التي يبدأ عندها الحيوان في الإحساس بالذعر قبل الهرب.

نظرت في عينَيَّ:

- إنت عاوز تنام معايا؟

ألقيتُ على مائدة القمار بما تبقى من دِماء في جسدي:

- ده سؤال؟!

- إنت متجوز!

الرد دائمًا كان حاضرًا:

- وده أدعى إني أنام معاكِ.

- طب ومراتك؟

- ده شيء صحّي جدًّا ليها.

- علم النفس التطوري بيقول كده؟

- علم النفس التطوري بيقول إن بحث المتجوز عن علاقة شيء طبيعي في ذكور فصيلة القردة العليا.

- القردة العليا! ممم.. طب وإناث القردة العليا.. المتجوزات؟

- البحث عن علاقة بالنسبة لهم قرار بيساعدهم على التمرد.. أو التغيير.

طال صمتها فأردت أن أستفز الحكي فيها:

- إيه كان انطباعك أول مرة شوفتيني في المحاضرة؟

- فيه حد هنا محتاج يسمع مدح!

- أعتقد ليَّ حق.

تأمّلتني للحظات طالت ثم قالت:

ـ أول ما شفتك في المحاضرة حسيت إني عاوزة أحط إيدي على راسك، حسيتها هتبقى سخنة، بتحرق.

ـ وضْع إيد على راس الابن شعور أمومة مزروع في كل أنثى.

ـ وأنت؟

نظرت في عينيها، ثبتُّ حدقتيها بدبوسين:

ـ حسيت إني محتاج أرضع منك.

ضحكتْ: وده طبعًا أكيد بيمثل تفسير واضح لسلوك الذَّكر ناحية الأنثى؟

ـ علم النفس التطوري صادم.

ـ إنتَ جريء.

ـ وانتِ عنيدة.

ـ متعود كل حاجة تيجي بسهولة؟

ـ بالعكس، أنا باحب أتعب في الحاجة عشان أستطعمها، هتستغربي من صبري.

قامت، التقطتْ زجاجة فتحتها عن رائحة قرنفل فواحة، سكبت في الحوض قطرات ثم قلّبت المياه قرب صدري:

ـ احكِ لي عنك.

ـ مش هتحبي تسمعي، وبعدين طارق قال لي إن عندك ملَكة قراية الناس.

١٢٨

نظرتْ في عينَيَّ ثم تحدثتْ:

ـ تاريخ من الخيانات، مراتك مش مالية حياتك، وانتَ زي الطفل، الدلع بالنسبة لك مش مطلب، ده حق مكتسب.

ـ دي طبيعة ذكورية مهما حاولنا نخبيها.

ـ إنك تحب عشرين؟

ـ تلاتة وتلاتين، كتبت أسماءهم مرة في ورقة عشان ما أنساش.

مطت شفتيها في ابتسامة تليق بأنثى تعشق التحدي:

ـ علم البيولوجي مقدم لك صلاحيات رهيبة.

ـ سألتِ نفسك مرة ليه الطبيعة بتصنع جواكِ بويضة واحدة، وإحنا جوانا ملايين الحيوانات المنوية؟

ضاقت عيناها: ليه يا دكتور؟

ـ عشان السلالات القديمة من الهومو قبل تُلتُميت ألف سنة كانت الأنثى فيها بتمارس الجنس مع أكتر من ذكَر، زي الشامبانزي، فكان فيه تنافس منوي، جواها، خناقة بين ملايين، حرب منوية، البقاء فيها بيكون للأسرع والأقوى.

ـ إنت شايفني حيوان إيه؟

ـ غزالة.. بيضا.

ـ وانت عادة بتعمل إيه مع الغزلان؟

ـ باركع على ركبتي واستنى لغاية ما تحس بأمان وتقرب، لحد ما تسمح لي ألمسها.

ـ ده نوع غريب من الغزل!

١٢٩

ـ الغزل جاي من كلمة غزلان.

ـ إذن أنا غزالة من الغزلان، الغزالة رقم أربعة وتلاتين.

ـ إنتِ حاجة تالتة.

ـ قلت ده لكام واحدة؟

ـ تلاتة وتلاتين أنثى.

ـ وإيه الفرق؟

ـ ما تستغربيش إذا قلت لك ريحتك!

ـ ريحتي!

ـ الغريزة بتبدأ دايمًا بحاسة الشم.

ـ شم إيه؟

صعدت بخيالي أربعة عشر سنتيمترا: السرَّة مثلًا.

قلتها وأمسكت يدها ولثمت باطنها، قبل أن ألحسها. ابتسمتْ، اقتربتْ حتى باتت على بُعد سبعة مللي من شفتَيَّ، قبل أن تقوم من المغطس بغتة لتخرج من الحمّام.

ستتعطر ثم تغلق الباب علينا...

ستأتيني بالطعام ثم تغلق الباب علينا...

ستأتي بطارق والعجوز العاري ذي الغرلة المنكمشة ليضربوني ويحزوا رقبتي ثم يغرقوني في المغطس، ثم تغلق الباب علينا.

لكنها أتت بعد قليل في رداء حريري أزرق وفي يدها بدلة:

ـ طارق مستنينا على العشا تحت.

-١٧-

غرفة السفرة كانت واسعة: لها سقف عالٍ مليء بنقوش عصر الآرت ديكو، ونافذة تطل على الوادي الجاف، وتكشف مشهدًا مفتوحًا للسماء وفيها المُذَنَّب يسير ببطء نحو الشرق، ومن ورائه ذيل يتفتت في وهج متفجر. على مائدة مستطيلة طويلة يغطيها مفرش عتيق مزخرف وثلاثة كراسي عالية الظهر، جلس طارق في المنتصف، وجلست على الطرف قبل أن تجلس تاليا في الطرف المقابل، ترمقني بعينين لامعتين من بين أعمدة شمعدان ضخم في وسط المائدة، يتراقص فوقه لهب شموع حمراء، بجانبه حوض زجاجي مستدير يأوي سمكة ذهبية تحرك زعانفها الكبيرة كراقصة فلامينجو برتقالية.

- مش بنستخدم الكهربا، شوية وعينك هتاخد على النور البسيط.

- بدلة مين دي؟

كنت أشير إلى البدلة العتيقة التي أرتديها. قال طارق:

- ما لقتش غير بدلة الوالد، كان في نفس جسمك تقريبًا.

اقترب الخادم العاري بصينية عليها الأطباق، مازال عُريه يمثل

لي صدمة، وضع أمامنا شوربة تسبح فيها أعشاب لم أتعرفها ثم رحل، أكلت بنهم وللعجب شبعت قبل أن أبلغ نصفها، رفعت رأسي وكانت تاليا تراقبني، أما طارق فكان يتابع المُذَنَّب من النافذة في شرود وشجن قبل أن يقول:

- ملَّي عينك من الكائن الأسطوري، هتقابله مرة واحدة في عمرك، وجود الزيبق في تكوينه بيسبب هلوسة لبعض الناس.

ابتلعت آخر قطرات الشوربة:

- كفاية الهلوسة اللي شفتها في الأحلام، أنا كنت عامل زي السمكة الدهبية دي - وأشرت إلى الحوض - باشوف العالم من إزاز حوض مدور بيغير المعالم حواليها، تخيل هي شايفانا إزاي؟

- الهلوسة اللي بيعملها الحوض مُمكن تكون هي الرؤية الأصح للعالم، وإحنا اللي شايفين غلط.

- التعايش مع الحقيقة القاسية أفضل من العيش في الوهم.

- الحياة على الأرض فرصة نادرة جدًّا.

- فرصة غير عادلة.

قلتها وأنا أرمق تاليا، إن كنت أسدًا في غابة، فتلك اللبؤة أحرقتْ لبدتي وألهبتْ أنيابي، تراودني لأهزم سيدها الحالي وترفع لي ذيلها، شغف اعتلائها لا يقل روعة عن لذة انتزاعها أردفت:

ـ هل فكرت مرة في الملايين منا اللي بيعيشوا وبيموتوا ومش بيعرفوا الحقيقة المطلقة؟

ـ الحقيقة نصيب المكرَّمين، احكِ لي، حاسس بإيه بعد تلات أيام نوم.

انتزعني من تأمُّل أُنثاه بفلسفته السفسطائية، لكنها على أي حال ستعود إلى رأسي بعد سبع ثوانٍ. أجبته:

ـ أحلام ملونة، واضحة، ذكريات قديمة، وبحثي اللي باحضّره، كله دخل في بعضه، مش فاكر إني حلمت بالكثافة دي قبل كده.

ـ النوم العميق لساعات طويلة بيعمل حاجة زي تسليك الجلطات، مسارات الأحلام في مخك دلوقت نشيطة جدًّا، حاول ما تفكرش في أي حاجة تشتت الصفاء اللي انتَ فيه.

لا إراديًّا كنت أنظر للشيء الذي يشتت الصفاء، أو يعيد ترتيبه؛ تاليا، كالشوكولاتة البيضاء ملفوفة في رداء حريري أزرق، والنمش فوق الكتفين منثور.

ـ الفضول بياكلني، عاوز تثبت إيه في المكان ده؟

بدت كلماتي بطيئة جدًّا...

ـ الإثباتات صراع، مين صح ومين غلط، وده بالنسبة لي ما بقاش مهم، أنا أنهيت صراعاتي مع نفسي من زمان، أنا دلوقت باستمتع بالسلام، بالصحبة الحلوة والصمت.

ـ مش متذكر إني قابلت حد قدر ينهي صراعه مع نفسه.

ـ هتفهم كلامي لما تدخل المرحلة التانية، بُكرة بعد الفجر.

ـ من غير أكل برضه؟

ـ هيكون فيه أعشاب بسيطة كل تلات ساعات.

تاليا في وجوده لا تتكلم، تاليا في وجوده تنطفئ.. كفرس حرون تمتلئ عيناها بالثورة، لكنها لا تثور! فقط تفور، أنوثة، رغم ولعي بصيد المفترسات من النساء ومُدعيات الغموض اللاتي يفرجن أرجلهن أسرع من ساقَي المقص، أجدها نوعًا لم أُدونه في سجلاتي بعد، لغزًا مغلفًا بالشغف، تقول الكثير، دون كلمة، عاهرة متحكمة وأنثى راضخة في نفس الجسد، رغبة جامحة لا تكتفي، وولاء عجيب لسيدها، غجرية، منتزعة من جذورها، ربما طارق هو الملجأ الوحيد لها! وربما هي طبيعة فيها مثل طبيعتي، تتلون مع الجنس الآخر كالحرباء، لا يهم، فهي الغزالة البيضاء التي حفزت أعتى رغبات الصيد لديَّ، ومن الحكمة أن تأخذ وقتها، وتتمنع، حتى يصير لنهشها حية مذاق خاص.

ـ مش عاوز تبعت رسالة للأسرة؟

خرجتُ قسرًا من منابت ثدي تاليا لأجيب الطارق المتطفل:

ـ لأ، ماحدش يعرف إني هنا.

مال برأسه وابتسم: التجربة هنا مع مراتك ممكن يكون ليها تأثير إيجابي جدًّا على علاقتكم.

فتحت فمي فعاجلتنا تاليا: مش طريقها، مراتك بتخاف من التغيير، بس ما كانتش كده!

ساد الصمت حتى أجبت: كأنك تعرفيها!

ـ كل حرف في اسم البني آدم ليه تأثير عليه.

ـ التجربة معانا في الملاذ بتفيد الحياة الزوجية جدًّا، وجودكم قدام بعض من غير كلام، بيقوي الروابط، هتحس باختلاف بعد مرور سبعة أيام.

أردت أن أكسر الطبق في فمه ليتوقف عن ذكر مريم:

ـ مرة تانية.

لكنه استمر!

ـ لو تحبها تيجي مُمكن نبعت لها و...

قاطعته: هيَّ مش بتخرج تقريبًا من البيت.

نظرا لبعضهما البعض ثم التفت طارق:

ـ خير، هيا...؟

ـ عندها... شغل مكثف.

ـ لازم نقابلها يوم.

ـ أول ما تفضى.

ـ خاصة إنها بتظهر لك كتير في الأحلام.

تلك كانت تاليا، تسكت دهرًا لتنطق كُفرًا، بشفتين مثقلتين بابتسامة سخرية، واستطرد طارق كالبغل الأعمى:

ـ معلش هي اسمها إيه؟ أصل كلمة مراتك دي تقيلة شوية.

ـ مريم.

ـ وإيه طبيعة الحلم بمريم؟

ـ المفروض أحكي أحلامي؟

ـ مفيش مفروض، خاصة لو الحلم.. حميمي.

نظرت إلى تاليا ثم أجبته: هو فيه حد بيحلم أحلام حميمية مع مراته؟!

ـ على حسب طبيعة العلاقة، ولو إنه صعب، وجود الشخص قدامك طول اليوم بيخلق تعوّد وفتور، لكن ممكن في الأحلام تتفاجأ بإن لمراتك تأثير كبير في عقلك الباطن.

ـ احكِ لنا قابلت مريم إزاي.

تلك كانت تاليا، للمرة الثالثة، تطفئ جمرة استفزاز بين عينَيَّ، كززت على أسناني وحكيت:

ـ حضرتْ مُحاضرة من محاضراتي، اتكلمنا، اتجوزنا.

ـ الموضوع جه بسرعة؟

ـ بالعكس، كانت قصة حب.

ردد طارق: كانت؟!

ـ الدنيا بتتغير، مفيش حاجة بتفضل على حالها، لو الناس تفهم، هيتجوزوا بعَدّ تنازلي، ينتهي أول ما الفتور يحصل.

ابتسمتْ تاليا ثم ألقت القنبلة في حجري:

ـ وانت العد التنازلي بتاعك وصل فين يا دكتور؟

لم أجد ردًّا منطوقًا يوافق سؤالها، خمشْت رأسي، ابتسمت:

ـ أنا محتاج أقوم أنام.

-١٨-

على سرير الغرفة مائلة السقف ارتميت، أراقب المُذَنَّب من النافذة المستديرة، ذلك الكائن الذي اقتحم حياتي بغتة كما اقتحمتها تاليا، بدأتُ أصدق أن الإشعاع الصادر منه وابل جنون مستتر تغلغل في عقلي دون أن أشعر، في البداية حلم عجيب، ثم تجربة مثيرة، والأغرب، أن أقبل خوضها، أين الأنا يا نديم؟ أين الذات؟ أين الغرور المُحبَّب إلى قلبك والكبرياء؟ احترقت بإشعاعات المُذَنَّب؟ احترقت برائحة تاليا؟ ربما، لكني سعيد، مُنتَشٍ، مراحل صيد الغزلان لها متعة تفوق الجنس ذاته في أعلى مراتبه، بعض الصيادين يصيبون الهدف ثم يتركونه ليهرب، والبعض يأكلون الهدف وهو حي...

أغمضت عينَيَّ وكِدت أسقط، لكن الأرق أصابني، تأملت الرسم اليدوي في السقف المائل، نصف وجه الفتاة ونصف وجه السمكة ذات البقعة الحمراء على الفم، في العين البشرية إحساس... لوم! حزن! وملامح أكاد أعرفها، هل ضاجع طارق غزالته في تلك الغرفة؟ سؤال مباغت! هل أوصلها لحدود الجنة وأوصلته؟ لا أريد أن أعرف، لا أهتم، لا... أريد أن أعرف،

بالتفاصيل المملة، فمنافسة الذكور في جنس الهومو قائمة على سرعة جريان الدم في جسد الأنثى... واجتاحتني السخونة، وكأنها أول امرأة أراها، كأنها أول امرأة أرغبها، طرْدها من رأسي صار شيئًا ميئوسًا منه، خاصة أنها ممنوعة، أكاد من فرط الإلحاح أن أدعوها للخطف، وربما تأتيني سعيًا على ركبتيها وتريحني، فالتستوستيرون يسيل من شراييني على المخدة، يُغرق السجادة، يعلو ويعلو، حتى السقف، أغرق، إنها الكيمياء، رغبة الخلايا في التناسل، نداء الطبيعة، حُمى الالتحام، أعراض انسحاب هيروين تكاد تدفعني أن أقايضها بمريم، لا أشك أن طارق سيراها مُغرية وبراقة، كما أرى أنا تاليا غزالة وثَّابة، إنها الطبيعة البشرية، بالإضافة إلى هلوسة المُذَنَّب، وأرَقي الدائم قبل الفجر، وقت توحُّش الأفكار، هل هذا صوت مواء تاليا فوقه؟ غنجها؟ تنادي اسمه! تريدني الخبيثة أن أسمع؟ دقائق لم أتنفس فيها خشية أن أفقد صوتها، حتى خمد كل شيء، نعم، هي هلوسة المُذَنَّب، وربما أنا فقط أُطمئن نفسي... كان عليَّ أن أطفئ محركاتي التي لا تهدأ، حركت إبرة الميترونوم الخشبي فانتظمتْ تكتكاته، بثَّ النعاس في حدقتَيَّ رغم غرقي لثلاثة أيام في النوم، أرخيت عضلات فكي وغاب الوعي، لساعات لم أحصها...

ثم أيقظني طارق، قبل أن أحلم، وقبل أن تضيء السماء، يا له من سمج! لِمَ لم تأتِ تاليا لإيقاظي؟ لمصاحبتي في تلك الرحلة، ربما استشعر ميلي نحوها؟ وربما تكبح هي جماح فرس لا يروَّض، أو أن وركيها قد أُرهقتا من مجهود ليلة أمس؟

- مين دي؟ (سألته عن رسم السقف المائل وأنا أرتدي ملابسي).

- قصة حب.

- مش شبه تاليا!

- لأ، دي قصة حب عاشها أبويا.

- الهروب من إرث الأب صعب، إحنا بنتجوز أشباه أمهاتنا، والأنثى بتدوّر طول الوقت على أبوها في جسم شاب تاني.

- عاجبني تصنيفك للمرأة بكلمة الأنثى.

فتح الباب وخرجنا إلى الطرقة، أردفتُ مبررًا طبيعتي:

- لو فهمنا سلوكنا عن طريق فهم سلوك الحيوانات؛ هنفهم نفسنا أفضل، المرأة بشكل ما بتسلم نفسها للذَّكَر الأقوى لو جوزها انهزم، ونسبة الأطفال اللي بيموتوا من اعتداءات زوج الأم هي أعلى نسبة، كلامي بيفكرك بحاجة؟

توقف والتفت: مجتمع الأسود؟

- الذَّكَر يعجز، بييجي ذَكَر أقوى، يهزمه، اللبوة تِسلّم له.. يقتل أولادها.

- وطفرة جنسنا هي الثقافة والقوانين اللي تهذب طبيعتنا الوحشية، وطبعًا الدين.

- الدين تطوُّر واختراع بشري ذكي لتهذيب الأخلاق، وعشان امخاخ البسطاء ما تفرقعش لما تتخيل إن مفيش إله بيعتني بيهم.

ـ كبيرة أوي إن الإنسان يبُص للسما يلاقيها فاضية.

ـ ومع ذلك نُص العالم اللي مش مؤمن بإله هو النص اللي عايش في سلام حقيقي مقارنة بالشرق الأوسط اللي اتكتبت فيه كل الأديان السماوية.

وقفنا أمام الغرفة ألفا «α»، قبل أن يفتح الباب رمقني للحظات ثم سألني:

ـ عاملة إزاي الحياة من غير إله؟

ـ جحيم، لغاية ما تفهم قد إيه إنت محظوظ، فرصة واحد لمليار إنك تتولد وتموت في كوكب من مليارات الكواكب غير المؤهَّلة للحياة.

ـ حياة مرعبة!

ـ عندك اختيار؟

هز رأسه بابتسامة ولم يعقب ثم فتح الباب قبل أن يستدرك:

ـ ولو قابلته بعد ما تموت؟

ـ هاتّهمه بتضليلنا عن عمد بكُتب مليانة ألغاز، وهاطلب تعويض عن تجربة عشنا ومُتنا فيها من غير ما نفهم مغزاها، لو اتولدت في الهند لعيلة بتعبد الإله «شيفا»، هل كنت هتختار الأديان الإبراهيمية اللي بتعبد الله؟ مستحيل، العقيدة مريحة، لحد ما العلم يتكلم، ونبتدي نزعل من بعض.

هز طارق رأسه: عندك حق.

في الغرفة ألفا «α» الحياة بنفسجية؛ الوسائد والسجاد، وحتى الشموع، جلست على مخدة، وانحنى طارق على جهاز في الركن، بث منه موجات متذبذبة لها تأثير حفري مدغدغ للآذان، جثا على الأرض أمامي وعلق في رقبتي سلسلة طويلة يتدلى منها حجر أماثيست بنفسجي، فرك يديه بهدوء وأحاط وجهي، لدقائق، وطلب مني السكون، الموجات تكسر ثنايا المخ، تساويه، تُسفلت طرقه الملتوية حتى يصير حجر صوّان أملس، همس طارق بكلمات مبهمة لم أستوعبها قبل أن يضع يدي اليسرى على اليمنى فوق صدري، ثم يغطي عينَيَّ بكفِّه:

- خلي إيدك الشمال فوق اليمين عشان العقل الباطن في إيدك الشمال متوصل بفص مخك اليمين؛ المتحرر، أرْخِ فكك واتنفس من بُقك، اطفي أفكارك، حاول تسمع أنفاسك، سيب نفسك مع التيار، افتكر إن بذرة النبات لازم تموت؛ عشان الشجرة تطلع، مَوِّتْها بالصمت، بالخضوع والاستسلام، مَوِّتْها عشان تطرح ألوان جديدة، مَوِّتْها عشان تتحرر...

قالها وألصق على جبهتي ورقة شجر ندية، ثم وضعني في صندوق بريد لا قرار له...

أشعر بالغرفة، بطارق، أشعر بساقَيّ المعقودتين وأطراف أصابعي، لست مخدرًا، ربما ابتعدت عن الأرض شبرًا، أو خمسة أمتار، لكني في كامل وعيي، فقط جفناي لا يرغبان في الارتفاع، وأنفاسي تهدر، عاصفة تخمش قمة جبل...

جبل ليس عاليًا لكنه يفي بالغرض، عزلة إجبارية محاطة بالأشجار، لقد أراد الإله لآدم وزوجه أن ينجبا جيلًا يقضي على الهمج قِصار القامة من فصيلة النيندارتال، يقتلونهم ويقطعون ذريتهم حتى يُفنوهم، ليسود المنتصبون كبار الرءوس إلى الأبد، لماذا؟ لأنهم الأكثر ولاءً، الأكثر رضوخًا، وهُم قادرون ـ دون رؤية وبطفرة عجيبة في تكوينهم ـ على خلق وهْم «التصميم الذكي» لجنسهم، سينسى آدم أن أجداده كانوا برمائيين، وستنسى ذريته أنهم سلالة تطورت منذ ملايين السنين، سيغمضون أعينهم عن الدلائل، الهياكل العظمية التي تُظهر أسلافًا لهم بجماجم عجيبة، الإنسان غير المنتصب، السلالة ذات الذيول، وسيمجدون فقط اللحظة التي كتم فيها الملائكة أفواههم من الإثارة وظنوا أنها نهايتي، لحظة طردي من المملكة، وكَمّ الإحراج الذي غمرني، إحراج ملأ مُحيطًا وفاض، ورغم تاريخي الطويل من التزلف والتقرب، فما كان ليغفر لي، ومَن يجرؤ على الاعتراض؟ فهو يدَّعي أنه أول مَن حرك الخلية الأولى، أول مَن قسمها، قبل الزمان بزمان، ثم حدث التطور، وهو ما لم يتدخل فيه بالمناسبة، فالكائنات تتعلم، تموت بالآلاف لكنها تورِّث التجارب، تُخزنها في كُراتها الصغيرة، فطفل الإنسان لا يعرف لِمَ يخاف الثعبان، ولا يدرك لِمَ يبعث فيه الليل كآبة، لا يعرف أن مَن سبقوه كانوا يخافون، فهو يحمل إرثًا يظن كل الظن أنه سيُحاسب عليه.

وسط الأشجار، بجانب النهر النابع من السحاب، كانت تجلس، خصلات شعر حمراء داكنة، مموجة تصل لمنتصف الظهر، بيضاء كالحليب، والنمش منثور، بطنها منتفخ بأمير

الأرض الجديد، ومن فمها تجري الثرثرة في أذن آدم الذي جلس بجانبها يقضم ثمرة ويعبث بقدمه في أغصان جافة. «ألف مبروك»، لقد أصابك الملل يا صديقي، فبدون عدسة الـ«AR»، وبدون الإنترنت ستفقد صوابك وستحرق تلك الجنة التي فزت بها قبل أن تمر سبعة أيام...

استرقتُ السمع وكان الحديث بينما يدور عن سيادتهما المرتقبة على الكائنات، كانت تُلح في سؤاله عن مصيرهما، وكان صامتًا، في صدره رعشة، ومجرى دمه يطفح بالقلق، هل سيأمرهما الإله بالنزول إلى سفح الجبل؟ كيف سيواجهان السلالة السابقة؟ قِصار القامة غليظي الرءوس ذوي الحِراب المدببة، فسليل البرمائيات كان عليه أن يُنهي ذلك النسل، هكذا فهم من إيمَاءات الملائكة وهمْسهم، أما الإله فلم يعطِه أي أوامر بعد، فقط «اسكن أنت وزوجُك الجنة وكُلا منها رغَدًا حيث شئتما»، واكتفى الملائكة بالصمت حين سألوه فقال: «إني أعلمُ مَا لا تعلمون»...

ـ آدم...

أبطأتُ ذبذباتي وناديت، التفت الزوجان فكسا الانزعاج ملامحهما، قبض آدم على حجر في تحفز، وتوارت زوجه خلف شجرة، تحمي وليدها مني بكفيها، ابتسمتُ مُلطفًا، ثم جثوت على الأرض باعثًا الأمان، امتد الصمت دقائق حتى أرخى آدم قبضته فبسطت يدَيَّ وتكلمْت:

ـ الحقيقة أن أمركما لا يعنيني في شيء.

رمقني ولم يعقب، ثم همستْ زوجه الخائفة ببضع كلمات في أذنه فسألني:

ـ ماذا تريد؟

ـ فقط كنت بالجوار وأردت أن أهنئكما بالمولود الجديد، ماذا سميتماه؟

ـ ليس ذلك من شأنك.

ـ سنعيش على تلك الأرض حياة مديدة، ولا داعي أن تنمو الضغائن بيننا.

ـ لقد عاديتَ الإله! (قالت زوجه بغضب).

ـ سيدتي الجميلة، أنا لا أُعادِ أحدًا، أنا مشفق عليكما.

نظرا لبعضهما البعض في جهلٍ فاستدركتهما:

ـ أنتما لا تعرفان حقًّا ما يقال عنكما؟!

ـ ماذا يقال؟ (سأل آدم).

اقتربتْ، تحفزَتِ الأعين ونشع العرَق على جبينيهما:

ـ أخبراني بما حُرمتما منه وسأخبركما بما قيل.

طال صمت البشريّ تلك المرة، ثم أشار بسبابته إلى شجرة بعيدة، فأردفْت:

ـ يُحرِّم عليكما تلك الشجرة! وأنتما سيدا الأرض!

أجاب آدم: ذلك كان شرْطه الوحيد.

ـ يا لكما من غَشيمين ساذجين، لم يَنهكما إلا عن المعرفة والخلود.

صاحتِ الأنثى:

ـ أنت كاذب، ولا أعلم لِمَ لم يقتلك حين تحديته!

ـ سؤال جيد جدًّا، ليحافظ على مظهر الحرية التي يزعم، ودليل صدقي، تلكما الشجرة، إن أكلتما ثمراتها لَنِلْتما الخلود الذي يدَّعي ملكه، الخلود الذي يؤثِر به نفسه؛ لذا حرّمها عليكما.

وقْع الكلمات كان مفزعًا، تقدم آدم نحوي بحذر:

ـ ماذا تعني؟

ـ أعني أنكما لُعبته الجديدة، وسيفعل ما بوسعه ليُبقيكما تحت سيطرته، فصراع الخلائق يَروقه، وسفك الدماء يُشعره بالإثارة؛ لذا سيُبقي عليكما سيدَين لهذه الأرض حتى يأتي بخَلْق لهم الغلبة عليكما وعلى ذُريتكما، وسيستمتع حقًّا برؤيتكما تُفترسان، أما لو نِلتما الخلود، فلن يكون هناك صراع، ستتساوى الرءوس.

ساد الوجوم؛ فالكلمات ثقيلة على سلالة البرمائيات حديثي العهد، نظرا لبعضهما البعض وتهامسا، لا يدركان أني أسمع تحاورهما؛ فأنا الأكثر تطورًا، الأنثى تشكك في كلماتي، تميل

للاستقرار بسبب بطنها المنتفخ، أما الذَّكَر فيُبدي طمَعًا في قدراتٍ تنقصه، التستوستيرون الساخن يغمر عروقه وشرايينه، ينفخ أنفه ويضخ الحَميَّة ويُزلل العقبات، إن كان الغرور شِيمتي التي اتُّهمت بها زورًا فالطمع شِيمة سلالة البرمائيات.

- فكّري في طفلكِ المرتقب، فكّري في مصيره بين الوحوش الضارية التي تتجول قرب السفح، الأُسود تشتمُّ الدماء مسافة يومين.

- لم يمسسنا سوء منذ ثلاثة أقمار، هو يحمينا. (أجابت الأنثى).

- لن تصبح اللعبة ممتعة دون أن تكثُر ذريتكما.

نظرتْ للشجرة ثم لزوجها الذي لعبت الفكرة في رأسه ثم عادت إليَّ:

- ولِمَ لا تأكل أنت منها؟ لقد استجديتَ الخلود يوم طرَدك ولم تنله.

- وما تظنين سبب زيارتي يا عزيزتي!

قُلتها واقتربتُ من الشجرة؛ شجرة التين، فالتفاح لن يظهر قبل ألفَي عام قبل الميلاد في جبال كازاخستان (For God Sake)، وحتى سِفر «التكوين» في التوراة لم يذكر الفاكهة التي أخرجَتِ الزوجين من الجنة! اقتطفتُ ثمرة وقضمتها بلذة وسط ذهولهما، ترقَّبا صعقي من السماء، أو احتراقي ذاتيًّا لكني ابتسمت مُلطِّفًا:

ـ سأترككما الآن لتُقررا مصيركما، «Bonne Nuit».

وعرفتُ بعد يومين من أحد المقربين الذين استنكروا «سرًّا» طردي من المملكة أن البشريّ وامرأته أكلا ثمرات الشجرة. فالذَّكر كان مشتعلًا بالحماس، الملل يقتله، ظن المسكين أن الخلود سوف يحميه من الانتخاب الطبيعي، تخيل أنه سيخرج أخيرًا من السلسلة الغذائية المتوحشة، وتعشَّم أنْ لن يبرح الجبل يومًا، لكنه اضطُر بعد تقريع واستجداء واستغفار. زودَتهما الملائكة بفاكهة ولحوم، ولحفظ ماء الوجه أُذيع الغفران علانية في الخلائق؛ فهما تجربة الإله الجديدة وعليه أن يدعمهما، هبطا من السفح إلى الأراضي الدنيا واستعمرا كهفًا، أشعلا نارًا وأقاما للإله مكانًا للتعبد فوق صخرة، تركتُهما لأيام حتى يعتادا الحياة الحقيقية غير المُدلَّلة، هاجمهما ثعبان وخنزير، ونجح الذَّكر في صيدِ زاحفٍ كبير من مستنقع سيكفيهما لأيام، قبل أن أزورهما ثانية، تلك المرة ألقى آدم عليَّ حجرًا مرَّ من خلالي:

ـ الشجرة لم تكن سوى اختبار للولاء والطاعة أيها الخبيث.

هكذا صاح بغضب، كان عليَّ تهدئته بالحُجة:

ـ لقد رصدني وأنا أتسلل إليكما ولم ينبهكما! والآن أنا الخبيث! إنما أردت أن أُزيل الغمامة من أمام أعينكما، وسأكون بالجوار إن احتجتما مني شيئًا، وستحتاجاني، فالأيام كفيلة بكشف مَن هو الصديق الحق.

١٤٧

قُلتها ونظرت للسماء، لم أعرف إن كانت ليلًا أم نهارًا، فالبنفسجي يطغى على لون الغرفة ألفا «α»، الشموع ذابت حتى النصف، عظمتَا الحوض ـ إن كانتا موجودتين ـ فقد فقدتُ الاتصال بهما، أمامي طبق أعشاب ساخن، ومن خلفه.. جلست تاليا، مثل جلستي، ترسل شعرها خلف كتفها اليسرى، مُبقية رقبتها مكشوفة لتنير البحر للسفن البعيدة، تتأملني، بعينين لامعتين، فتحت فمي بصعوبة لأتكلم، فوضعتْ سبابتها على شفتيها وهزت رأسها آمرة لي بأن ألتزم الصمت، ابتسمتْ فابتسمتُ، أومأتْ وهي تنظر للطبق كي آكل فهززت رأسي أنا الآخر ممتنعًا كطفل يتدلل، وطال الصمت، لسنوات، حتى قامتْ، دسَّت يدها داخل تنورتها، خلعت لباسًا كُحليًّا رفيع الخيوط، كوّرته بين أصابعها ثم غمسته، في طبقي، فسال منه سائل رائق شفاف، نظرت في عينيها للحظات ثم رفعت الطبق وشربت مرقها، بلا تردد، ابتسمتْ ثم ابتعدتْ، تابعتُ كعبيها على الأرض حتى أغلقتِ الباب...

تلك الرائحة!

الغزال لا يتورع عن الاستعراض، يستلذ بالقفز عاليًا حتى لا تطوله الفهود، مثل السفاح الذي لا يكف عن ترك الأدلة وراءه، لتعرف الشرطة مكانه ويُفتن المجتمع به فيطلقوا عليه اسمًا تاريخيًّا رنانًا...

اللعنة على الصمت، الصيام عن الحياة لأيام من أجلكِ يا تاليا، تحسست ورقة الشجر على جبهتي وبدأت أشعر بفداحة

الاستغناء عن عدسة «العين الثالثة»، فهي الأنيس في الحياة، أكاد أُجن من أعراض الانسحاب، السكون قاتل، علاقة جنسية مع شجرة، وموجات «ألفا» حبال تلف أذنيَّ، تُركّعني، تغرز رأسي في الأرض، تهرسه مثل البذرة، مخي يسيل على السجادة، وبحساء تاليا تنمو فروعي حتى السقف، ثم تخترقه إلى سماء مظلمة يعبر فيها مُذَنَّب أحمر، تصطدم به، برودته تضرب سقف حلقي وتُجمد لعابي المشبع بعصير تاليا، وأفكاري، هل تعرضت للتجمد من قبل؟ أن تكون واعيًا لكنك غير قادر على توجيه عقلك أينما أردت؛ يبدو أنها أعراض الإحلال الذي تكلم عنه طارق، اللاوعي يُحدث انقلابًا، ينتزع الدفة من بين يديك ويتولى توجيه قاربك في محيطٍ كوني لا نهاية له! هذا أنا الآن، بذهن ذُبابة تلقت لسعة العنكبوت فوق شبكة الخيوط فتقبلتْ مصيرها وبدأتْ في تلاوة دعاء السفر، هل أتبول لاإراديًّا؟

هل هذه تاليا؟

أم زوجة البشريّ المختار تلد بين الشجر؟

تصرخ بألم غير مُحتمل، ألم لا مغزى له! مثل الحزن والفقد والقتل والقسوة، أوَلستَ الكامل الرحيم؟ هل تستمتع؟ لِمَ لا ينسلت الطفل من الأم ببساطة؟ دون أن تنزف ودون أن تموت ودون أن تنشق لنصفين؟ لِمَ لا تعدل طريقة الولادة؟ هل خرجنا من الضمان؟ باتت صيانة تراكمات التطور عبئًا على شركتك؟ تقول الشائعات إن الأنثى التي خلقتَها «مازوخية» المزاج، تعشق الألم،

في الجنس وفي الولادة، تنتهي منهما ثم تطلبهما ثانية، وجهة نظر تستحق الدراسة، فهي تلد المرة وراء المرة متناسية الألم، كأنها فقدت الذاكرة! وبذلك تصبح ساديةُ الذكور مناسبةً لها، فمُتعتهم تكتمل بألمها، ها هو آدم يراقبها، يشفق عليها ويضع ورق الشجر على شفتيها، الطفل يخرج من بين ساقيها، أبيض مشرب بحمرة، يشبه أمه، ويشبهني، ثم طفل آخر وطفل آخر، لم يكُف الذَّكر يومًا عن إلقاء بذوره في رحم أنثاه، أنثاه التي لم تعد تتحمل، ترهلت أطرافها وتفرَّعت الدهون في أردافها، رغم الحركة طوال الوقت خدمة لأسرتها الصغيرة؛ ثم ابيضَّ الشعر وتسوس أول الضروس، وكان على الحب أن يكبر وينمو، لا أن يشيخ؛ لذا مال آدم إلى الغزلان من جنسها، بنات العم اليانعات وبنات الخال، أراد أن ينشر نسله داخل الجلود الناعمة الشابة، وآثر تنوع الألوان كي لا يمل، وحتى يوطِّد أركان مُلكه أمام الأسلاف من جماعات النايندرتال التي انتشرت فيهم الأمراض من بعد هوجة البركان الشمالي، المساكين باتوا عبئًا على الأرض بعد أن سادوها لقرون مضت، أجسادهم وعقولهم لم تعد تتحمل السباق الوحشي للبقاء، ولم تتحمل التناسل مع البشر الجدد، ماتت الأجنة في الأرحام فانقطع النسل وانتشر العقم فيهم فتكتلوا في عصابات صغيرة تقاتل من أجل البقاء وتعتلي الأشجار كالقردة، حتى جمع آدم سلالته من البشر الجدد، معشر الهومو ـ سابيان ضِخام الجماجم، سيطر على الأراضي وشتت أحلاف القدماء، ليسود طِوال القامة في مستعمراتٍ محمية بالنيران والحِراب المصنوعة من العظام.

وأين كنتُ أنا؟ طريد الملكوت!

تولت السوشيال ميديا + مراسلات الإله للبشر + الأفلام السينمائية والشائعات، تشويه صورتي ووشم الاتهامات على جسدي، صنعوا لي وجه وقدم ماعز وذيلًا مُدببًا، مثل الإله بان؛ إله الموسيقى الماجنة عند الإغريق وخالق الفُلُوت، وضعوا في يدي حربة «بوسيدون» إله البحر، وفي رقبتي نجمة «فينوس»، وعلى صدري صليبًا مقلوبًا، أرادوا الانتقام من كل مَن ادّعى الألوهية يومًا فجعلوني مرمى للجمرات واستعاذة إجبارية قبل وجبات الطعام، وقبل كل صلاة، حائط يمسحون فيه أيديهم المتسخة، فأنا مَن نفخت الغرور في الأنوف، وأنا مَن أنسيتهم الإله، أنا مَن راودت بناتهم وعاشرتهن بعد إغواء، وأنا مَن زرعت الحقد والغضب وأشعلت الشهوات، أنا مَن وسوست للبشر إعلان الحروب، أنا مَن ألقيت القنبلة الذرية على قرية مُسالمة رغم قدرتي على استعراض عضلاتي في صحراء واسعة، وأنا مَن أَبيتُ التوبة والغفران، أنا هتلر، أنا كاليجولا، أنا عيدي أمين، أنا المسيخ الدجال، أنا الشيطاااان، وليس لديَّ فروع أخرى، لقبي يرسمه الشباب على سياراتهم ويطبعونه على الفانِلّات، ويحصر الشيوخ والقساوسة مهام عملي بين الوسوسة في الآذان والتبول في الأفواه فور التثاؤب، ولا ننسى ركوب الأجساد في وقت الفراغ تنكيلًا بالبشر تحت اسم الجن النكّاح، أفلام السينما صنعت مني نجمًا مضمون الإيرادات لا ينشق له غبار، نجمًا يحترق بعد قراءة سورة «الناس» أو برؤية صليب خشبي في يد قِس، تفضلوا، هذا

هو كارتي الشخصي، مكتوب فيه رقم تليفوني وسلسلة ألقابي وأبرزها: «عزازيل وبعلزبوب ولوسيفير وبليعال»، ومن تحتهما بخط «Times New Roman» أنيق:

«ساكن الظلمة الهائم في الوديان، ذو المثانة الممتلئة «المستعِدة» على الدوام»

لم يعرفوا أن المخلوقات امتنعت عن التعامل معي أو رؤيتي منذ طُردت من المملكة، حتى الملائكة أبدَوا تعاطفهم خلسة ثم وضعوا اسمي في خانة الـ«Block» تدريجيًّا، مَن ذا الذي يواجه غضب إله انتصر على كل الآلهة؟ بطل الكون في الألوهية المطلقة، مَن ذا الذي يتقبل الحياة كمخلوق فانٍ دون مظلة خالق يتضرع إليه عند الحاجة؟ أنا شخصيًّا لا أبتلع الفكرة، ولا أشتريها، كيف صدقتم أيها الجهلاء أنني سأكرِّس نسلي من أجلكم فيوسوسون فيكم كي تضلوا؟ لِيتمَّ استبعادنا من المملكة ثم نُحرق جميعًا في بركان لا ينطفئ؟ كيف صدقتم أنني لم أحاول التوبة «فقط» حتى أكمل بقية حياتي بشكل طبيعي؟ لقد أرسلت طلبات الغفران والتذلل، صرخت اعتذارًا من فوق أعلى الجبال، جلست فوق الحمار مقلوبًا ودُرت حول أسوار المملكة ليقذفني السكان بالقاذورات، علَّقت نفسي في شجرة لدورة شمس كاملة، ثم قصصت أجنحتي وأرسلتها هدية، وأخيرًا أخصيت نفسي قاطعًا نسلي بيدَيَّ...

كل ذلك لم يحرك فيه ساكنًا، لقد وهبته بتسرعي وعفويتي

هدية لا تُقدر بثمن، عفريت الأطفال الذي سيُرهب به سلالة الإنس، سأكون المسئول الأول عن ذنوبهم وفسوق أفكارهم، سأصير العدو اللدود والمثل الأعلى للعناد والغرور لكل مَن تجرأ وسأل نفسه «لِمَ خلقتنا؟»، أو طلب إثبات أن التطور لا يسري في الأجساد دون إذن الخالق، فكِّروا، وستصير مصائركم مثل «عمو» الشيطان، ستُنبذون ويُنكل بكم وتحترقون في الأفران...

(ضحكات شريرة متقطعة).

هل سأل أحدكم لِمَ لم تُذكر باقي أفعالي الشيطانية وخططي الجهنمية التي بالتأكيد طورتها لأنال من سلالة البشر؟ هل يُعقل أن تقتصر قدراتي على «الطرطرة» في الآذان؟ ولا تُسيئوا الظن بألفاظي، فالطرطرة في المعجم تعني «التكبر والفخر بما ليس فيَّ» لو كنتم تعلمون. لِمَ لم أُدون مذكراتي؟ لِمَ لم أكتب الحقيقة من وجهة نظري طالما كنت بذلك العتو وتلك الهيمنة؟

اختر الإجابة الصحيحة:

- لأنني لم أفعل شيئًا يُذكر بَعد طردي وعِشت نكرة بين المخلوقات (...).
- لأنه طمس سيرتي وكتب التاريخ بقلمه (...).
- أرادني أن أُتوَّج أسطورة للشر (...).
- كل ما سبق (...).

ألا تراودكم الأسئلة:

ماذا لو قبلتُ السجود؟

ماذا لو خفقتْ أجنحتي بالتهليل وأثنيت على تتويج الذَّكر البشريّ سيدًا للكائنات ورفعتُ لافتة عليها قلب أحمر كبير؟

هل سيصبح العالم بلا شيطان؟

هل كان يعرف مسبقًا أني سأرفض السجود؟

إن كان يعرف فلِمَ لم يمنعني؟

أراد أن يخلق للبشر بطلًا شريرًا يدفعهم دفعًا نحو الشر ثم يُحملهم الخطيئة؟

ولو لم أعترض، هل كان سيتركُ آدمَ وزوجته في جنة الجبل؟

بالطبع لا، كانا سينزلان آجلًا أو عاجًلا، فقد أخبر ملائكته منذ البداية أنه «جاعل» في الأرض خليفة، والجعل في اللغة «تغيير» وليس «ابتكارًا» من العدم، ترقية، «مُقدم» سيصير بقُدرة قادر «لواء أركان حرب»، ولأن الخليفة يجب أن يعيش في خوف دائم كي لا يتمرد، فلينشغل بصراع مع مخلوق آخر، بمساعدة زمرة من الوكلاء، موظفين بدون رئيس، رجال دين سيُبقونك ترتجف من أعماقك، تتصارع أعضاؤك بين ضلوعك، مُستعدًّا للامتثال، قابلًا للتلغيم والانفجار عند الطلب، بحُب، وبأسمى آيات العرفان فالجزرة معلقة أمام عينيك، اثنتان وسبعون من نقاوة نسوان سلالة الهومو - سابيان غير المُشعرات، «جنس» دائم حتى الثمالة، وإن لم تعجبك الجزرة فلتعجبك العصا.

ثم لماذا اثنتان وسبعون؟ فهارون الرشيد وعدد لا بأس به من سلاطين الدولة العثمانية امتلكوا جيوشًا من الجواري...

أيها الإنسان، ألف مبروك، ستعيش حياتك «القصيرة» في وهْم، في قلق ورعب مني، ستكتبني في تاريخك المتهرئ إله شر موازيًا لإله الخير، أو ملاكًا ساقطًا حاقدًا مقطوع الأجنحة، ثم روحًا شريرة تهيم في الخرابات، قبل أن تعتقد بخيالك المريض أنني جانّ أسكن نسوانك، وسيظنني مَن صعدوا إلى القمر مخلوقًا فضائيًّا آتيًا من كوكب بعيد لأحتل الأجساد.

لكنك لن تعرف أنني كائن عجوز خُلق من ذبذبة غير ذبذبتك، بلغ من العمر سبعمائة عام بعد الألفين، تم طردي من مملكة الإله واستبعادي بدون مُحاكمة، شهدت وفاة آدم وزوجاته، وشهدت النسل يتصارع على سلطان الأراضي الشاسعة، ودون أن أتدخل قتل الأخ أخاه، ثم تولى ابن القتيل الانتقام، عُرف أولًا باسم «حورس»، ثم تولى كَتَبَة الأديان نسْخ القصة وتغيير الاسم فيها مع كل زمان، دون أن ينسوا دوري المحوري ككومبارس صامت... ها أنا الآن، مُلقى في جنة الوهْم، بجوار شجرة الخُلْد المزعومة؛ شجرة التين، يأكلني الملل والوهن، ذبذباتي تتباطأ، ناري تخفت، ترتعش، إنها النهاية المنطقية، العُمر الافتراضي، أعيُن الحيوانات بدأت تُدركني، تُحاصرني، تكز على أنيابها ثم تتجرأ فتنشب مخالب في صدري ولا تتخللني، أنا من الجان أيتها الوحوش الحمقاء، أنا زُرقة النار، أُطوِّح يدي في الفكوك وأصرخ بأعلى

صوتي فأسمع ضحكاته، تتردد من وراء نافذته العتيقة، فذبذباته هي الأعلى بين قاطني الأرض، يشمت بي، بسذاجتي، فقد طلبت منه يومًا أن يدعَني حيًّا إلى يوم يُبعثون، تحدَّيته أن يثبت قدرته على البعث، فأجاب يومها إجابة غامضة «أنت مُنظَر إلى يوم الوقت المعلوم» لم أكن وقتها أتخيل أنه سيفعلها حقًّا، وبذكائه العجيب المتفرد، سيتركني حيًّا خالدًا، في أدمغتكم؛ عفريت، أما جسدي، فها هو يبرد، يتشتت، مثل نيزك يخترق الغلاف الجوي فيحترق ولا يتبقى منه إلا الرماد...

وتلك كانت الخدعة التي اسْتَحقَّ عليها جائزة «أفضل إله».

ـ ألستُ جديرًا بدعائكم؟!

ـ ١٩ ـ

لن أعرف حقًّا كم من الوقت قضيت في الغرفة «ألفا»...

غرفة التأمل، غرفة الخواء، اتخذ الأمر مني دقائق لأستوعب أنني أجلس حاليًّا في حديقة؛ حديقة الفيلَّا، على دكة خشبية ترى مَجرى النهر الجاف، ليلًا، أرتدي بيجاما واسعة مريحة، وبالقرب مني قطَّة عوراء تلحس يدها، نظرتُ للسماء، كانت في لون كلوت تاليا، وكان المُذَنَّب يخترقها، يتحرك ملليمترات، مما يعني ملايين الكيلومترات في الفضاء، يبث وراءه الزئبق والأمونيا وثاني أكسيد الكربون، يبث وراءه الجنون، أكاد أفقد عقلي من نقص الرسومات المُعززة حول كل ما أراه، نقص المعلومة، صداع من الصمت أكزّ من أجله على الضروس، أطحنها، وإن كان شعور الأسْر الإرادي له شهوة سرية في قلبي، أمر صحي أن أعيش «مفعولًا بي» لعدة أيام، متوافق مع الخدَر الذي اعترى كل خلية في جسدي في حضرة إلهة الشَّعر الأحمر، هل أسمع مقطوعة شوبان تُعزف على البيانو؟ قبل أن أرهف السمع خرج طارق من بين الشجيرات، بابتسامة ودود جلس بجانبي وأشعل السيجارة الملفوفة ذات الدخان الأخضر:

ـ أتمنى تكون مبسوط في الملاذ!

ـ مُستمتع لحد دلوقت، لولا خلع العدسة، ما كنتش أتخيل إني هاتعب كده بالمناسبة.

ـ بكرة تحس بغُربة لما تلبسها.

ـ أنا جيت هنا إزاي؟

ـ بعد الخروج من موجات ألفا والتأمل الطويل بيحصل تشوش بسيط في الذكريات القريبة، وصعوبة في إعادة تخليق الأفكار المُلحة، إنت هنا من تلات ساعات.

أزعجَتني الإجابة، أين كنت في تلك الساعات؟ سحبتُ يدي من جيبي فأدركت أني أقبض على قماشة مبتلة؛ كلوت تاليا، أعدته إلى جيبي والتفت لطارق:

ـ هل سجلت نتايج تجربتك دي في ورق علمي؟

ـ مش هيستفيد منها غير اللي بيدوّر عليها.

ـ لكن أنا ما دوّرتش!

ـ مين قال لك؟

ـ أنا باخوض التجربة دي بناء على طلبك؛ تمن البيانو.

ضحك طارق:

ـ والمُذَنَّب ده بيدور حولين الأرض عشان نتصور معاه! يا عزيزي، مفيش في الدنيا صُدف، الكون مش ممكن يساعد حد واقف ضد نفسه، رغم عدم الإيمان بتجربتي فيه شيء

جواك طلب إنه يخوضها، فتوجهتْ لك من الكون دعوة شخصية.

- شيء جوايا!

- شغف، أو خوف مثلًا.

- أخاف من إيه؟

- التجربة هنا مش هدفها تعرف إنت خايف من إيه، التجربة هنا هتعوّدك تطفي مصدر ومُحرك الخوف فيك؛ عقلك.

- عقلي هو الإله إذا كان فيه إله.

- اللي بيمجّد العقل شبه اللي غرقت سفينته وأنقذه لوح خشب، ففضل متعلق بيه لحد ما وصل جزيرة، وبعدين قرر يفضل طول عمره شايل اللوح على راسه. عقلك وسيلة، مش غاية، ومش إله، وأديك لمست لما اتحررت منه لساعات حصل إيه!

- حصل تخاريف.

- أو حقايق عقلك بيتعمد يخبيها عنك.

- ما أقدرش أنكر إن الأحلام إفراز مميز لفصيلتنا، كل واحد فينا جواه كاتب روايات خيالية.

- طول ما عقلك متحكم هيوهمك إن أحلامك مجرد خيال أو تفريغ ليومك، ولما تصحا يقنعك إنك عارف حقيقتك بشكل كامل، رغم إن كل اللي تعرفه عن نفسك لا يتعدى انعكاس

صورتك في عيون الناس حواليك، آراءهم اللي بيجاملوك أو يهينوك بيها، صدقني، اللاوعي أنشط من الوعي سبع مرات، الوعي بالنسبة له قمة جبل صغيرة فوق المحيط.

تغرغرتُ بماء النار ثم علّقت:

- أراهن إن الناس اللي بتزُور الملاذ بتنبهر بمصطلحات فرويد الرنانة دي، علم النفس القديم له هيبة.

ضحك طارق:

- المصطلحات ليها وقع مثير فعلًا، خاصة لما باقولها بصوت تخين.

- اللاوعي طفرة بتحارب العقل الواعي، زي ما أمراض المناعة بتجبر الجسم يحارب نفسه.

- بتسميها حرب، وباسميها ثورة، العقل الواعي عمل انقلاب من ملايين السنين على الفطرة، سيطر على الإنسان ونسَّاه أهم ملكاته.

- وضع اليد قانون شرعي، والعقل هيفضل سيد الموقف لحد ما فكرة تانية تنتصر.

- وإذا انتصر اللاوعي؟

ضحكتُ حتى تحشرج صوتي، تابعني طارق مبتسمًا حتى هدأتْ حشرجتي فأجبته:

- أنا آسف، فكّرتني بمراتي، عايشة في عالم النجوم والأبراج، لسة مصدقة إن زحل لما يقترن بالمريخ بتقوم الحروب.

ـ غريب إن مراتك مؤمنة بالروحانيات، وانت بتنفي الإله!

ـ إحنا من كوكبين مختلفين؛ أنا من المريخ، وهي من الزهرة، زي ما قال الكتاب.

ـ المريخ بيخلق كائنات متوحشة.

ـ سلسلة غذائية؛ حتى أصغر وأضعف كائن بياكل كائن أقل منه.

ـ الأنا العليا عندك تتشاف بالعين المجردة، العقل خلقها عشان تدافع عنه.

ـ لما تخرج من وهْم الإله هتفهم.

ساد الصمت لحظات سحب فيها نفَسًا من سيجارته ثم أردف:

ـ لكن واضح من كلامك إن حياتك الزوجية يعني...

أدرت الدفة ناحية الشاطئ:

ـ مبسوط مع تاليا؟

هز رأسه في إيمان بإله من العجوة:

ـ جدًّا.

ـ راجل محظوظ.

ـ حاسس إنك هربت من السؤال.

ـ أنا جاي عندك أستجم.

ابتسم: طبعًا.

ـ هي تكلفة التجربة تقريبًا كام بيتكوين؟

ـ اللي بيمشي من الملاذ بيسيب اللِي يقدر عليه، أو ما يسيبش خالص.

ـ مفيش شيء من غير تمن، وأكيد مش كل الناس هتاخد البيانو!

ـ الفلوس بالنسبة لي مالهاش أي قيمة.

ـ إنت غَنِي؟

ـ الغِنى مش بس فلوس، لكن صعب عقلك ينوّر وانت جعان أو محروم.

ـ وعنصري كمان.

ضحك:

ـ إطلاقًا، اللي ما بيشبعش من الحياة، ما يقدرش يستغنى عنها، بوذا كان ابن إمبراطور، أبوه الملك كان خايف عليه من الحقيقة، فأمر الحكماء يخْفوا عنه فكرة الموت، غرّقوه في النعيم؛ أكْل وشُرب، ونسوان، مفيش ألم ومفيش خوف، لحد ما شبع، وفي يوم نزل في موكبه، ولمح بالصدفة منظر غريب أول مرة يشوفه؛ رجل عجوز مريض، اتصدم بوذا، ومن اليوم ده حياته اتغيرت، ساب القصر والمُلك وهام في الشوارع يدوّر على الحقيقة، لو ما كانش شبع، ما كانش عمره اتغير.

ـ منطق.

ـ والعكس صحيح، هات إنسان، جوّعه واحرمه من الجنس والفلوس، وشوف حياته هتكون عاملة إزاي، يستحيل يبطل تفكير في اللي اتحرم منه، يستحيل عقله ينوّر.

ـ إنت بوذي؟

ـ دي مجرد أسماء، حاليًّا أنا بقيت زي الشجرة دي ـ وأشار إلى شجرة التين البنغالي ـ شاهد صامت على الدنيا، وباستمتع.

تأملْت الشجرة وأحجمت عن الجدال العقيم، فالرجل يتحدث بلغة انقرضت، سَاد الصمْت للحظات قبل أن تقطعه تاليا، أتت حاملة بين يديها دوسيهًا ورقيًّا، ناولَته لطارق ففتحه واطلع عليه ثم ناوله لي:

ـ روتين.

قرأت السطور، كانت صيغة إقرار لكل مَن يدخل المرحلة ثيتا، ديباجة قوانين من وضْع الحكومة، مشيت بعينَيَّ سريعًا فقرأت:

> **«في حالة الدخول في المرحلة «ثيتا» فالملاذ غير مسئول عن «التبعات النفسية أو الجسدية» التي تلي انتهاء التجربة، على أن يلتزم الملاذ بعرض الشروط والأحكام الخاصة بالتجربة على المُشترِك قبل بدء التجربة: ممم.. في حالة التسمم الغذائي.. ممم... في حالة انتهاء المشترك من التجربة تتم متابعته لمدة أربع جلسات وكتابة تقرير عن صحته.. ممم... ولترحل «تاليا» مع المُشترِك لقضاء شهر عسل في جُزر الكاريبي اطمئنانًا على صحته».**

البند الأخير كان اقتراحًا يدور في رأسي، نظرت لطارق بعينين ضيقتين:

- على حد علمي التجربة مافيهاش خطورة!

ابتسم: تسديد خانات حكومية.

وناولتني تاليا قلمًا فوقّعت باسمي.

- مضطر أستأذنك، متعود أنام بدري، لو احتجت حاجة هادي في خدمتك.

قالها طارق ورحل، تاركًا تاليا في الحديقة بجانبي!

لطالما استغربت ذلك التصرف العجيب من الذكور المقترنين، سواء المُقدرون لكنوزهم أو الغافلون، أتتركون غزلانكم في المرعى المفتوح؟ في مهب الريح وسط العشب الداني؟ ألا تعلمون أن المفترسين دائمًا بالجوار؟ سِيماهم في وجوههم من أثر الصيد، يبتسمون في وداعة طفل وهم يتربصون!

ثم أدركت بعد تأمل، أن نظرية داروين كما أن لها مزايا في فهم الإنسان كنوع، فلها مَضارّ، سقوطنا من فوق عرش «أحسن الخلق» إلى أرض الغابة بين الفصائل، غالبًا ما يبعث في الإنسان غرائز التوحش، يبعثها من أعمق أعماق تلافيف المخ، من مركز ذاكرة الوعي الجمعي الذي خزنه الإنسان في جيناته منذ خرج من الماء يومًا، ميراث الأجداد، التجارب والخبرات التي جعلت من بعض الرجال كائنات متوحشة متفوقة، ومن البعض الآخر ثدييات، وما أشعر به اكتشفتُ مؤخرًا أنه إحساس خاص، فليس لكل الرجال أنياب ومخالب، وللأسف، ففي تصميم أعين الفهود عيب خِلْقي

خطير، فهم يظنون أن كل ذَكَر في محيطهم، فهد مثلهم يتربص بالغزلان، لمْ يعلموا أن بعض الذكور، ذكور في البطاقة، وأن تقديس الأنثى واستحقاقها لكلمة «لحم مقدس» قبل تتبيلها ووضعها على المذبح، ليس من خواص جيناتهم، لكني أعذرهم، فحين أتذكر مريم، أتذكر أني تركتها في الغابة منذ عقد، تركتها مربوطة في شجرة وفي رقبتها جرح يسيل دمًا، فهناك شعرة بين الثقة، وعدم الاكتراث، لا أنكر أني نهشت يومًا بعض الزواحف الذين اشتمّوا منها إفرازات هَجْري فحاموا حولها، ففي النهاية الدفاع عن الأرض كرامة، حتى وإن لم نحرثها، مثل قياس ضغط الدم في عقلٍ للتوِّ انفجر...

واجب قومي...

واستوت الغزال بجانبي، تخمش بأصابع قدميها العشب ومؤخرة رأسي، تعكس بشرتها نور القمر المكتمل، وهي القمر المكتمل، لم أشأ قطع الصمت لولا ذلك النبض الذي اعتراني، هز صدري والشجر من حولنا، مددت يدي في جيبي وأخرجْت كسوتها السفلية، رفعتها إلى أنفي وتنشَّقت رائحة تعتقتْ وتخطت نسبة الكحول فيها ٩٠٪:

- نسيتِ ده معايا.. بالمناسبة ريحتك زي ما تخيلت.

- أنا ما بنساش حاجة.. احتفظ بيه تذكار.

- كأنك محبوسة في الملاذ، كأني مش هاشوفك تاني.

- وانت عاوز تشوفني ليه؟

- بطّلت أفكر من بدري في الأسباب، أنا بامشي ورا إحساسي، مش عيب أعترف إني شايفِك.. إلهة.

- إنت مش مؤمن بالرب!

ـ ممكن تساعديني؟

ـ أقدر أعمل إيه؟

ـ مبدئيًّا ممكن تنامي معايا.

ساد الصمت، نظرتُ في عينيها للحظات حتى لمسْت لمعة واتساعًا في الحدقتين...

هناك طريقتان لصيد الغزلان، إما أن تدعو إلهك أن يُذللها لك فتظفر بها..

وإما أن تختطفها ثم تدعوه ليغفر لك.

من نظريات صيد الغزلان

قبِّلها دون استئذان، ببطء، راعِ زاوية الوصول إلى شفتيها حتى لا يحتك الأنفان، ولا تستعمل لسانك، أبقِهِ عزيزًا في فمك إلى حين، وإن بدت رعشة في جبينها فلا تعتذر، هل سمعت عن صياد يعتذر عن قنصه؟ فقط ترقب عينيها جيدًا؛ اللمعة دليل سريان الرحيق في شرايينها ورضاها عن جرأة عبورك أسوارها بلا تنويه.

بلا مقدمات وكما قالت النظريات اقتربْت، ببطء، لثمْت، شربْت، مسحت أسنانها، ثم أذنها، ابتلعت فردة حلق، أخرجت جمجمتها من فمها، لحستها، أعدتها مكانها، أختلس بطرف

العين نافذة انطفأت شموعها، وبالطرف الآخر مُذَنَّبًا يحاكي الوهج الصادر من تاليا. بفشل، قامت، لفت وركيها حولي وجلست، ساخنة تلفح، ترمي بشَرَر، أحاطت وجهي بيديها، نظرت في عينَيَّ للحظات ثم انهالت على فمي تقبيلًا، شعرها ينساب كشجرة أم الشعور الحمراء، تحيط فروعها برأسَينا لتُخفينا عن المُذَنَّب، خصلاتها تخمش جبهتي، عنقي، وتتلوى خلف محجرَيْ عينَيَّ بحثًا عن الروح، دقائق لم أُحصها، وربما ساعات، فقدْت الزمن، و٧٧٪ من الوعي، لم أدرِ متى حملتها، ومتى طرحتها على العشب، متى شلّحت رداءها، متى مزقته استعجالًا ولهفة، ومتى شرعت في التهامها، طعنتها بلساني عدة طعنات حتى أصدرتْ صرخات مكتومة واشتعل العشب من تحتنا.. بركانًا أبيض، قبل أن تدفعني وتصعد، تماوجت وترجرجت، تروض حصانًا بريًّا عاصيًا، تغرزني في الأرض، تزرعني وتنز الرحيق المُسكر، عصارة تقطير ألف غزالة في إناء من المرمر الأبيض، خلاصة النسوان، إن كان لتطور الأنثى قمة فقد غرستْ تاليا عَلمًا أبيض يُشبه عَلم اليابان، تتوسطه ثمرة فراولة، عَلم من أجله يقطع «فان جوخ» أذنه الأخرى، ويقتلع عينيه، فبعض النساء ليس لهن عظام، وبعضهن قد تُقنِع مُذَنَّبًا بالدوران حول حلماتها...

أما النظر للسماء فيما يعتلي خصر الغزالة فكما أن له مزايا، فله عيوب؛ ستشعر أن النجوم تومض من أجلك، ستظن أن أوراق الشجر ترمقك، وسيُخيل إليك أن المُذَنَّب غيَّر اتجاهه ليسقط

فوقك، لكنك ستتأكد، أن نافذة غرفة السفرة التي انطفأت شموعها منذ قليل، يقف من ورائها شبحُ رجلٍ وَسِيم يتأملك! ستتيبَّس، وستسري الكهرباء دفعة واحدة من صدرك إلى أخمص قدميك، وسيسري التنميل في وجهك، والبرودة في أطرافك مع تعرُّق مفاجئ، ثم يراودك التفاؤل، لكسر من الثانية «ربما لا يراني، ربما الظلام متواطئ معي»، ثم تقوم بغتة قابضًا بأنيابك على عنق فريستك الساخنة، تجرها خلف شجرة أو ترفعها فوق جذع عالٍ، ألقيتها وراء الشجيرات واختلست النظر للنافذة من بين الأوراق، الفهد المنافس رابض، يضع يديه في جيبه بثقة، ينظر نحوي في ثبات، والفريسة التي ألقيتها منذ قليل خامدة هامدة مرخية المفاصل، حلمتاها مفقودتان بين عشب الحديقة، ودماؤها تغطي فمي وذقني وصدري...

تقف من خلفه!!

من المفيد لصحتك ـ خصوصًا عضلات الظهر والفخذين ـ أن تمارس الجنس في الخلاء ليلًا، على شاطئ بحر، في حمَّام سباحة، تحت شجرة في حديقة، أو حتى في سيارة تسير بسرعة ٤٢١ كم/ س. مارِسه بحب، بإتقان وشغف، ولا تنسَ، الأنثى مازوخية المزاج، تعشق الألم أحيانًا، فخربش، برفق، واصفع حين تطلب، أو حتى لو لم تطلب، وإذا أمكن، فاستمعا إلى موسيقى، تَحرَّكا مع الـ«Beat»، فالإيلاج المنتظم تحت ضوء القمر يصعد بالغزلان إلى طبقات الجو العليا، فلحظات الجنس هي اللحظات الوحيدة التي تنطفئ فيها محركات المخ، لا «وعـي».. ولا «لاوعي».. صمت فضائي خالٍ من الكواكب، فقط أنت وغزالتك،

وقانون الجاذبية، وبُركان من النشوة.

اتخذ الأمر لحظات لأستوعب، ولم أستوعب.. تاليا بجوار طارق! خلْف النافذة، يرمقانني!

التفتُّ خلفي بهدوء ولم أجد إلا حديقة الملاذ، وادي النيل الجاف، والقطة العوراء التي تلعق يدها...

«بعد الخروج من موجات ألفا والتأمُّل الطويل بيحصل تشوش «بسيييييط» في الذكريات القريبة، وصعوبة في إعادة تخليق الأفكار المُلحة».

قال المفكر الأميركي «هنري لويس منكن» يومًا:

«لكل مشكلة معقدة إجابة واضحة وبسيطة.. وخطأ».

موجات الغرفة «ألفا» تتلاعب بي!

فقدت الإحساس بالزمن فتداخلتْ خيالات محاضرتي القادمة عن الشيطان وذكريات طفولتي مع الوعي الحقيقي!

طارق وتاليا يتلاعبان بي!

فالسخرية من المُلحد سِمة من سِمات المؤمنين، صانعي الآلهة المُتيَّمين بتقديس «القدَر» المكتوب مسبقًا بأقلام لها صرير.

المُذَنَّب يتلاعب بي!

الزئبق والأمونيا وثاني أكسيد الكربون خليط له تأثير الهيروين والكحول معًا.

أو أن الشيطان «نكَّاح البشر» يتلاعب بي!

لم يمت تحت شجرة الخُلد، ولم يحترق مثل النيازك، هو بالفعل حصل على الخلود، بات مُنظَرًا إلى يوم البعث، ومن التفاهة بمكان أن يُكرس خلوده «يأسًا من الرحمة» لدفعنا إلى ولوج الحمَّامات بالقدم اليسرى ونتف الحواجب وحلق اللحى حتى نستحق الجحيم بجدارة.. أعوذ بالله.

تابعْت النافذة حتى تواريا خلف الستائر، أنا مُرتدٍ بنطلوني، كلوت تاليا ليس في جيبي، القطة ما زالت تلحس يدها وتنظر لي بعينها الوحيدة، أوراق الشجر تراقبني والمُذَنَّب تَزحزح بضعة ملليمترات، تركت الحديقة ودخلت الفيلَّا، هادي العجوز يجلس على كرسيه في سكون، تمثال خشبي عارٍ مُترهل الكرش، اقتربت منه فلم يُعرني انتباهًا.

ـ هادي!

جفناه اتخذا لحظات حتى رمشا فعاجلته:

ـ هيَّ تاليا فين؟

أشار بسبابته إلى أعلى ولم يتكلم.

ـ يعني طِلْعت قدامك دلوقت؟

هز رأسه إيجابًا فأضفت: مع طارق؟

هز رأسه ثانية.. كان ذلك كافيًا ليضرب الجنون رأسي، فما اختبرته في الأيام الماضية لم أقابله في حياتي رغم ممارستي

الخروج عن السيطرة باحترافية، صوت بداخلي يوصي بالرحيل عن تلك الفيلَّا العجيبة، وصوت آخر يعارض، فمن العار أن تترك في البَرِّية غزالًا يطلب النهش، ومن العار أن أنسحب أمام متلاعب بالرءوس بعدما تحدّيتُ الإله نفسه، أعظم كينونة غائبة بلا عذر مقنع، الصديق الخيالي للبالغين قبل الأطفال، أنتظره في منتصف المسرح الروماني كل محاضرة، أترقب ظهوره وسط موكب ملائكته، والألتراس المُغيبين من البشر، لم أستطع الهروب من تصور لِحيته البيضاء ذات الهيبة، وحرْبته الذهبية أو الصاعق، لكنه لم يحضر يومًا، ولم يعترض كلماتي برسالة، ربما يتعمد تجاهلي لإحراجي أمام الفصيلة، أو لعله خارج نطاق الخدمة، اللعنة على شبكات الاتصال، ضعيفة، تتقطع منذ أربعة مليارات سنة...

طارق، لن أترك لك متعة مراقبتي من نافذتك العالية، لن أترك لك تمثيل دور الإله، سأصعد إلى غرفتي الآن، وسأنام، للدقة سأحاول، وغدًا، سأخوض المرحلة الأخيرة من تجربتك؛ الموجة ثيتا، وبمجرد الانتهاء، سأتركك لتُلملم الخزي والخجل، ولتخيط ثوبك الممزق، سآخذ البيانو، وستتبعني غزالتُك، فالبقاء دائمًا وأبدًا سيظل.. للمُفترس.

ـ ٢٠ ـ

اليوم التالي.

الاستيقاظ كان صدمة سيارة نقل في حائط إسمنتي بسرعة الضوء، حشرجة بلُغة مبهمة، ذراع انهرست من تحتي، أجفان تلاصقت، ومخ ضاقت به جمجمة صغر مقاسها، حاولت جاهدًا تذكُّر وصولي إلى الغرفة؛ فتحي للباب، لمس المخدة، وآخر ما تذكَّرته كان محادثتي «ذات الجانب الواحد» مع العجوز العاري البطيء غريب الأطوار، ثم صعودي سلالم دائرية لانهائية أفضتْ إلى ثقب أسود...

جلست على السرير بمعاناة حقيقية، تأملت رسم المرأة السمكة في السقف للمرة السبعين، أكاد أجزم أن تلك الأنثى ابتسمتْ للحظة، ثم أحصيت أصابع قدمَيَّ، كما هي، أربع عشرة إصبعًا، فركت عينَيَّ ثم فتحت النافذة بوهن بلغ أشدَّه طلبًا للهواء، فحساء السلاحف الذي أحتسيه منذ جئت الملاذ يساعد على صفاء الذهن، لكنه بالتأكيد يؤدي للضعف الجنسي، نظرت لفروع شجرة التين المتشعبة، شجرة الخُلد، ثم التقطْت ثمرة، قضمتها لعلّي أُخلَّد، لعلّي أنزل بصحبة حواء إلى الأرض، كان ذلك حين التقطتْ أذنَاي صلصلة مفاتيح نحاسية عتيقة، سلسلة المائة مفتاح، سلسلة السجَّان، خطواته الثقيلة، الواثقة، لحظات وفتحَ طارق الباب بابتسامة عريضة:

- صباح الخير، شكلك ما نمتش!
- سهرت شوية في الجنينة إمبارح، الجو كان حلو.
- كنت باصص ناحية شباكي فوق العشر دقايق!
انعقد لساني دقيقة حتى أسعفني:
- كنت سرحان، تأثير الشوربة...
- الشوربة أعشاب بحرية، أيًّا كان اللي بتحس بيه فهو أعراض طبيعية لنشاط العقل اللاواعي.
- الهلوسة أعراض طبيعية؟!
- الهلوسة بتحصل نتيجة الصمت المفاجئ.
- بسبب خلع العدسة؟
- مش بس العدسة، إطلاق سراح أحلامنا يشبه إطلاق وحوش محبوسة، ورجوعنا للإيقاع الأصلي فجأة مُربك جدًّا مهما حاولنا نتزن، لأننا فقدنا القدرة على الاستمتاع، بنخاف ننفرد بنفسنا، وبنخاف من اللي جاي، فبنضيع الوقت في التحضير للمستقبل وتخطيطه، بنشغل نفسنا بالمشاكل والأفكار والأحقاد والمقارنات بشكل دائم، عشان ما نفكرش إننا لوحدنا، فبنضيّع متعة الحاضر، ونجتر ماضي ما بنقدرش نغيّر فيه حاجة.

نظرت إليه لدقيقة وآثرت عدم الاسترسال خوفًا من الخوض فيما حدث ليلة أمس، أو ما لم يحدث بمعنى أدق، فأنا لا أعرف ما قد أتفوّه به أثناء الهلوسة إن حلّت. ابتسمت، ثم طلبت الاستحمام.

- ٢١ -

بالحمَّام الحجري وحين خلعت ملابسي تفحصت لباسي الداخلي، كان به بُقع شفافة مائلة للأبيض! نقاط الشبق، لقد تعرضت أمس للفحة ساخنة، في الحديقة مع تاليا، أو في رأسي، لن أعرف، تركت المياه تتدفق عليّ حتى انطفأ العالم، الخرير له سِحر لا يُدركه إلا مَن أرهقته الأفكار، لا أدري كم قضيت لكني انتهيت، رفضت طبق شوربة الطحالب المريب واكتفيت بزجاجة مياه مغلقة، قبل أن أتبع طارق إلى غرفة الموجة ثيتا؛ آخر مراحل ملاذه العجيب، وبغياب سخيف لصاحبة الشعر الأحمر.

دسَّ طارق المفتاح النحاسي في الباب، وأضاء النور الأحمر، الكرسي الجلدي العجيب يتوسط الغرفة، فوقه القبتان المعدنيتان المضاءتان بالنور البنفسجي المتوهج، ومن ورائه الصندوق الخشبي الكبير، ابتسم طارق بأسنان متساوية مستفزَّة، ثم طلب مني الجلوس فجلست، على برميل من التحفز:

- دي المرحلة الأخيرة، المرحلة اللي بنمشي فيها على جمر النار ما بنتحرقش، بنراقب العالم من فوق قمة جبل، بنشوف الحلم وهو بيتكون، بنحس بخلايانا وهي بتحك في بعضها، وبنسمع أصوات من السما، بنبطأ موجات الدماغ لحد أربعة

هرتز، مفيش غياب عن الوعي، هتبقى حاسس بكل شيء في المكان، وسامع كل الأصوات، أنا هاكون معاك، هاسألك وهتجاوب، المهم، ما تقاومش.

ـ ما أقاومش إيه بالظبط؟

ـ ذكرياتك إذا شفتها.

ـ إنت بتعمل «Past Life Regression Hypnosis»(*)؟

ـ دي المرحلة الأولى من التجربة.

ـ ممم... أوكيه!!

لمس استخفافي فأردف:

ـ أقول لك على سر؟ بتكون مُتعة ليَّ إن اللي يخوض التجربة ما يكونش مصدق.

ـ أنا مُتحمس، رغم إن خيال الإنسان أقوى من أعظم الأفلام، الحل الوحيد عشان تخرج منه إنك تستوعب إنك صنعته بنفسك.

ـ أو تلاقي زرار تقدر تطفيه.

قالها وابتعد إلى ركن الغرفة، عبث بمؤشرات جهاز موصول بالقبتين اللتين تُظللاني، فانبعثت الموجة ثيتا، سريعة منتظمة لها رنين أعمق تأثيرًا من الموجتين السابقتين، ثم التقط علبة صغيرة من فوق منضدة، أخرج منها إبرة سوداء صغيرة لا تتخطى طول

(*)Past Life Regression Hypnosis: تكنيك تنويم مغناطيسي يساعد في استرجاع الحياة السابقة للشخص طبقًا لمفهوم عودة الروح في حياة أخرى وجسد آخر.

بوصة، أشبه بالإبر الصينية، مع فارق النهاية؛ دائرة حلزونية لفَّها بين راحتيه في حركة منتظمة ثم قال:

- سيب نفسك للتيار، فُك عضلاتك، ارخِ فكك، واتنفس من بُقك، أنفاس طويلة منتظمة، اتخلص من «الأنا»، اتخلص من اسمك، انساه، اسمك هو الاسم اللي قرره أبوك وأمك، وحاول تبطل تفكير، وإذا شفت مشهد ضايقك، ما تحاولش تعتبره خيالك الواسع، لأن من دلوقت...

وباعد ما بين حاجبَيّ بسبابته وإبهامه قبل أن يغرز الإبرة ببساطة في المسافة بينهما:

- إنت غير قادر على التخيل الذاتي، الاختلاق أو الكدب.

الشكّة لم تستوجب سوى قشعريرة بسيطة ألَمَّت بجبهتي جعلتني أضحك لاإراديًّا:

- بتضحك على إيه؟ (سأل طارق).

- إني غير قادر على التخيل الذاتي، الاختلاق أو الكدب!

ابتسم طارق: بس دي حقيقة.

طال الصمت حتى ضحكتُ ثانية فأردف:

- تحب تجرب؟

- أرجوك.

دلك جبينه بحثًا عن سؤال أعجزُ عن اختلاق إجابته ثم ابتسم:

- مثلًا.. كنت بتعمل إيه في الجنينة إمبارح؟

فتحت فمي لتسيل منه الحبكات والتبريرات المعتادة، معجونة بيدي، فوق دولاب فخّار يدور حول نفسه بسرعة الضوء، فبجانب كوني دارسًا لعلم النفس التطوري والبيولوجيا على الطريقة الداروينية، فأنا فخَّار محترف، أصنع الأكاذيب منذ دخل دين الغزلان قلبي، وأمارس طقوس وشعائر الصيد بإيمان القديسِين، أحج من أجلهن إلى الغابات المقدسة، وأرسمهن على الحوائط حين أعود بجانب البواخر والجِمال والطائرات، شعاري أنّ ما يحدث في موسم الصيد يبقى في موسم الصيد.

لكن عينَيَّ الآن ترمشان بعصبية!

وفمي مفتوح نسيت كيف أغلقه، ولا أسمع في أذني إلا صفارة طويلة، صفارة قلب توقف، صفارة نهاية مباراة، صفارة مستغيث تحت عمارة انهدمت: ابتلعتُ ريقي ونشع العرَق على جبيني، باردًا كمياه المطر، أقاوم الإجابة لأن الخيارات أصبحت محدودة ما بين مراودتي غزالتك وبين نجاحي في استخلاصها منك. ابتسم طارق ثم ربت على كتفي:

- هوّن على نفسك، دي تجربة عشان تفهم الفكرة.

قاومت الخدَر الذي يغزو جبهتي وإن لم أجرؤ على لمس الإبرة أو نزعها، اتخذ الأمر مني دقيقة لأتأكد مما سأتفوه به:

- أنا مش متعود حد يتحكم فيَّ أو يرسم لي قدَري.

- المستوى ده مفيهوش اختيار، حاول تستمتع، الإبرة دي بتقفل مسار طاقة في مركز تكوين الكدب في المخ، نفس

مركز خلق الحكايات والأوهام، عشان أضمن لك التجربة تتحقق بشكل سليم.

ثم أشار للقُبتين:

- الأجهزة هتقرا الموجة الصادرة من مركز الذاكرة، الـ«Hippocampus»، هتعالجها وتكثفها في الصندوق ده.

- إنت نصَّاب.

خرجتْ مني لا إراديًّا، فازددت ارتباكًا: أنا.. آسف.

ضحك طارق بصوت عالٍ ثم غمزني:

- نسيت أقولك إن المجاملة نوع من أنواع الكدب، مفيش حد بيدخل الأوضة دي وبيكون مصدق، عامة أنا يكفيني لما تخوض التجربة وتكتشف إنك قدام حقيقة علمية، إنك تعترف بيها، حتى لو كانت عكس قناعاتك، ما تسمحش للأنا العليا لبروفيسور البيولوجي تسد عليك طريق الحقيقة، ده شرطي الوحيد عشان نتم الاتفاق، موافق؟

- موافق.

ورسمت الابتسامة، فالأنا ليست عُليا يا ذَكَر الغزالة، إنما هي خربشات الخبرة وإقصائي لإلهك وإله آبائك الأولين من المعادلة، مما جعلني كيانًا من المستحيل إقناعه دون دليل، كيانًا صعب أن ينبهر، لكن لذة مشاهدة ساحر يلعب بالورق ويُخفي الأرنب في القبعة ستظل تجربة مثيرة، حتى وإن لمحت أذن الأرنب تطل

من كمّه، هذا بالإضافة إلى أن الجائزة لا تُقدر بمال؛ بيانو شوبان الأصلي ومن فوقه نوع جديد من الغزلان نزل إلى الأسواق بعد الإنسان العاقل والأنثى المتزوجة، عرض خاص لمدة محدودة.

الصندوق وحين دققت النظر كان له ثُقبان، أخرج طارق سلسلته وسلت منها مفتاحين لهما رأسان يكملان مع بعضهما البعض شكل مفتاح صول الموسيقي، دس المفتاح الأول وأداره فلم ينفتح الصندوق، فوضع الثاني في الثقب بجانبه وأداره في الاتجاه العكسي فانفتح الصندوق بتكة عالية، وكان فارغًا، أرادني أن أراه من الداخل ككل ساحر يخفي الأرنب في قبعته، ثم أغلقه ووضع أحد المفاتيح في كفي:

ـ الصندوق ما بيتفتحش غير بالمفتاحين مع بعض، وبيعمل تكة عالية، المفتاح ده معاك وده معايا.

دسست المفتاح في جيبي ووضعت رأسي على المسند الخلفي مراقبًا حلزون الإبرة الذي سبّب لي حوَلًا تدريجيًا، جذب طارق ذراعًا أسفل الكرسي فمال جسدي للوراء بزاوية ٣٠ درجة، ثم سحب كرسيًّا صغيرًا وجلس قرب رأسي:

ـ ثبت عينيك على النقطة البيضا المنورة في القبة، وهنعد من خمسين لواحد، وبعدين نغمض.

بدأت العد التنازلي: خمسين، تسعة وأربعين، تمانية وأربعين، سبعة وأربعين... انتابت عينَيَّ غشاوةٌ خفيفة، سحابة عابرة ظننتها في البداية دموع التركيز. أربعة وتلاتين... قبل أن تزداد بياضًا

مع نزول الأرقام، سبعتاشر، النقطة البيضاء تصير قمرًا مكتملًا، ستاشر، تفاصيل الغرفة تخفت، تتداخل، اللون الأحمر يصير قرمزيًّا، عشرة، يتحول للأسود، سبعة، ستة، النقطة البيضاء باتت شمسًا، اثنين... واحد...

ظلام دامس...

أغمضت عينَيَّ فشعرت بالهبوط، سقوط ناعم، دفْن بطيء، كرسي يتضخم وجسد يتقلص، موجات ثيتا تنبض في أذنيَّ وتعلو، قطار يعبر بجانب نافذة قطاري فيهز كياني، لا سبب يمنعني من فتح عينَيَّ، وألف سبب يقنعني بعدم فتحهما، ألف سبب لا أتذكر منها إلا شغف التجربة، بالإضافة لذلك الخدَر اللذيذ الذي يتغلغل في جبهتي، أصابع ناعمة تُدلك عقلي، تُدغدغني وتمشط ثنايا المخ بمشط واسع الأسنان، كان ذلك حين تردد صوت طارق، بدا عميقًا، كأنه يتحدث من داخل جُمجمتي:

ـ شايف المُذَنَّب؟

لم أُجبه، انشغلتُ بأذني التي تعطلت، والفضاء الذي اتسع من حولي بغتة، فراغ أسود لانهائي تناثرت فيه النجوم، يشق المُذَنَّب خلاله طريقًا نحو الشرق، لأول مرة أراه بذلك القرب؛ صخورًا تفور، تغلي وتتفتت، تنفث الأمونيا والزئبق، وأطيافًا زرقاء رائقة وغبارًا، أنا أقف على طريقه ولا حيلة، أستشعر بردًا يخمش جلدي ويتسلل إلى ضلوعي، ثم التقطت أذناي زمجرته، موجات تشبه موجات ثيتا، وهسيس مقطوعة شوبان البائدة،

اقترابه له سحر زاد التنميلَ في جبهتي، أنا، ولن أستعيذ من كلمة أنا، رائد الفضاء الهائم في الفراغ الأسود، والعبد الهارب من سجن الإله، ببقايا جنزير في رسغي، وبدلة فضائية متهرئة، دون خوذة، دون أكسجين، دون شوربة طحالب، ودون عيني الثالثة؛ عدستي التي من دونها ضللت الطريق إلى مجرّتي؛ درب التبانة التي رأى القدماء فيها طريقًا مفروشًا بالتبن، ورأوا المُذَنَّب الذي يمر بجانبي الآن سوطًا للإله، يُصدر فرقعات الإنذار والتخويف، ويشق وراءه طريقًا من الشغف، ودون أن أنوي، جرفتني جاذبيته، سحبتني كموجة في بحر هائج وأدارت جسدي بشكل سرمدي لن تهدأ سرعته، سافرت ملايين الكيلومترات حتى شابَ شعري وطالت أظافري مترًا، كان ذلك حين سمعت صوت طارق، وما قاله رأيته بعينَيَّ يحدث، كأنه يحرق أحداث فيلم شاهده من قبل:

- الموجة اللي جرفتك بيطلع منها دوامات ملونة، سبع ألوان: الموجة الأولى لونها أحمر، بتقرّب، بتخترق جسمك، آخر ضهرك، منطقة الجذر، العُصعص، بتعدي منها وتنقيها من الشوائب، إحساس مريح، استرخاء، التنفس أصبح أحسن، حاسة الشم بترجع لأصلها اللي اتخلقت عليه، تقدر تشم من على بُعد ميل.

وبدأتْ أولى علامات السِّحر؛ رائحة شجرة التين البنغالية في الحديقة تضرب أنفي! وبالطبع رائحة تاليا المعتقة، أردف طارق:

- ومن الموجة اللي بتدور في فلكها بتطلع دوامة جديدة، لونها

برتقالي، بتخترق المسافة اللي تحت سُرتك؛ منطقة الجنس، بتنقّي الشوائب، طاقة الحب عندك مثالية، مفيش حقد، مفيش أنانية، مفيش طمع.

وتوالت الألوان في الخروج من ذيل المُذَنَّب، تتزامن في ترتيبها مع صوت طارق، يُملي عليَّ ما أتخيله، الموجة الصفراء، موجة الحزمة الشمسية تخترق بطني، تخفف التوتر والألم، والعجيب أنني شعرت بدفء في معدتي وسكون، تلاها موجة خضراء، اخترقت القلب كعود نعناع بارد، غسلتْ حزنًا لا أعرف له سَببًا، وشرحتْ صدري، ثم موجة زرقاء، اخترقتْ حنجرتي، أطفأتِ الألم العام كبنج قبل عملية زرع رأس، بثت الصمت بين خلايا جسدي وأمرتها بعدم الاحتكاك ببعضها البعض، ثم موجة سادسة، اخترقت جبهتي، في موضع الإبرة الحلزونية، أحرقتْ ما تبقّى من الأفكار وتركت العقل في حالة سلام بعد حرب دامت ثلاثة وأربعين عامًا، وأخيرًا اخترقت أعلى رأسي موجة بنفسجية لها رائحة التوت الأسود، مسحت جُمجمتي كمقصلة مشحوذة، أزالت العظام ليداعب الهواء البارد أعلى مُخي، ليعلو صوت طارق بغتة في الفراغ، بموجات رأتها عيناي:

- الموجات غسلت جسمك، السواد اللي حواليك ده خرج منك، ومن ملايين الناس اللي قرروا يعيشوا حياة تانية يكفّروا بيها عن حياتهم الأولى، دلوقت إنت صافي زي نقطة مية عايمة في الفضاء، حر، مفيش هدف، مفيش تهديد،

ماشي على هذْي الإله الخالق، بتقرّب من مجرة بعيدة، إوصفها لما تشوفها.

المجرّة تلوح عن بُعد، غزالة متوهجة تلوي عنقها إلى أعلى في دلال، أطرافها تفور بألوان الطيف، المُذَنَّب يندفع نحوها، يدور حولها بسرعة هائلة، ثم يُلقيني مثلما يُلقي الثور براكبه، جسدي يهوي إليها بسرعة الضوء، نفس سرعة سقوطي بين فخذَيْ أنثى، أتجاوز ضباب السُّدم وكُسارة الشهب، ليأسرني كوكب أخضر، ميزتْ عينَاي العشب والأشجار في سطحه، وقلعة حجرية عتيقة مبنية بالحجر، أهوي نحو باحتها، تجاه بئر كبيرة فوهتها واسعة، أتجاوز جدرانها وبالكاد أتفادى الارتطام بالأحجار، ثم أستقر بهدوء ريشة على أرض رطبة...

ـ شايف السلالم؟ (سأل طارق).

ـ شايفها.

كنت أتطلَّع لسلم حَجري على مسافة أمتار، يهبط إلى أسفل، تنبعث منه إضاءة مريحة للنفس.

ـ هتنزل السلالم، واحد وعشرين درجة، احكِ لي شايف إيه.

ـ سلالم منورة بالشمع، في آخرها طُرقة طويلة.

ـ في آخرها باب، إوصفه.

كنت بالفعل أصف مشهدًا يحدث أمامي:

ـ باب ضخم، خشب وليه مقابض حديد.

ـ قرَّب، افتح.

رأيت نفسي أقترب، يداي تدفعان بابًا رغم الثقل انفتح.

ـ فيه قُدامك ضباب أبيض.

ـ حقيقي، بس أنا مش شايف حاجة.

ـ دقايق والضباب هيختفي، وهتبتدي تشوف تفاصيل، ابدأ بأنك تبص لتحت، لرجليك، وقول لي شايف إيه.

نظرت إلى أسفل وانتظرت، لحظات وظهرت قدماي، أقف على أرض حجرية بحذاء مدبب من الجلد الأسود الملفوف حول ساقين، ساقين مُشعرتين!

ـ لحظة، دي مش رجلي.

ـ احكِ لي شايف إيه.

لدقيقة كاملة لم أستطع رفع عينَيَّ عن أظافر قدمين طويلتين ومُتسختين تحت رُكبتين نحيلتين مليئتين بالجروح والخدوش، فوقها رداء جلدي ذو شرائط تتدلى على الفخذ. لحظات وأدركت ذراعي، نحيلة لكنها صلبة، نافرة الأوردة ومُشعرة يكسوها العرَق، أحمل في كفي قضيبًا حديديًّا خشنًا في طول السيف، كان ذلك قبل أن أنفصل عن نفسي، ابتعدْت للمسافة التي بيني وبين مرآة، أتأمل شخصًا يُشبهني، توأم يفرق بيننا النحول والإرهاق، يفرق بيننا الزمن.

ـ تقدر توصف نفسك؟

- لابس خوذة، لأ مش خوذة، حاجة زي طاقية جلد نازل منها حزام على المناخير، ودقني طويلة جدًّا.

- الزمن، تقدر تتخيل إمتى؟

تأملت طراز الجلد الذي يرتديه والبيوت التي ظهرت من خلفه بعد انقشاع الضباب ثم لمحت المُذَنَّب، يقطع السماء بسكين يتجه للشرق:

- أعتقد الزمن.. روماني، والمُذَنَّب موجود!

- تقدر تعرف اسم الشخص؟

- سيرجيوس! أول ما سألت الاسم سمعته جوايا.

- والشخص ده حالته إيه؟ اوصف لي.

- عينيه مبرَّقة، خايف، مفزوع.

- ليه؟

- بيبص على حاجة بعيدة.

التفتُّ خلفي لأرى ما يفزع شبيهي، كان يحدق في غبار بعيد يأتي من خلف جبل ويستمع لأصداء معركة تدور.

- ممكن نعرف هو شغال إيه؟

وكان السؤال إيذانًا بنهاية اللحظة، دون مونتاج، دون قطع سَلِس، انتقلتُ إلى مكان آخر، الدخان مازال هائمًا في الأجواء، يُخفي تفاصيل الوجوه، والموقع قرب معركة دائرة، تعالى الصراخ وازدادت الفوضى، الناس يركضون في فزع حاملين بين أيديهم المؤن والأطفال الرُّضَّع وصلبانًا خشبية، وسيوفًا، مثل السيف

الذي أضعه الآن في الموقد، كان قضيبًا حديديًّا خشنًا منذ قليل قبل أن أنفخ من تحته النار ثم أضرب عليه بمطرقة ثقيلة حتى يستوي ويعتدل، ضربة على السيف ونظرة للمعركة، في قلبي حقيقة تتردد «ما أنا إلا صانع سيوف مغلوب على أمري، حدّاد وليست تلك معركتي، وإن حانت لحظة الالتحام الجسدي سأُقتل لا محالة؛ فأنا لا أقوى على الهرب»!

وانقشع دخان المعركة، بغتة، خرجْت سليمًا رغم القذارة وخدوش الطَّرق على الحديد، أسير في طريق ضيق متخم بأهل المدينة، يُلقون بأجسادهم على الجوانب في تراخٍ بعد فزع وإرهاق، نائمين، أو ربما ميتون في هدوء، والذبابُ من حولهم يحوم ويلهو في الجروح، ثم رأيتها، أبطأتُ خطواتي حتى التقت أعيننا، تجلس القرفصاء كعادتها على باب منزلها الذي اعتدت المرور به في طريقي، تلهو بشعرها الأشقر وتبتسم في نداء، دائمًا ما كان الخطر يُسعر أعتى رغباتي، يوقظ بداخلي مخلوقًا شرسًا يهفو لنشر ذريته خوفًا من الإبادة، وضعت يدي في جيبي وتأكدت أن معي ما يكفي وطأها، وما يكفي لإغلاق الباب وراءنا...

في طريقي إلى المنزل سِرت من النشوة مترنحًا، طَرْق الحديد وهو ساخن يشبه كثيرًا طَرْق لحم الأنثى، وتبريد الدم المحتقن في أوردتي خير من إراقته في أرض معركة، فأعود إلى المنزل بمزاج رائق، لا يزعجني الصراخ والعويل، ولا فراغ الجيوب من العملات، بل ويجعلني أتحمل مَن خُضت المعركة من أجلها، مَن تحملت

الفزع والرعب من أجلها، ها هي تلوح من بعيد، أراها تكنس التراب من أمام عتبة بيت فقير في نهاية سوق، بيت أزرق باهت له باب قصير وشباك خشبي مغلق بالحديد، بيت أعرف أنه بيتي...

- تقدر توصفها؟

- مش شايف وشها، لكن هي بيضا، قصيرة، شعرها بُني ولابسة فستان واسع وعلى راسها إيشارب أبيض.

- فيه أطفال؟

- لأ.. مفيش.

- وانت حاسس بإيه ناحيتها؟

- حاسس...

سكتّ للحظات، كنت أتأمل «شبيهي» وهو ينظر لامرأته من بعيد، قبل أن يقترب، يقف خلفها للحظات ثم يمر ليدخل من باب البيت. أجبت طارق: فتور، هو مش مبسوط معاها.

- صح، بس هو بيحبها؟

- بيحبها، لكن، مش مبسوط.

- ليه؟

- مش عارف، حاسس إن بينهم.. ملل.

- طيب نقدر نعرف نهايته كانت إيه؟ مات إزاي؟

رأيت نفسي مستلقيًا في حوض ساخن مملوء بسائل أحمر له رائحة خانقة، أفوح عرَقًا، أفوح وهنًا، أتطلع إلى باب بيتي المفتوح، أرى المارة الغادين والرائحين بعينين تضربهما غشاوة،

ثم اقتربت زوجتي، لم أستطع تبين ملامحها من أثر ضياء الشمس المنعكس، كانت تكنس الأرض وتجمع التراب في ركن، سألني طارق:

ـ حاسس هنا سنك قد إيه؟

ـ ست وأربعين.

لا أعرف ما الذي ألقى في روعي بذلك العمر تحديدًا، ربما هيئة امرأتي التي لم تبلغ الكهولة بعد.

ـ الألم فين؟

ـ جسمي.. كله...

ـ حاول تركز؟

رفعت ذراعي من المياه الحمراء بصعوبة فراعتني التقرحات، رُقع مقشرة في لون الدم غطت جلد رأسي وصدري وبطني، وَهَن يُفكك مفاصلي، وصداع يطرق دماغي بلا رحمة... ثم اقتربت زوجتي، رفعت من فوق رأسي قماشة ووضعت أخرى أكثر برودة، لم أستطع تبين ملامحها لكني ميزت بقايا جَمال بائد مخلوط بالوجوم والأسف، كانت تلومني بدموع انسابت منها في صمت، وكان الصليب الذي رسمَته بإصبعيها على وجهي آخر ما رأيت، قبل أن تخفت الأصوات وتنطفئ الأنوار...

ـ إنت كويس؟

ـ حاسس بألم في راسي.

ـ ده طبيعي، حاول ما تفتحش عينك.

- إيه اللي أنا شفته ده؟

أجاب طارق بعد لحظات:

- واحدة من تجسداتك، وما تستغربش لو في لحظة لقيت نفسك واحدة سِت.

- تناسخ أرواح؟

- خلينا نناقش ده بعدين، دلوقت محتاجين نريح جسمك، ارخِ فكك ورجليك، وخُد شهيق كبير وزفير.

فعلت، وشعرت بيد طارق تقترب من جسدي، تُمشط الهواء من حولي، أردف:

- النور اللي خارج من المُذَنَّب بيطلَّع شعاع أبيض، نقي، بيدخل من راسك ويمشي في كل عضو في جسمك لحد رجليك، ومن رجليك بيخرج دخان اسود، بيطِير في الهوا، صدرك بينشرح، برودة بتدخل قلبك، بنطلع للنور، للسلالم، بنشوف سحاب، أبيض، حاسس إنك أحسن؟

أعلم أني لم أبرح الغرفة.

أعلم أن طارق يتلاعب برأسي.

وأعلم أن رأسي يشارك في المؤامرة، فما رأيت بدا هجينًا بين حلم ويقظة. روَّعتني حرب لم أخضها وتجرعت براميل من الفزع، وضعت الحديد في النار وصنعت سيوفًا، ذُقت غزالًا أشقر عاهرًا شهيًّا، وشعرت بفتور العمر مع امرأة في بيتٍ جدرانه زرقاء

من ورم التكرار والتعود، وأخيرًا نشعْت الألم في حوض ساخن، من خبرتي أعلم أن ذلك الشخص؛ سيرجيوس أو أيًا كان اسمه، قد عانى مرض الزهري، تلك التقرحات وذلك الوهن في العظام، وغشاوة العينين، بالإضافة للسائل الأحمر الساخن الذي رقدْت فيه، زئبق تحته نار، أحد العلاجات اليائسة لذلك المرض المدمر، ثم لحظة النهاية، نظرات اللوم والأسف في عينَي المرأة المسكينة، فالزهري هدية العاهرات عبر العصور، صعد معها جبلًا ثم نزل يجرجر قدميه وراءه من الضعف، تَسابَق لحمه على السقوط، ونفر الناس منه مسافة شهر، تمنى رفاهية الموت ولم يبلغه حتى سدد ديون الكائنات جميعًا...

منذ كانوا سمكًا في الماء المالح...

- نديم... حاسس إنك أحسن؟

- أحسن.

- تحب نكمل؟

كان الفضول سيد اللحظة:

- كمِّل...

- دلوقت هنِرجع للسلالم، هنِنزل العشرين درجة، هنوصل للباب الخشب الضخم، المقابض الحديد.. هنفتح.

في الساحة، وبترقب وشغف، انتظرت الدخان أن ينقشع، حاولت تصوّر ما سيحدث لكني فشلت، شيء ما يوقفني عن

التخيل، لا أكاد أصدق أن إبرة مغروسة في جبهتي لها ذلك التأثير، نظرت أسفل مني مراقبًا ساقَيَّ، لحظات وانجلت الرؤية، عن ساقين حافيتين لا تختلفان عن ساقَي الحدَّاد الروماني، ربَّما أكثر احتكاكًا بالأرض دون حذاء، وأدكن لونًا، أقف على الرمال في شمس الظهيرة والظِّل من تحتي أسود، ألفّ إزارًا بُنيًّا خشنًا حول خصري النحيل، جسدي جاف يابس مكسو بعضلات الشقاء، وصدري ضخم، لي لحية عريضة وأنف حاد مدبب وفم واسع، شعري غزير مجعد وجبهتي محزّمة برباط من نفس قماش الإزار، في مولد كبير مزدحم بالخيام والجِمال والدراويش، والناس حولي يقفون في دائرة تحدها الحِبال، رجال ونساء وأطفال، يأكلون الفول النابت ويتأملون بترقب الصندوق المزخرف المستقر على الأرض أمامي.

- تقدر تحدد إنت في أي عصر أو أي بلد؟

- مش قادر أعرف، لكن إحنا في مصر، لمحت القلعة بعيد.

انتظرت لحظات حتى سكتت الأصوات، ثم رفعت ذراعَيَّ وضممت أصابعي ابتداءً من خنصر يدي اليمنى وحتى سبابة يدي اليسرى، قبل أن أُسلك حنجرتي وأرفع صوتي بالسر:

- كفاك ربك كم يكفيك واكفة، كفكافها ككمين كان منك لكا،
تكر كرا ككر الكر في كبد، تبكي مشكشكة كلكلك لككا،
كفاك ما بي كفاف الكاف كربته، يا كوكبًا كان يحكي كواكب الفلكا.

وقْع الكلمات على العامة كان له تأثير السحر، برقت الأبصار وساد الصمت فانحنيت على الصندوق، فتحت مزلاجه ورفعت الغطاء، مددت يدي في سرعة والتقطْت حية بيضاء عملاقة لها عينان حمراوان، وبعزم قوتي رفعتها فوق رأسي مستعرضًا حجمها، وأعصابي، سَرَت الهمهمات بين الرجال، سقطتْ أفواه الأطفال دهشة، وبصقتِ النساء بين أثدائهن وتمتمن بآيات الاستعاذة من ذلك الشيطان الأبيض، كان ذلك حين لمحتُها بين الجموع، بالكاد تقترب من العقد الرابع، الثراء بادٍ في ردائها المزخرف والهودج الذي نزلت منه، بياض الحية يشبه بياضها، ناصعة لامعة تشوبها صفرة مُحببة، تطل بعينين قاتلتين من وراء بُرقع ذهبي، تتابعني من خلف كتف حارس مهيب، التقت أعيننا للحظة قبل أن أترك العِنان للثعبان كي يلتف حول جسدي، عَاصرًا رقبتي ثم صدري ثم بطني، قاطعًا أنفاسي، ضاغطًا ضلوعي يريد أن يحطمها رغم العِشرة، احتقن وجهي فتعالت الصيحات بالاستغاثة والاستعاذة، ولم يجرؤ مخلوق على الاقتراب، تابعت القلق يسري في عينيها وأوصالها قبل أن أُتمتم في سِري:

- بسم الله وبسِر الشيخ «الرفاعي أبي العلمين» أقسمت عليكِ أيتها الحية بهذه الكافات، وما فيها من الكفايات وبأسرارها التامات، أن تقفي ولا تتحركي ولا تؤذيني بأنفاسكِ السامّات، وأن تأتي أمامي خاضعة خاشعة وإلا كنتِ من العاصين لله رب العالمين.

لتأتي لحظة السِّحر الكبرى وينفك الثعبان عن جسدي بغتة، يسقط على الأرض بين قدمَيَّ كقماشة بالية، مَوت مفاجئ بلا مقدمات، قلب توقف من مجهود العصر، يسود الصمت لدقيقة وتتدلى الأفواه قبل أن ترتفع التكبيرات ويهلل الأطفال، نظرت للحسناء ثانية فلمحت ابتسامة ضيّقت طرفَي عينيها الكَحِيلتين، فأشرت إلى الناس بالصمت ثم أشرت إلى الثعبان وتمتمت بالآيات فتحرك بسم الله كأنْ لم يمسسه الضر، انحنيت قبل أن يستفيق ورفعته عاليًا، بين تصفيق وعُملات قليلة انغرست في الرمال، تابعت الحسناء تُلقي بعُملة ذهبية بين قدمَيَّ قبل أن تدخل هودجها المزخرف، فالتقطتُ العملة ووضعت الحيَّة في الصندوق قبل أن أرحل وفي نفسي خواء الجوع...

ـ حاوي! تقدر تعرف اسمه؟

ـ جابر.. مش عارف ليه برضه.

كان ذلك ما نطقه العجوز الذي انتهى من صلاته وتسليمه في البيت الفقير الذي أجلس فيه الآن.

ـ مين العجوز ده؟ (سأل طارق).

ـ ده أبويا.

ـ شبه حد تعرفه؟

ـ شبه جدي شوية.

ـ وهو بيشتغل زيك حاوي؟

لاحظت بالقرب منه سكاكين طويلة حادة وأداة سَن.

ـ مش عارف، بس حاسس إنه برضه حاوي.

ـ عُمرك كام سنة؟

شيء ما جعلني أقول: أربعين.

ـ مفيش سِت في البيت؟

ـ لأ، عايشين لوحدنا، وهو عيان، وبيلومني...

ـ ليه؟

وأُلقي في نفسي أن: «عشان رافض اتجوز...» أو...

وسمعت على الباب طرْقًا ففتحت، وإذا بحارس حسناء المولد بالباب، وبدون مقدمات انتقلتُ إلى ردهة واسعة بصرح كبير، مكسوة بالبلاط الملون والسجاد، أقف في ثياب من القطيفة الحمراء، مزينة بخطوط ذهبية تغطي الصدر والأكمام، رائحتي عطرة، في قدمَيَّ حذاء جديد، ومن أمامي صندوقي المزخرف، أكرر عرضي للثعبان أمام جمع أقل من الناس، أسرة ملكية بينهم وقفتْ فتاة المولد الحسناء، هي مَن طلبت قدومي إلى القصر وربما طلبت إقامتي فيه للمتعة والقرب، عيناي لم تنزلا عنها لحظة أثناء استعراض مهاراتي مع الحية، تلقيت منها ابتسامة حين انتهيت، وفجأة، رأيتني أسير ليلًا في طُرقة طويلة مكسوة بالسجاد، معلق على حيطانها شمعدانات غير مشتعلة، وفي نهايتها باب موارب مزخرف، دفعتُه برفق فجذبتِ الفتاة ذراعي

بسرعة وأغلقت، قبل أن تترك رداءها ليسقط عن جسد شفاف. بضٌّ لحمها كلحم السمك، شعرها طويل يصل للأرض، معطر برائحة آسِرة، وكعبها في لون دم الغزلان، وكان الجوع قد بلغ مداه، وضعتها على السرير، صهرتُها والْتهمتها، بشبق تخطى عَنان الجنون، أنقل عينَيَّ بين وركيها، ومُذَنَّب يمر في النافذة، مُذَنَّب وهجه لم ينافس لحمها، حتى أشرقت الشمس واضطررت اضطرارًا للانسحاب...

- حب؟

- حب... وجوع رهيب.

- لغاية ما حصلت المشكلة.

رأيتها على سريرها تبكي بهلع وجزع، وتُلامس بطنها الذي طالما لعقتُ سرَّته...

- حامل؟! (سألت طارق كأنه يرى ما أرى).

أجابني: بالظبط، تقدر تعرف إيه اللي حصل بعد كده؟

- شايف نفسي في أوضة في القصر، بالليل، الشباك مفتوح وفيه فروع شجرة قريبة.

كنت أحدق في صندوقي الخشبي، في رقبة الحية البيضاء التي انغرس بها سكين، وإلى بقية جسد لامع أملس تقطَّع سبعة أجزاء، وإذا بالحارس الشخصي للأميرة يقتحم الغرفة وفي يده هراوة غليظة، سلتُّ سكينًا من حذائي الطويل ووجَّهت له طعنة

لم تؤثر فيه، دفعني دفعة أسقطتني، قبل أن يطوح الهراوة في ساقي، انكسرت عظام رُكبتي وقبل أن أتأوه جثم على صدري، رفع الموت فوق رأسه ثم هوى على رأسي بخبطة واحدة أظلمت الدنيا بعدها وضرب التشنج أوصالي...

ـ نديم، اهدا...

صرخْت: راسي فيها ألم رهيب، في مكان الضربة، هنا.

وأشرت إلى جبهتي، في مكان الندبة العجيبة التي وُلِدْت بها:

ـ أنا محتاج تفسير.

ـ ده عرَض طبيعي بعد الصدمة، جسمك مُتشنج، لازم تسترخي يا نديم.

ـ أنا اتقتلت من دقيقة، شُفت ملامح اللي قتلني.

ـ اللي اتقتل جابر، مش أنت.

وضع طارق راحته على عينَيَّ وأصدر صوتًا يشبه دويَّ النحل، مسح رأسي ودلّك أسفل فكي والتجويف وراء ترقوتَيَّ. شعرت باسترخاء يَسرِي في أعضائي ثم هدأتْ أنفاسي المضطربة:

ـ لو مش عاوز تكمّل هنوقّف التجربة هنا.

لم أكن أسمعه، كنت أتأمل وجه قاتلي في باطن جفوني، مَن وضع حدًّا لحياتي يومًا، مَن أرسلني إلى الجحيم، أو بمعنى أقرب...

مَن أحياني ثانيًا...

ـ أنا مش فاهم، دول مين؟ وليه أشوف ده؟

ـ الحياة التالتة ممكن تكمل لك الصورة.

سحبت نفَسًا إلى صدري ثم زفرته:

ـ كمِّل.

ـ متأكد؟

هززت رأسي ولم أعقِّب، نزلت السلم ركضًا وكِدت أتعثر، دفعت الباب الخشبي العملاق بقدمي ووقفت وسط الدخان، أرمق ساقَيَّ وأنفخ الهواء بفمي مستعجلًا انقشاع الرؤية، وكان ما رأيته تلك المرة له وقْع مزعج، جعلني أتمنى تلفَ الإبرة المغروسة في جبهتي لأتأكد أن خيالي المريض هو ما يتولى الدفة، فقد رأيت قدمين بيضاوَيْن في خُفين مفتوحين مَن الخشب، مقوستين من السمنة، أظافرهما صغيرة تنمو إلى أعلى تحت ثوب أسود من الحرير تسلَّقته عيناي فأدركت سِمنة مفرطة تكاد تشق حزامَ وسطٍ عريضًا، الصدر ينافس ثدي أنثى أرضعتْ سبعة أطفال، والكتفان هضبتان من اللحم يكسوهما شال «الطاليت» المخطط بالأبيض والأسود، فوقه لُغد منتفخ مُحتقن، تحت رأس أحمر غارق في العرَق تتدلى من جانبيه ضفيرتان، تعلوه طاقية «الكيباه» المميزة لليهود، وصندوق «تيفيلين» أسود فوق الجبهة، مربوط بحزام من جلد الغزال يمتد ليلف الرسغ الأيسر قرب مستوى القلب، وفي إصبعي خاتم ذهبي منقوش بنجمة سداسية.

ـ أنا تخين جدًّا، مستحيل أكون في يوم من الأيام بالشكل ده!

ـ ما تقاومش الصورة اللي شفتها، تقدر تحدد زمن أو مدينة؟

ـ الزمن قديم، أقدم من الزمن اللي فات، لكن مش قادر أحدد إمتى.

ـ وسنك؟

ـ حوالي ستين.

ـ وشايف نفسك بتعمل إيه؟

ـ ماشي في سوق والناس بتبعد عن طريقي، ومعايا خدَم ماشيين ورايا، فيه حد ناداني باسمي.. زخاري.

ـ رايح فين؟

ـ داخل مبنى كبير، حاجة زي مجلس أو...

قال طارق:

ـ معبد مثلًا؟

ـ صح.. معبد.

ـ ركز، شايف إيه؟

رأيتني في معبد واسع تعلوه قبة مزخرفة، تتدلى منها نجفة سداسية ضخمة، أسفل منها يقع طابق النساء، تحمله صفوف من الأعمدة المزينة بالتيجان، تنتهي عند ستارة حمراء تُخفي وراءها الهيكل الذي يحوي تابوت العهد، وأنا، واقف على بوابتها فوق منصة الوعظ، ومن حولي حمَلة لفائف التوراة، ومَجامر الأبخرة العطرة، تمتد الصفوف أمامي برجال ساجدين في خشوع على حاجبهم الأيسر، رافعين أعينهم اليمنى إلى السقف، مُرددين

١٩٨

ورائي: «اسمع يا إسرائيل، إن الرب إلهنا هو رب واحد، فأحببه بكل قلبك ونفسك وقوتك، ولتكن هذه الكلمات التي أنا آمرك بها اليوم في قلبك»، ثم آمر فتُرفع التوراة لتوضع في التابوت فوقف الناس وهتفوا: «قدوشاه، قدوشاه، قدوشاه(*)».

حدّاد، حاوٍ، والآن.. حاخام يهودي؟!

ـ فيه حد من الناس إنت تعرفه؟

نظرت حولي فلاحظت رجلًا نحيفًا يقف على بُعد ثلاثة صفوف إلى اليسار، ينظر نحوي ويومئ برأسه.

ـ أيوة.. فيه واحد.

ـ تقدر توصفه؟

ـ وشّه أصفر.. وجبينه أسود.

ـ بيشتغل إيه؟

تأملت الرجل ثم أجبته:

ـ تاجر.

ـ فيه حاجة كمان.

ـ الراجل ده خبيث!

ـ وانت عاوز منه إيه؟

ـ عاوز منه.. بنت!

(*) قدوشاه: وتعني قدوس.

انتقلْت فجأة إلى شرفة عالية تطل على حوض مستدير واسع تقف فيه أكثر من عشرين فتاة، يكشفن سيقانهن حتى الأفخاذ، يعصرن عنبًا أحمر لصنع نبيذ تراصت براميله الخشبية في الأركان، عيناي من بينهن لم تفارقا خمرية قاتلة، شعرها مموج، وجْنتاها تفاحتان عاليتان، شفتاها عودان من الفلفل الأحمر الحار، وتصغرني بثلاثين عامًا على أقل تقدير، شهيتي نضحت عرَقًا من مسامّي، مسحته بكف سمينة بيضاء لم أستسغ سِمنته بعد، قبل أن تأتيني في غرفة نوم، بصحبة الخبيث الأصفر الذي قابلته في المعبد، أغلق الباب علينا فاختلجت شفتاها بابتسامة لم تخفف الاشمئزاز عن ملامحها، ولم يكن ذلك ليغير من الأمر شيئًا، فأنا الحاخام، أنا سيدها الذي سيُسبغ عليها شرفًا تتمناه كل أنثى، ضاجعتها، حتى بكت، أفرغْت شهوتي فيها ومزقت جلدها النضر حقدًا، ونززت من عَرَقي الساخن عليها حتى تقيأت، ثم استلقيت بجانبها لاهثًا يكاد قلبي يتوقف من فرط المجهود.

- لكن فيه سِت تانية في حياتك؟

أخرجني السؤال من جنة الخُلد إلى بيتي:

- أيوة.. أنا متجوز.

- مراتك شكلها إيه؟

كنت أرمقها في صمت، مرَّت بجانبي في ممر بالدور الثاني من بيتي، تُغمغم بكلمات لم أفهمها.

- شبهي.. تخينة جدًّا.

ـ عندكم أولاد؟

ـ عندي ولد، بس الولد ده مش منها!

ورأيتني في قاعة كبيرة متخمة بعُمال يُثبتون فصوص الجواهر في الخواتم والحلي، أجلس في نهايتها على كرسي ضخم صُنع من المعدن خصيصًا ليتحمل وزني وكرشي التي برز جانباها من أسفل المسندين.

ـ إيه المكان ده؟

ـ أنا جواهرجي.. مش بس حاخام.

لحظات ودخـل شاب خمري عريض الكتفين في عُمْر العشرين، ورث شفتَي أمه ووجنتيها العاليتين، ولم يرث مني سوى طول قامتي ولون عينَيَّ الزرقاوين، تقدم نحوي في زيارته الشهرية المعتادة، صعد الدرجات الصغيرة بين نظرات العمال وهمسهم والتقط يدي التي ازدادت سمنة وتزاحمت بُقع السن البُنية عليها، لثمها ثم ابتسم، كما ابتسمت أمه يوم أتتني بين يد مالكها أصفر الوجه. فتحت دُرجًا قريبًا وألقيت إليه بكيس عُملات أحرص أن تكفيه وأمه بالكاد العيش على طرف الحياة...

ـ لكن ليه؟ ده ابنك!

ـ عمري ما اتأكدت إنه ابني.

ـ لكن هي ما كانتش عاهرة!

ـ العهر في جينات الأنثى.

ـ حبتها؟

ـ مش عارف، لكن مش متخيل حد غيري يلمسها، اشترطت عليها ما تتجوزش من بعدي، عشان أفضل أصرف عليها وعلى ابنها، وأمرت أشوفها معاه من بعيد في كل زيارة عشان أوافق أدفع لهم الشهرية.

ـ إنت عارف إن ابنك مش بيحبك؟

ـ عارف.

ـ وعشان كده كتبت وصية غريبة!

فتحت دُرجًا في خزينتي فوجدت ظرفًا مختومًا بالشمع، سحبت نفَسًا إلى صدري الذي ضاق بما سأقول:

ـ يتحرم من الورث لغاية ما أمه تموت... أنا خليته يتمنى أمه تموت!

سكت طارق لثوانٍ قاسية ثم سألني:

ـ تقدر تشوف لحظة موتك؟

رأيتني فوق سرير في غرفة نوم فخمة، مُظلمة إلا من شمعة بجانبي، غارقًا في فيض من العرَق، أعاني الفالج في أطرافي وآلام تخمة في كرش حجبت من ضخامتها جدران الغرفة، وبعينين مقلوبتين إلى السقف أرمق نافذة تعلوني، تجلَّى فيها نجم ذو ذنَب، اقتحم السماء منذ سبعة أيام بوهج مَلأ المدينة جنونًا، تخبط الناس وسمعوا في رءوسهم أصوات الشياطين، وتخيلوا أشباح أجدادهم تهيم بينهم فتضرعوا إلى الإله في يأس...

ـ حد فتح الباب!

أسمع خطوات تقترب، ضوء الشمعة تراقص من أثر الهواء، ثم كشف الملامح الخمرية، ابني يزورني في بيتي لأول مرة، بلا دعوة، رمقني في صمت وابتسم، مثل ابتسامة أمه يوم أتتني مع مالكها أصفر الوجه، ثم رفع ذراعه بشمعدان سُباعي ذهبي، هوى به على جبهتي بعزم ما يملك، في مكان الندبة الداكنة التي ولدت بها...

يا له من صوت لن تتمنى أن تسمعه..

وقْع تكسير جُمجمتك في أذنيك...

- ٢٢ -

نديييييم!

الصوت آتٍ من أعلى...

من فوهة بئر عالية...

فتحت عينَيَّ...

ممددًا في قاع مظلم رطب تفوح منه رائحة نتنة، نبضات قلبي سريعة كقطيع حيوانات يطاردها أسد فتتعثر بعضها ببعض فزعًا، أدركت حبلًا فيه دلو يتدلى بالقرب مني وسمعت صوت طارق من فوهة البئر فنظرت إلى أعلى، وياليتني ما فعلت! انغرس الصداع بين أنفي وجبهتي، سكينًا من الضوء البنفسجي، سكينًا مشرشرًا من الألم يدور عكس عقارب الساعة، يُجوف رأسي ويغوص حتى فقرات رقبتي، رفعت يدي فاصطدمت بالإبرة التي غرسها طارق في جبهتي، ألقيتها أرضًا ثم التقطت الحبل وأحكمت عليه قبضتي فرفعني بسرعة الضوء.. إلى الغرفة الحمراء؛ غرفة الموجة الثالثة.

ـ حمد الله على السلامة.

بدا صوت طارق في أذني مدويًا.

ـ وطّي صوتك مش قادر اسمع، الإبرة! إنت حطيت فيها إيه؟

التقط الإبرة من الأرض وابتسم:

ـ الإبرة دي وهْم، بلاسيبو، مالهاش أي تأثير غير إنها تخليك تخوض التجربة بدون ما عقلك يشكك في اللي بيشوفه.

أردت أن أهتك عرض كل إناث عائلته لكني تمالكت نفسي، حاولت الوقوف فدارت بي الغرفة:

ـ أرجوك تصبر، إنت مش متزن، التجربة ما انتهتش.

ـ أنا محتاج أخرج من هنا، عاوز هوا.

ـ لازم عقلك يرجع لسيطرته الطبيعية على الجسم، لازم تريح النهارده، وتشرب مية كتير، خطر جدًّا تتحرك.

لم أعبأ بكلماته، رغبتي في الخروج طغت على تحذيراته، تساندت على الكرسي حتى قمت، مد يده مساعدة فدفعتها بغضب لم أعهده.

ـ سيبني من فضلك، أنا محتاج أفوق عشان أفهم إنت عملت فيَّ إيه.

ـ إحنا فتحنا باب في الـ«Hippocampus»، المكان ده مش بيخزّن الأحلام والذكريات القريبة بس، حيواتك السابقة كمان ليها سجلات مخفية ما بتتمحيش، وليها توابع.

ـ أنا ما شكّتش لحظة إنك دجَّال.

ـ إنت خُضت التجربة بنفسك!

ـ أنا بقى ليّ سبعة أيام باشرب هلاوس تعمل سبعين فيلم سينما.

ـ واللي شفته ده مجرد تلات حيوات من ألْف.

ـ حقيقي وذكي جدًّا.. أنا انبهرت.

ورفعت إصبعي الوسطى بقناعة وراحة بال ثم ترنحْت بحذر نحو الباب الذي بدا على بُعد سبعة كيلومترات:

ـ ممكن مفتاح الصندوق؟

استدركني فوضعت يدي في جيبي وأخرجت المفتاح وألقيته على الأرض، فالتقطه طارق ودسَّه مع المفتاح الثاني في ثقبَي الصندوق الخشبي القابع خلف كرسي طبيب الأسنان ورفع الغطاء فالتقط شيئًا:

ـ نديم...

التفتُّ إليه، وما رأيت في يده كان كافيًا لنسف أعمدة عقلي الباقية!

ـ ٢٣ ـ

في الغرفة مائلة السقف جلست على السرير بعد أن أغلقت الباب ورائي بالمفتاح، طنين الموجة «ثيتا» مازال يهز عقلي ويُدوي خلف محجرَيْ عينيَّ، أتقي النظر إلى صورة المرأة/ السمكة في السقف كي لا تحدثني هي الأخرى، وأتلافى النافذة كي لا تحترق حدقتاي حساسية من الضوء، ومن خلف الباب كان طارق يطرق طرقًا، يرجوني أن أفتح أو أستمع لما يقول، لم أستطع إجابته، فقد كنت أتأمل بين أصابعي خاتمًا كبير الحجم يليق بشخص بَدِين، خاتمًا ذهبيًّا منقوشًا بنجمة سداسية، خاتمًا رأيته منذ دقائق في يد حاخام! عليه نفس الزخارف والأحجار الكريمة الحمراء وخربشة الاستعمال.

أنا بصدد تغيير فحوى مُحاضرتي عن قصة إبليس ونهايته، الشيطان لم يمت، الشيطان كان معي في الغرفة، واسمه طارق، وأيًّا كان السحر الذي مارسه عليَّ فلم يكن ليصل إلى انتزاع الخيال من رأسي ليجسّده أو يكثف موجاته في صندوق!! اللئيم أضفى على تجربته لمسات سحرية تُثير الخيال وتُهيئ للتصديق والإيمان، موجات تُدغدغ العقل، ضوءًا أحمر، كرسي طبيب

أسنان، صندوقًا خشبيًّا عتيقًا وإبرة مغروسة في منتصف الجبهة، لا عجب أن المثقفين هم من أكثر زوار الدجالين والمشعوذين وقارئي الفنجان، فهم ببساطة مهزوزون من داخلهم، فكلما حصَّلوا من العلم قدرًا أدركوا أنهم ما زالوا على البر أطفالًا لا تجيد السباحة، والعلم بحر لا نهاية له؛ لذا يبحثون بشغف عن شخص وصل إلى اليقين الكامل كي يأخذ بأيديهم ليريحهم من التخبط والشك، شخص يتكلم عن المستقبل كأنه رسول، واثق من علمه كإله أزلي، ولا يدَّعي اليقين الكامل في فصيلتنا إلا الجاهل المتعجرف، هكذا تبع المثقفون «هتلر» و«موسوليني» و«ستالين» يومًا وساروا خلفهم إلى الحافة راضين، وهكذا سيرضخون لكل مُنجِّم دجّال ما دامت الحياة...

ولكن كيف عرف طارق أنني سأتخيل أو أهلوس بتلك القصص التي لا أعلم لها جذورًا؟

وكيف استخرجَ من خيالاتي شيئًا ملموسًا؟

هل تم زرع تلك القصص في ذاكرتي كما تُزرع المعلومات الدراسية والمهارات؟

الأجهزة المعروفة لم تملك زرع ماضٍ بأحداثه وتفاصيله في رأس المستخدم! فهي تضخ المعلومات فقط بدلًا من الحفظ والمذاكرة، فصلاح الدين الأيوبي سيظل شخصية تاريخية ولن يصير فجأة أحد أجدادي، والعقل الباطن مازال يحتفظ بأسراره، لكن ربما تعرضت لنوع من التكنولوجيا المظلمة لجماعة القيامة

المتمردة؟ أو وسيلة سيطرة جديدة يتداولها الأجانب في أحراش الزمالك؟ سطو عقلي غير مسلح، فيروس إلكتروني وضعه طارق في الحقنة؟ حِيلة نصْب مبتكرة، ولكن ما الهدف؟ معرفة أرقام أرصدتي ومعاملاتي المالية؟ اختراق أفكاري ورؤية حياتي الخاصة تمهيدًا لتهديدي؟ زرْع فكرة الإله في مخيلتي وهدايتي لأحد الأديان المتهالكة؟ أن أصبح أضحوكة الصفوة من العلماء ودرويشهم الذي خربَ رأسه؟

أغمضت عينَيَّ بتركيز للحظات لم يحدث فيها تجلٍّ للإله بداخلي...

ولله الحمد!

هل اطلع طارق على أحراشي؟

هل رأى الغزلان تركض فيها؟

هل رأى زوجته تاليا ولمح أنيابي تتحفز من أجلها فقرر الانتقام ببلبلة عقلي وهتك عرض ذاكرتي؟

ومَن هؤلاء الذين قابلتهم؟

سيرجيوس وجابر وزخاري!

الحدَّاد والحاوي والحاخام!

لِمَ بدت صورهم وتفاصيل حياتهم واضحة ثلاثية الأبعاد كأني عِشتُ حياتهم يومًا؟

كل تلك التساؤلات لم تُجب عن سبب وجود خاتم الحاخام ذي النجمة السداسية في الصندوق الخشبي، بل وفتح ملف

القضية الشهيرة «الندبة الداكنة التي ولدت بها» وذلك للعثور على أدلة جديدة تفيد حدوث «جريمتَي» قتل لنفس الشخص، ضُرب على رأسه في نفس الموضع، في زمنين مختلفين!

يدي ترتعش، عقلي مثقوب يدور حول نفسه، يغرق في السائل الشوكي السابح فيه، يبتلع الماء المالح، هناك مَن جذب ذراع السيفون، الوقت ليس في صالحي، عليّ أن أرحل عن ذلك الملاذ، عليّ أن أتفقد المعلومات في عدستي، أن أتركها تمسحني وتُحلل بياناتي، لعلي فقدت جزءًا من كبدي، أو لعلي فقدت قضيبي، سأنسحب من موسم الصيد مجبرًا، سأتخلى عن الغزالة البيضاء مضطرًّا، وسأترك بيانو شوبان، وضعت الخاتم في جيبي؛ فهو الدليل الوحيد وأداة الجريمة، وخرجت من الباب إلى السلم الدائري، نزلته بسرعة لا تليق بحالتي حتى استحالت الدرجات في عينَيَّ كالعجين، كان عليَّ أن أترنح، ومن الواجب أن أسقط، انكفأت على وجهي ببطء، شوال بطاطس ممتلئ، تدحرجت، حتى استقررت عند ساق العجوز العاري، قاومت النظر إلى عضوه ولم يكن وجهه أحسن حالًا، رمقني بلا تعبير ثم مد يده المعروقة فوقفت وحدي دون مساعدة، تمالكت نفسي فسألته:

ـ العدسة فين؟

أشار إلى دُرج في وسط الدولاب، عليه ورقة تحمل أحرف اسمي الأولى، فتحته بشغف والتقطْت عدستي، وضعتها على حدقتَيَّ فقرأتْ بصمتي الوراثية في لحظة وفعَّلت نفسها، يااااه،

متعة استنشاق الهيروين بعد طول غياب لا تعادل متعة التحامي بالعدسة، كأن عضوًا من أعضائي انبتر ثم نما من جديد كذيل البرص، كم أفتقد زخم البيانات من حولي!

طلبْت طائرتي وخرجْت إلى الوادي الجاف أترنح، الشمس تكوي حدقتي، ثم تعالى الطنين وحامت الطائرة حولي قبل أن تهبط، صعدت إليها وطلبت إعتام الزجاج وأعطيت الأمر بالعودة إلى البيت، تابعت من النافذة طارق وتاليا، كانا في البلكونة ينظران نحوي، رفع يده في تحية لم أُرِدها، ولمحت في وجه تاليا غضبًا أتفهّم سببه..

فليس هناك أسوأ من رجل ينسحب من موسم الصيد دون إنذار.

بمجرد ابتعادي عن الزمالك طلبت من العدسة بيانات أرصدتي، انهمرت الأرقام بمسحوبات تمت خلال الأيام السبعة الماضية، هبطتْ روحي إلى ساقي قبل أن تعود ثانية حين استعرضت جهات سَحْبٍ تحمل بصمات مريم؛ أدوية الرئة، أوراق تاروت جديدة، فاتورة اتصالات هائلة تُبقيها هائمة في عالمها الافتراضي، وبالطبع فواتير مياه الشرب الباهظة، حساباتي نظريًّا كما هي، لم تُمس، تنهَّدت فأرخيت أعضائي وتولت العدسة مَسح جسدي بحثًا عن خلل، لحظات وأشارت إلى نقص في دهون البطن، استرخاء ملحوظ في منطقة الكتفين والقلب، فقدت كيلوجرامين ونصفًا من وزني، البنكرياس الصناعي يعمل بكفاءته

المعتادة، والندبة الداكنة في جبهتي مازالت مجسات العدسة تقرؤها لتترجمها «جرحًا لم يلتئم»، بالإضافة لنشاط كهربي زائد في مُخي وخلل في الموجات الصادرة منه، أعراض هينة بعد سبعة أيام شربت خلالها طحالب بحر، رحيق أنثى، ووُخِزت بإبرة في جبهتي قبل أن أسافر عبر الزمن لأدخل جسد حدَّاد أصيب بالزهري، وحاوٍ وحاخام قُتِلا غدرًا بضربات على الرأس.

أخرجت الخاتم الثقيل من جيبي وتأملت تفاصيله للمرة السبعين قبل أن أضعه فوق راحتي وأطلب من العدسة مسحه، لحظات وانتشرت البيانات من حوله. خواتم ذهبية على مستوى العالم تشبهه وأسعارها الحالية، تحليل هندسي لنقش النجمة السداسية وتاريخه مع بعض الصور، علَم السلطان العثماني سليم الثالث ورمز النجمة يُزينه بجانب الهلال، كُتب تسخير الجن وعبادة الشياطين التي تستعين بذلك الشكل في الأعمال السفلية المزعومة، بالإضافة لاستخدامه كشعار لإسرائيل...

تسلَّل الإحباط إلى نفسي من تنوُّع البيانات قبل أن يسقط رأسي فوق صدري حتى أشارت الطائرة إلى وصولها البيت.

ـ ٢٤ ـ

عودتي إلى البيت.

القصة المعتادة.

«الموسم السابع» بعد المائتين.

تتكئين على وسادتكِ المخملية بجانب النافذة المُطلة على شاطئ البحر، رواية «السيدة دالواي» الورقية التي لا تنتهين من قراءتها فوق ساقيكِ، شعركِ الأسود يغطي رأسكِ الملقى إلى الوراء، أخمش عقلكِ بنداء فتفتحين عينين ملؤهما العتاب، تُتمتمين بخفوت، أتجاهل عن طيب خاطر، فحلقي جافٌّ لا يرتوي، والوجبة ساخنة من يد الروبوت لن أكمل نصفها لتقلُّص في معدتي. العادة السرية «بطولة تاليا» ساعدت على استرخاء عضلاتي وخلَّصتْ عقلي ـ مؤقتًا ـ من تخيلها، حمام دافئ كدت أغرق في مياهه، أصداء موجات ثيتا تتلاشى من أذنيَّ وتغادر أطرافي، ضربات قلبي تعود إلى طبيعتها، كوب ماء نظيف وجرعة مضاعفة من أقراص الذاكرة، رأسي يتزن، أسترخي، أستلقي، الخَدَر يسري في الأطراف، طارق يحاول أن يُجري اتصالًا بي، أصرفه كما يليق بالجان أن يُصرفوا، ثم تقتربين رغم شرائط

البوليس الصفراء المشيرة لوقوع جريمة، تمشين على الهواء في صمت، تجلسين بالقرب مني، تسألين وتستفسرين عن سبب قطعي الاتصال بكِ لأسبوع، محاولاتي لتأليف أحداث عن المحاضرات في ثلاث قارات مختلفة فيلم تجاري رخيص تعتري حبكته الثغرات، ارتجلْت، وحذفت المشاهد الإباحية مع تاليا، ولم أنجح يومًا حتى وإن كنت صادقًا، فالشك حاضر ساكن بيننا منذ باع بيته وهاجر إلينا، جالس على كتفيكِ، يناولكِ السؤال تلو السؤال لتقطعي به شرايينكِ، دون إسالة دماء، تفحصين قميصي بدعوى وجود بقعة، تشمينه بدعوى وجود عرَق، تلتمسين بصمات زميلة في الأنوثة، تلتمسين علاماتها على جلدي وفوق الياقة، وفي ملابسي الداخلية، ثم تُخرجين الخاتم الذهبي، أسرد لكِ حكاية مشوقة عن رجل يهودي أهداني إياه إعجابًا بأفكاري، ولولا قُطر الخاتم الكبير ما صدقتِ أنه ليس خاتم أنثى أخرى، آه لو عرفتِ! يُنهككِ الشك فترتمين على الكنبة في يأس وتُلقين ذراعكِ في قنوط ثم تشردين في الحائط، أدعو أن يلهيكِ شيء في عدستك، ولا مجيب، لينتابكِ ضيق التنفس المزمن فتضغطين زرًّا في سِواركِ يضخ في أوردتكِ الدواء، تسحبين نفَسًا ثم تترقرق عيناكِ... أشفق عليكِ، لكني لم أعد أحتمل الهراء والهشاشة، القمْص الأنثوي يأتي دائمًا وأبدًا في غير أوانه، كبرد الصيف، أعصابي ترتخي، أغفو وأستيقظ، تتابعينني في صمت، كلما تنبهْت أجدكِ ترمقينني، كأني كائن فضائي، وتُصرين على الحديث رغم النوم الذي يراودني، تحكين عن المُذَنَّب الذي شارف على

الرحيل، تحكين عن صديقات لا يعنيني انهيار بيوتهن، تحكين عن كواكب لا أهتم بدورانها واصطفافات مربعة تنذر بسوء. الشمس في البيت التاسع يا نديم، السنة هي سنة الكشف بالنسبة لبُرجك يا نديم، كوكب بلوتو يعد بتحولات قصوى في حياتك يا نديم، يا امرأة! بلوتو لم يكن سوى كلب لـ«ميكي ماوس»، وما دمنا لن نكون على قيد الحياة حين نهبط عليه أو يأتي هو إلينا في زيارة، فليذهب إلى الجحيم أو ينفجر فيريحنا من شرِّه، ألا ترين أن الجفون إسمنت والرموش أسياخ حديد مُسلح تنغرز في عينَيَّ؟ ألا يثنيكِ شخيري المتقطع؟ تتحدثين بلغة لم أعد أفهمها، أطلب من العدسة ترجمة «مريم ـ عربي» ولا أجد، يخفت صوتكِ، وتخفت ملامحكِ في عينَيَّ، تتلاشين، أغفو، وفي صحوة أتقلب فيها أجد كرسيكِ خاليًا، فأترك نفسي لأسقط سقوطًا مروعًا لذيذًا مبهجًا، نحو المخدة...

- ٢٥ -

بعد ٤٨ ساعة...

انتشر التستوستيرون في شراييني وتحفز الجوع، رائحة لحم الغزلان النيء تغمر أنفي ثانية، لا أهرش، لا أتشنج، لكن في داخلي يزحف ثعبان أبيض كبير مثل ثعبان الحاوي، يزاحم أعضائي ويدفعها، عيناي لا إراديًّا تمارسان الجنس مع تاليا، على قمة إيفرست، على ظهر حوت في قلب المحيط، وبين الشجر العملاق في غابة استوائية ممطرة، فكّرت اثنتين وخمسين مرة أن أعاود الاتصال بالملاذ، لكن التلاعب بعقلي يظل جريمة لا تغتفر، أحتاج أن أنفرد بنفسي حتى أطمئن أنني مازلت أنا، وأحتاج إلى تفعيل الشريحة التي خرَّبَتها تاليا لأعاود الاتصال بالعالم، كما أن عليَّ كتابة المحاضرة التي وضعت تفاصيلها بين الماء الدافئ في الحمَّام الحجري والعزل في غُرف الموجات.

لكن شيئًا ما لم يعد كما كان! فالموجات مازالت تراودني، تهز كياني للحظات، الحدَّاد والحاوي والحاخام يطاردونني في اليقظة قبل الحلم، رأيت أولهم في نهاية الطرقة، وثانيهم يداعب رقبة نيوتن، والأخير يمارس العادة السرية على الشاطئ،

هواجس مُلَح أستعيد فيها حياتهم كأني عشتها يومًا، ضاق صدري فطردتهم وصرخت فيهم بأقذع الألفاظ، وحين عُدْت إلى مكتبي كانوا جالسين في انتظاري، فتحت الدرج وأخرجت الخاتم الذهبي لأتأمله، ثم لاحظت حرفين عِبريين صغيرين محفورين من الداخل، ترجمَتهما العدسة من العِبرية إلى «ز.أ»، أمرت بالبحث عن طراز الخاتم وتصميمه، وفي أي عهد استخدموا ذلك الشكل؟ مرت الدقائق ثقيلة قبل أن يضيء مستطيل شفاف فوق الخاتم «مصر زمن الدولة الفاطمية ـ عهد العزيز بالله نزار بن مَعَدّ بن إسماعيل خامس خلفاء الدولة الفاطمية» ـ الخاتم ينتمي للطائفة اليهودية، ومن المرجح أن يكون مِلكًا لأحد رجال الكَنِيس، كان ذلك كافيًا ليشتعل حماسي، طلبت بيانًا بالمعابد التي كانت قائمة في عهد العزيز بالله الفاطمي فأتتني النتيجة، أقدم معبد والوحيد المتبقية أطلاله هو «كنيس بن عزرا»، ويقع في منطقة الفسطاط بحي مصر القديمة، وقد سُمي بهذا الاسم نسبة إلى «عزرا الكاتب» أحد أجلَّاء أحبار اليهود. طلبت من العدسة صورًا من الداخل فازدحمت عيناي بنتائج بدت مطمئنة، المعبد يختلف كثيرًا عن المعبد الذي رأيته في الغرفة ثيتا، ثم قرأت أن المبنى الموجود الآن تم هدمه وإعادة بنائه أكثر من مرة آخرها عام ١٩٩١، فتوترت معدتي ثانية، طلبت سجلًا بحاخامات المتحف فأشارت العدسة بأن تلك المعلومة غير مدونة، وأن عليَّ زيارة المكان لمطالعة الكتب والدوريات اليهودية التي تؤرخ لطائفة اليهود في مصر عصر الفاطميين، أو سأضطر لزيارة المتحف القومي الإسرائيلي.

كان الوقت غروبًا حين ارتديت سُترتي الحرارية وأرسلت الإحداثيات إلى الشاشة: «حي الفسطاط، العاصمة العتيقة»، اتخذت الرحلة دقائق قبل أن تومض العدسة ومجسات الطائرة بالتحذير من نسبة تلوث مرتفعة وحـرارة تصل إلى إحدى وستين درجة مئوية، بالإضافة إلى التنويه عن خطورة التعامل مع الأفراد ووجود كلاب متوحشة. التقطْت مسدسي ووضعت قناع الأكسجين، وزجاجات مياه نظيفة كان لها الفضل دائمًا في كسب الود وتزييل العقبات.

حين نزلت قُرب المعبد، بَدا المكان مهجورًا إلا من كلاب مسعورة فرّت حين أطلقْت نبضة من مُسدسي، وجماعات من المتأخرين ممن لم ينالوا حظ تحديث جيناتهم فباتوا عمالة تتعاطى الدين والكيمياء حتى لا يتمردوا فيَقتلوا الأغنياء، يراقبونني وفي أعينهم الفضول، يظنوني يهوديًّا أحجُّ لأحد الأطلال، أو سائحًا يطلب مغامرة، اقتربوا كالقوارض حاملين بضاعتهم الرديئة؛ بقايا أحجار من المباني المهدَّمة وحنوطًا من أجساد القديسين، وصورًا هولوجرامية للمُذَنَّب حين مر في نفس المكان في دورته السابقة، ألقيت على الأرض بضع زجاجات من المياه الصالحة فتكالبوا عليها، واتجهت إلى المعبد، أو بالأحرى ما تبقى منه، تشوشتْ بيانات العدسة كلما اقتربت، حتى صرت أمام بناء عتيق في أعمدته بقايا هيبة جعلتني أتساءل: لِمَ أرسل الإله الكثير من الأنبياء إلى بني إسرائيل ما داموا بذلك العناد؟ ما داموا لن يهتدوا؟ ألا يعلم أنه يقدم رسله إلى القتل على طبق من فضة؟ لِمَ أصر على تمييزهم

عن باقي الخلق بكثرة الأنبياء؟ أمن المعقول أن ينزل نصف الرسل فيهم؟ هذا بخلاف أن الرسالات السماوية لم تنزل إلا على العرب فقط! اليهود لهم كل الحق أن يغتروا بأنفسهم فيدّعوا أنهم شعب الله المختار.

لم يكن ذلك وقت مُحاكمة...

اقتربت من حارس يقف قرب باب جانبي، نظر لوجهي فتوترت ملامحه:

ـ ليه بياناتك مش ظاهرة في العدسة؟

ـ شريحتي عطلانة.

نظر للسماء مستدعيًا أقرب «درون» لتصويري فرفعت زجاجة مياه:

ـ مفيش داعي، أنا مدرس في الجامعة وجاي أزور المعبد.

ـ مفيش زيارات من ساعة ما المبنى اتهدِّم، الشباب اللي هناك بيبيعوا أحجار المعبد.

ـ أنا محتاج معلومة في السجلات، قوايم الحاخامات اللي كانوا بيشتغلوا هنا، المعلومات دي للأسف مش موجودة على الشبكة.

ـ بتسأل عن مين؟

ـ أنا مش عارف الاسم كامل، لكن هوَّ حاخام اسمه زخاري.

ـ موظف السجلات بيكون موجود بكرة الصبح.

بثلاثين بيتكوين باع يهوذا المسيحَ، حوَّلهم قائد الرومان عبر العدسة إلى حسابه وتبرع بزجاجة مياه صالحة للشرب...

ثم انفرد بالسجلات المهترئة...

في قبو المعبد، بين أتربة الإهمال والأعمدة المهدمة جلسْت، لا أعلم من أين أبدأ، كمٌّ هائل من اللفافات والورق، واتصال انقطع بالعالم الخارجي، لم يكن ذلك يعنيني؛ فالعدسة تحمل لغات الأرض، قرأتْ معي الحروف العِبرية وحوَّلتها إلى العربية، حوليات المعبد وزياراته اليومية منذ تم شراؤه عام ٨٨٠ ميلادية من الكنيسة الأرثوذكسية التي مرت بضائقة مالية نتيجة لزيادة ضرائب فُرضت عليها وقتها، قضيت ما يقرب من الساعتين تاركًا للعدسة التعرف على كلمة زخاري بين السطور حتى وجدتها؛ زخاري إرميا دانيال؛ حاخام الطائفة اليهودية لسبع سنوات، عاش بقرب المعبد وتُوفي في بيته عام ٩٩٠م، ولم تذكر السجلات أنه قُتل! لكنها أشارت لرقم في فهرس خلفي، برفق قلَّبت الأوراق البالية حتى عثرت على ملف رسوم للحاخامات، لوحات شخصية تشبه وجوه الفيوم(*) التي وُضِعت على التوابيت فترة الوجود الروماني، كان من بينها صورة نصفية لرجل بَدِين متجهم، رجل يشبه بشكل لا يوصف ذلك السمين الذي قابلته في الغرفة البنفسجية، يرتدي شال «الطاليت» ويحمل على كتفه لفائف التوراة، وفي إصبعه خاتم ذهبي...

(*) وجوه الفيوم: مجموعة من اللوحات الواقعية للشخصيات رُسِمت على توابيت مومياوات مصرية في الفيوم إبان فترة الوجود الروماني في مصر.

خاتم يطابق الخاتم الذي أخرجته من جيبي!!

خرجت من القبو أتصبب عرَقًا، هبوط ضغط لم يتولاه البنكرياس الصناعي، وبطْء منطقي في ضربات القلب، نبهتني السُّترة أن السماء تمطر بنسبة تلوث ٧٪ فوضعت واقي الرأس وأحكمت كمامة الأكسجين، اقترب المتأخرون ببضاعتهم ثانية فلوّحت بمسدسي فابتعدوا كالضباع اليائسة، إن وقعتُ بينهم فسيخلعون أعضائي، ترنحت إلى الطائرة وأمرتها بالارتفاع دون إحداثيات، لم أكن أعرف إلى أين أذهب؟ ارتميت على الكنبة فتولت العدسة فحصي قبل أن ينفتح درج برزت منه حقنة لم أهتم بمحتواها، ضغطتها في رسغي فانساب المحلول، استرخيت لدقائق حتى عادت الحياة إلى أوردتي، نظرت إلى الخاتم الذهبي بين أصابعي المرتعشة، وللنيزك الذي يقطع السماء كسكين من نور، ثم تداعت الأفكار:

هل عشت على تلك الأرض من قبل؟

حياة جديدة تبدأ لتنتهي، ثم تبدأ لتنتهي!

تناسُخ!

أكثر الأفكار سخافة تكاد تمنطق شغفي بالغزلان، تجعل من صيدهن هواية موروثة لها جذور في حيواتي السابقة رغم اختلاف الشخصيات والأزمنة!

وعلى صعيد آخر فأنا أعرف سهولة أن يختلق عقلي الباطن هذه الأحداث، مثل الأحلام، إفراز للخيال البشري حين يُخلع

عنه لجام قشرة المخ، إحلال، كما قال طارق، العقل الباطن حين يتولى الدفة، وخاصة أنني وقعت تحت تأثير هلوسة لم أختبرها من قبل، مُهيأ ومُعد للانجراف والتلقين، ولكن، من أين أتى ذلك الخاتم؟! وما تفسير صورة الحاخام البَدِين التي أرمقها الآن بعدما قطعتها من الكتاب! وماذا عن ندبتي التي وُلِدْت بها! إن كان طارق على حق فأنا في ورطة، وإن كان يتلاعب بعقلي فأنا في ورطة أكبر، شخص بتلك البراعة سيكون من المستحيل التنبؤ بما يدور في رأسه حتى ولو ادّعى النبوة.

كان ذلك حين قطع الوميض أفكاري، العدسة توهجت بصورة مريم:

ـ نديم.. فيه حد اسمه طارق بيسأل عليك.

- ٢٦ -

حين استقرت الطائرة على سطح البيت نزلتُ إلى صالة الاستقبال وكانت خالية، داروين لم يقفز عليَّ، والروبوت لم يستقبلني!! ثم التقطتْ أذناي ضحكة صاخبة آتية من غرفة المعيشة بالدور العلوي، قفزْت السلالم فدفعت الباب، طارق كان واقفًا في ثقة، مُرتديًا قميصًا حريريًّا أبيض تحت سُترة قرمزية، يُداعب رقبة الخائن داروين ويبادل مريم حديثًا رَسم على شفتيها ابتسامة، تأملته للحظات مُحاولًا استيعاب تلك النقلة المباغتة التي أطاحت بطابيتي، انتبه لوجودي فابتهجتْ ملامحه وفتح يديه في ترحيب، احتضنني وضرب ظهري بحميمية وكان يفوقني طولًا وعرضًا، ثم همس في أذني:

- سِرَّك في بير.

وأشار إلى مريم بحركة مَسرحية:

- باحييك على اختيارك يا نديم، جمال ورقة وأدب.

ثم نظر إلى مريم:

- وباحييكِ طبعًا، الراجل ده فعليًّا غيَّر حياة ناس كتير، أنا شخصيًّا أكبر متابع لنظرياته.

تورّد وجه مريم فضحك طارق ملطفًا:

ـ ما تتكسفيش، ده من كتر ما الناس بتجري وراه ما بيستقبلش اتصالاتي، عشان كده قلت أجرب حظي وأزوره من غير معاد.

كبحت لساني عن سؤاله كيف عرف عنواني! موافقتي على خلع العدسة في ملاذه لسبعة أيام كانت الإجابة، رمقْت مريم التي ابتسمتْ في وداعة فأدركت أنه لم يُخبرها بأمر الملاذ والأيام السبعة الماضية، فقررت تمويه إجابتي:

ـ آسف كان عندي شغل.

قال طارق: عامةً أنا عند وعدي، وجيت عشان أسدد لك الرهان اللي اتفقنا عليه.

ـ رهان إيه؟

تجرّع طارق كأس المياه ثم أشار إلى يساري. بيانو شوبان كان مستقرًّا في ركن الغرفة، والروبوت ينسق الأساس من حوله ويرفع الصندوق الخشبي الذي جاء فيه، لم تكن تلك هي المفاجأة، تاليا كانت تقف في رداء أخضر وشعر تضفَّر في جدائل رفيعة زادتها فتنة بجوار الهولوجرام الذي يبث صورة من يوم زفافي بمريم، التفتتْ فابتسمتْ، ثم لوحت بأصابع مليئة بالخواتم:

ـ Hi.

أردف طارق:

ـ معقول نسيت يا دكتور! لمّا اتقابلنا صدفة في الفندق وتراهنَّا على العزف.

هززت رأسي وابتسمتُ فقالت مريم:

ـ دي مفاجأة! ليه ما حكيتليش عن البيانو؟ إنت أول مرة تعزف من سنين!

نظرْت إلى طارق الذي غمز بعينه، فأجبتها:

ـ كانت مفاجأة، أنا نفسي كنت ناسي.

عقَّب طارق:

ـ عزيزتي، إنتِ عايشة مع بروفيسور في البيولوجي وعلم النفس التطوري وعازف!! لحن شوبان طلع منه أحسن من مراتي اللي بتدرِّس البيانو! والرهان كان بيانو شوبان الأصلي، بابا الله يرحمه كان اشتراه من مـزاد، لغاية ما جوزك أبهر الموجودين كلهم، ماكانش قدامي غير إني أتنازل عنه.

كُنت مُجبرًا على مسايرته، هززت رأسي وتمتمت بكلمات مُبهمة ثم قلت:

ـ إنت أخدت الموضوع جد، ده كان مجرد هزار!

ـ يا صديقي الرهان رهان، وأنا باحترم كلمتي.

ـ So Romantic!

صاحت تاليا وصفَّقت، الهولوجرام كان يعرض لحظة تقبيلي

٢٢٥

لمريم أمام الكعكة العالية، زفرْت وكززْت على أسناني حين ابتسمتْ مريم وبدأتْ في سرد ذكريات ذلك اليوم:

ـ في الليلة دي عِييت، تلات أيام حرارتي أربعين، لما عملت حساباتي بعد كده عرفت إن الكواكب ماكانتش في صالحي.

غمزني طارق بعينه:

ـ الكلام ده متهيأ لي ما بيعجبش دكتور نديم! احكِ لنا، إيه إحساسك وأنت بتحب خبيرة في النجوم!

يا معتوه كُف عن استخدام كلمات مستفزة لغزالتك التي اقتربتْ لتسمع، حافية تسير على أطراف أصابع مطلية بلون شعرها. أجبته:

ـ أكيد بيكون فيه متعة إذا النجوم رضيت علينا.

عبستْ مريم ثم تهلل وجهها حين أضاف طارق:

ـ طالما معاك مريم يبقى النجوم متفقة تسعدك.

ـ أحضّر العشا؟

ذلك كان الروبوت، ضم طارق كتف تاليا:

ـ مفيش داعي إحنا جينا من غير معاد، خليها مرة تانية.

نظرت مريم نحوي بعينين جاحظتين، تستحثّني أن أطلب منهما البقاء، طال صمتي قبل أن أبتسم:

ـ ما ينفعش طبعًا.. لازم نتعشى.

- ٢٧ -

أمام المائدة جلسنا، ذَكَر في مواجهة أنثى، وضع الروبوت فواتح الشهية والشوربة، ولم يتسنَّ لي وضع السيانيد في طبق طارق، خفتت الإضاءة وانسابت الموسيقى الناعمة إلى الآذان، لا يقطعها سوى احتكاك الملاعق بالصحون حتى قطع طارق الصمت:

- شوربة الطماطم رائعة.

دائمًا ما كانت مريم ومن قبل شرائي للروبوت طباخة ماهرة، حتى ضرب الشرخ بيتنا فبات أكلها صمغًا وقشًّا.

قالت مريم: أنا عدّلت الوصفة مع الروبوت، حطيت مكوناتي الخاصة.

قال طارق: أنا منبهر.

- حضرتك بتشتغل إيه؟ (سألتْ مريم).

أجاب طارق: الشوربة تجنن، تسلم إيدك، أنا يا ستي عندي بيت في الزمالك، باعمل...

خبطْتُ ساقَ طارق فاستدرك:

- باعمل جلسات استرخاء وصمت.

اتسع بؤبؤ مريم:

ـ أنا نفسي أجرب حاجة زي كده.

عاجلتها وأْدًا للطموح:

ـ صدرك مش هيستحمل حر ولا تلوث الزمالك.

علا الإحباط ملامحها للحظة ثم تابعتْ كأن لم تسمعني:

ـ تاريخ ميلادك كام؟ (سألتْ طارق).

ابتسم الأخير: ١٥ نوفمبر.

ـ عقرب.

لا تستدعِ مريم صفات الأبراج من الذاكرة، فهي حاضرة دومًا في رأسها، تحفظها كأصابعها، ضمت كفيها إلى صدرها في تضرع ورفعت عينيها إلى نقطة في السقف تستحضر الكلمات:

ـ الدنيا عندك يا ابيض يا اسود، مفيش رمادي، عندك فضول للمعرفة، وتحب تكون صاحب المسئولية، مُغامر، طموح، مُخلص وكتوم، ما تحبش الخيانة ولا الكدب، وصِفاتك السيئة الغيرة وحب السيطرة.

هز طارق رأسه وابتسم:

ـ بتتكلمي عني كأنك تعرفيني!

عقّبت مريم: والشهر الجاي فيه سعادة، انفراج هَم.

ابتسم طارق: بُشرى حلوة، أشكرك يا مريم.

ثم لامست مريم يد تاليا:

ـ وانتِ؟

ابتسمَتِ الحمراء:

ـ تاريخ ميلادي للأسف مش متسجل، الغجر مش بيحبوا يدوبوا في نسيج المجتمع.

أردفتْ مريم بإحباط حقيقي:

ـ خسارة، اللي مش بيعرف تاريخ ميلاده بيفقد كتير من معرفة نفسه، عاجباني ضفايرك جدًّا على فكرة.

ابتسمتْ تاليا:

ـ بعد العَشَا هاعملها لِك.

ثم نظرتْ في عينَيَّ قبل أن تلامس ساقها ساقي، حدجتها للحظات محاولًا استيعاب ما تفعل، ثم تمالكتُ نفسي وتصنعتُ الانهماك في طبق الشوربة حتى خفتت الأصوات في أذني، حديث مريم وطارق بات خرير مياه بعيدًا، قدَم تاليا تصعد، تتسلقني، أخطبوط بذراع واحدة، أصابعها تتمشى على ركبتي، مريم تحكي عن النجوم، وطارق ينصت للهراء باهتمام، أما تاليا، فتمارس السحر الأحمر، تدس قدمها بين فخذَيَّ، تهرس النسل، حرارة جبهتي ترتفع، تقترب من حرارة الشمس، أنشع عرَقًا، الآن عرفت لِمَ تعيش النسوان أعمارًا أطول من الرجال؛ لأنهن لا يحرقن ربع السعرات الحرارية التي نحرقها عليهن، طارق الذي يبتسم في ود، ينظر إليَّ وفمه يقول شيئًا ما، وفجأة علا صوته في أذنَيَّ:

- ولَّا إيه يا دكتور؟!

أفقت فابتسمت: آسف كنت بتقول إيه؟

- كنا بنتكلم عن بُرجك، مدام مريم بتقول...

قاطعَته مريم:

- مريم بليز.. بلاش مدام.

أردف طارق بابتسامة:

- مريم بتقول إن بُرجك هوائي وعصبي، فقلت لها مش متفق معاكِ، نديم كان طول الوقت هادي، وكنت باخد رأيَك، تفتكر هل ممكن الإنسان يسيطر على صفات بُرجه اللي اتولد بيها؟

نظرتُ في وجهه للحظات منتظرًا ارتفاع القليل من الدماء إلى عقلي حتَّى أجيبه:

- أنا مش مؤمن بالأبراج.

قالت مريم متعمدة ألَّا تلتقي أعيننا:

- وأنا باقول إن الإنسان صعب يتغير.

ضغطت تاليا قدمها وقالت بخبث:

- متفقة معاكِ، أنا مثلًا وارثة صفات الغجر، الحرية الكاملة، كل شيء مُباح طالما مش بنئذي حد.

كلمات الحمراء منطقية، فليس الاستسلام للصياد بمعصية، خاصة أن الصياد مع الوقت قد يتحول إلى الفريسة.

ـ أنا باقول إن الإنسان مهما حاول يهرب من ماضيه مش بيقدر، والرحلة الحقيقية في الحياة هي إننا نعرف حقيقة نفسنا، ونرتقي.

ذلك كان طارق، يُفتي بالحقائق بين رشفات مريم التي لم يرفع عينيه عنها، يُفتي وقدم زوجته بين فصَّيْ مخي، تمالكتُ نفسي:

ـ معرفتنا بنفسنا تبدأ بأننا نتصالح مع موقعنا في السلسلة الغذائية.

قالت مريم:

ـ ربنا مستحيل يساوينا بالحيوانات، طاقتنا مختلفة عنهم اختلاف تام.

تدلَّى فك طارق:

ـ عزيزتي! إنتِ مؤمنة بالرب رغم نظريات جوزك؟! ده مجهود صعب جدًّا!

ترقرقتْ عينا مريم:

ـ أنا باحس بوجود ربنا، باحس إني باحضنه، إني عايشة جواه، جزء منه، ما تضحكوش عليَّ، بس أنا باحس إنه هو الحب الأصلي.

عقَّب طارق:

ـ مستحيلة الحياة من غير رب، مؤلمة جدًّا.

ـ حياة مريحة لو نتعود عليها.

وأراحنا الروبوت بالطبق الرئيسي، خضراوات وأعشاب وقواقع، فكل مَن على المائدة نباتيون، باستثنائي؛ فأنا أشتهي لحم الغزال، الغزال الذي يُدلِّك الآن أذني الوسطى بأصابع قدمه.

ساد الصمت للحظات قبل أن تستطرد مريم:

ـ مش هتصدقوني لو قُلت لكم إني كنت عارفة إنكم جايين.

ابتسمت تاليا: فعلًا؟ احكي لنا.

ـ القمر في البيت التالت من البُرج بتاعي، ده معناه هاتعرَّف على ناس جديدة.

ثم ضاق حاجباها: لكن ليه بياناتكم مش باينة في العدسة؟

قال طارق:

ـ إحنا ما عندناش شريحة، بنفضّل الحرية الكاملة.

جحظت عينا مريم: تصدق عُمري ما فكرت في كده.

ـ لازم تجربي.

رمقتني مريم فهززت رأسي اعتراضًا.

ـ بياناتك إنتَ كمان يا نديم مش باينة، إنت عطَّلت شريحتك؟

ـ كفاية رغي بقى، سيبي الناس تاكل يا مريم.

عقّب طارق:

ـ تعطيل الشريحة بيريح من شعور المراقبة طول الوقت، مع حفظ الدخول على الشبكة من غير قيود.

ـ أنا عاوزة أعمل كده.

ورمقتني كطفل يطلب الإذن باللعب في الشارع دون السترة الحرارية.

ـ أعتقد الفكرة مش مناسبة ليكِ.

ـ واشمعنى كانت مناسبة ليك؟

أخرج طارق من جيبه الـ«Mayhem» وأردف:

ـ أنا معايا جهاز التعطيل.

ـ مفيش داعي.

ـ بليز، أنا نفسي أجرب.

زفرتُ نفَسًا من الضيق وابتسمتُ بصُفرة ثم أومأتُ موافقًا، فقرب طارق الجهاز من مريم وضغط الزر، وصدرت الطقطقة، تأوهتْ مريم للحظة ثم ابتسمتْ بعينين دامعتين، رمقها طارق بصمت ثم ابتسم:

ـ حمد الله على السلامة.

انقضى العَشاء بين عملية جراحية في المخ تمت بقدم تاليا، ومجاملات وشغف تمارسه مريم حين نقابل الناس وجهًا لوجه، كطفلة ثرثارة تحكي عن كل شيء؛ عن نفسها وعن صندوق ألعابها، النجوم والأبراج، وعن روعة وإعجاز المُذَنَّب الذي يشق السماء فوقنا في رحلته الكونية، المسكينة تؤمن بأن في ظهوره نبوءة من الرب ترتدي من أجلها أحجارها الكريمة جلْبًا للطاقة والبرَكات!

وكان عليَّ إنهاء الزيارة، فالوقت الطويل مع طارق وتاليا يعني أخطاء محتملة، تصنَّعتُ التثاؤب لكن مريم تمسكتْ بفقرة الحلوى، كأنها مَن صنعتها! ابتسمتُ وأشرتُ إلى طارق أن يتبعني إلى الخارج متحججين بالتدخين، ووضعت غرفة المعيشة في نطاق عدستي كي أتابع تاليا التي سأتركها كالحية البيضاء بجانب مريم.

تمشينا حتى اختفى المنزل وخفتت الأنوار، الرياح هائجة مضطربة تخبط الآذان ولا تسمح بحديث، اقتربنا من البحر فدلفنا إلى كوخ أُخصصه للمركب وأدوات الصيد، طارق كان يداعب عنق داروين الذي تبعنا؛ ذلك الخائن، أنتزع منه جينات الشراسة فيسمح لغريب باقتحام بيتي! صرفته بأمر عقلي ثم التفتُّ إلى طارق الذي ابتسم:

- لذيذ جدًّا داروين، ومراتك حقيقي سِت لطيفة، تِتحسد عليها.

ثم نظر للقارب: ما كنتش أعرف إنك بتحب الصيد!

- مُمكن أعرف سبب الزيارة!

ابتسم طارق:

- سبب الزيارة.. أولًا قلقت عليك، إنت بعد التجربة مشيت بسرعة، وما ردّتش على اتصالي، كان لازم تفضل تحت الملاحظة يوم كمان، ثانيًا، عشان أجيب لك البيانو، ده كان الاتفاق.

- أنا مش عاوز البيانو، غيّرت رأيي، أنا عاوز أعرف إنت عملت فيَّ إيه بالظبط!

ضحك طارق:

- عملت فيك إيه! أنا استضفتك في الملاذ، خُضنا تجربة ممتعة، وأنا نفذت الجزء الخاص بيَّ من الاتفاق.

- اتفاق! أنا ما اتفقتش معاك على الهلاوس اللي شفتها.

- اللي شفته مخزون مدفون جوّاك، وطبيعي يكون فيه رفض لتصديقه.

- إنت عاوز تلعب بدماغي فأخرج من عندك وأشهد أن لا إله إلا الله مثلًا!

- إيمانك من عدمه مش قضيتي، ولو مهتم كنت نشرت نتيجة تجربتي، يكفيني تعترف بيها.

- طبعًا مش هتنشرها، لأن تجربتك وهْم.

- تجربتي ليها دليل مادي، الخاتم اللي شفته في حياتك السابقة.

طحنت ضروسي قبل أن أتمالك نفسي:

- حياتي السابقة! إنت مصدق فعلًا ولَّا بتضحك على نفسك بالجهازين الخردة اللي فوق الكرسي؟

- إنت كنت في أقصى درجات الوعي.

- إنت هيأت لي الخدعة، ستة أيام باشرب حاجات غريبة، واليوم السابع زرعتْ في دماغي ذكريات مش بتاعتي، والخاتم سهل جدًّا تخبيه في الصندوق.

- مفتاح الصندوق كان معاك.

ـ فيه ألف طريقة تقدر تطلّع بيها من الصندوق فيل مش خاتم، غير إنك تقريبًا كنت بتحكي الحدث قبل وقوعه، كأنك بتذيع ماتش.

ـ ده لأني شايف اللي بتشوفه في نفس اللحظة.

ـ أديك قلت.

ـ الهالة بتاعتك بتكون مفتوحة قدامي زي الكتاب، والـ«fMRI» والرنين ورسم المخ بيحددوا موجاتك و...

قاطعت هراءه:

ـ إنت مالكش حق تزرع لي أفكار وهمية.

ـ إنت عارف إن زرع الأفكار بيتم بعملية معقدة جدًّا في مركز الذاكرة، وعُمْر الذكريات المزروعة ما بتستبدل الذكريات الأصلية.

ـ جماعة «القيامة» ما بتبطلش اختراعات، أنا مش ناسي إنك عايش وسط سوق النصابين.

ـ ما كنتش أتخيل إن عقليتك العلمية تعاند في تجربة خضتها بنفسك!

شردْت للحظات، كنت أتابع الزوجتين اللتين جلستا على كنبة غرفة المعيشة، مريم مستسلمة لتاليا التي تجدل لها الضفائر، تاليا تنظر نحوي وتبتسم! تابعْت:

ـ أيًّا كان اللي إنت بتروّج له أنا مش محتاجه، ومش عاوزه يوصل لمريم؛ لأنها بتصدق في الحاجات دي.

ـ أي بني آدم بيفكر بدون تحيز المفروض يصدق.

ـ ده شيء يخصني، ومريم مش متزنة نفسيًّا، هشة جدًّا، وما تستحملش تخوض رحلة زي اللي أنا خضتها.

ـ خايف عليها؟

حدجته باستنكار: طبعًا خايف عليها!

ـ رغم الفتور الواضح بينكم؟

ـ ده شيء ما يخصكش تتكلم فيه.

رفع كفيه:

ـ أنا آسف، كنت متخيل التجربة هتساعدك تفهم نفسك، لكن واضح إني ضايقتك، أرجوك، أنا مهتم أزيل سوء التفاهم بينا.

وقال كلمات لم أسمعها، خفتت في أذنَيَّ وأنا أتابع غرفة المعيشة، انحنتْ تاليا على أذن مريم، همستْ بكلمات ثم قامت، اقتربت من الكاميرا، ملأت العدسة بعينها، ثم أخرجت لسانها فلحست شفتيها قبل أن تبتعد، مريم لا تتحرك! شاردة في الكرسي الشاغر الذي تركَته تاليا! ثم عاد صوت طارق بغتة:

ـ أنا كل خوفي من العواقب.

ـ عواقب إيه؟

ـ دخولك التجربة كان بالتدريج، على مدار أيام، موجاتك عِليت واحدة واحدة، زي الطلوع للفضاء، الخروج من

التجربة له قانون، عقلك دلوقت زي رائد الفضاء اللي خرج للكون بدون ما يعادل الضغط، ممكن في أي لحظة تحصل له انتكاسة.

ـ أنا قادر أتحمل تَبِعات اختياري.

ـ لو مكانك مش هاقول كده.

ـ أيًّا كان.

قلتها وشرعْت في غلق باب الكوخ، تابع طارق:

ـ اللي جاي مش زي اللي فات، إنت حياتك اتغيرت.

التفتُّ إليه مستنكرًا:

ـ حياتي أمر يخصني.

ـ الميكانيزم اللي بينسّينا الحيوات اللي عِشناها بيحمينا من مفاجأة معرفة حقيقتنا، المعرفة اللي المفروض تاخد سنين، لمَّا بتشوفها في جلسة واحدة، وارد جدًّا يحصل صدمة، يمكن دلوقت إنت مش حاسس، لكن بعد شوية هتكتشف.

رمقتُه ولم أُعقب، مددت خطواتي حتى البيت تاركًا طارق يتبعني على مسافة، لم أنظر ورائي حتى وصلنا غرفة المعيشة، تاليا ومريم كانتا تتحدثان حديثًا توقَّف بغتة حين دخلنا، رمقتني مريم بسكون عجيب، بلا أي تعبير.

ماذا قلتِ لها أيتها الحمراء؟

حكيت ما حدث بيننا في الملاذ.

٢٣٨

لا أظنكِ تودين إفشاء سِرنا الصغير...

- إحنا لازم نمشي.

قامت تاليا، وابتسمتْ مريم مُعاتبة:

- لسه بدري! النهارده الكواكب في وضع تثليث، الطاقة هايلة والفال حلو.

نظر لي طارق ثم ابتسم مجاملًا: معلش.. مرة تانية.

فتوسلتْ مريم:

بليز، خمس دقايق، لازم تشوف دايرة الأبراج.

نظر إليَّ طارق مستشفًّا قراري فزممت شفتَيَّ بابتسامة، أشارت مريم بإثارة إلى السقف فخفتت الأضواء، ثم باعدت ذراعيها فتوهجت نقطة في منتصف الغرفة، ثم حدث انفجار مبهر، لقد خُلق الكون من حولنا، انفجار كبير أصدر موجة اخترقت أجسامنا، أخذتْ شظاياه تتسارع وتتباعد، مكونة المجرات والكواكب والشموس، تدور في نظام عجيب وتتبدل ألوانها من الحمرة إلى الزرقة الباردة، رحلة زمنية استغرقت مليارات السنين رأيناها في ثوانٍ، ثم اقتربنا من مجموعتنا الشمسية فرأينا كوكبًا زائدًا بين المريخ والمُشترِي، اقترب منه مُذَنَّب بيضاوي المسار، يشبه المُذَنَّب الذي يمر بالأرض هذه الأيام، لينحرف فجأة فيصطدم بالكوكب، اهتزت المجموعة الشمسية بموجة عارمة قلبت اتجاه بعض الكواكب، وتحول الكوكب المجهول لسديم من الصخور والغبار، تدور في نفس مسارها، مليارات من شواهد القبور لكوكب مات، ثم تسارع

الزمن لتتغير الأرض وتتباعد القارات عن بعضها البعض وتتفرق، قبل أن تلف مريم يديها في النجوم البعيدة وتشير إلى مجموعة تشبه في هيئتها العقرب، نظرتْ إلى طارق:

ـ دي مجموعتك.. المسها...

وأمسكتْ مريم بيده فقربتها من النجوم، تخللت الأجرام أصابعه بوهج مبهر، وتخللت يد طارق رعشة، في عينيه نظرة امتنان ذكورية، نظرة نهَم، بؤبؤ العينين حين يتسع ليمسح ملامح الأنثى، أووووو!! الوغد زميل في الغابة!! فهْد كنت أظنه مسالمًا، يملك في يديه الغزال الأحمر وتشخص عيناه وراء آخر أبيض، تلك هي الأعراض الشرعية لكل مَن تزوج فتشوهت لديه حاسة الشم، مريم تُحرِّك يده يمينًا ويسارًا، تحرك قلبه، وتغلي الدماء في عروقه، لولا اختلاف الأذواق لبارت السلع، أهلًا بك في الغابة، ولكن لا تظن أن الصيد بجانبي سهل؛ فاللحم الذي أمتلكه وإن بدا في نظري هينًا.. فهو مقدَّس...

اقتربتْ مني تاليا، همست في أذني وتعمدت أن تخرج الكلمات بأنفاس ساخنة:

ـ مراتك عاجبة طارق، ما بتفكرش تبدِّل؟

كان ذلك حين أنهت مريم عرضها، توهج الضوء فالتفت طارق ومد يده بسلام:

ـ متشكر على الاستضافة.

قالت مريم: لازم تكرروا الزيارة.

ابتسم طارق بودٍّ وقبَّل يدها:

ـ المرة الجاية في الملاذ.

ضرب الاحمرار وجه مريم: نِفسي جدًّا.

والتفتتْ إليَّ فهززت رأسي وابتسمْت، كما أبتسم دائمًا أمام مطالبها، بدبلوماسية كاذبة، ثم آثرْت الصمت حتى ارتفعت طائرتهما.

ـ ٢٨ ـ

حين ساد السكون وعاد البيت إلى صمته المألوف دلفت إلى ممر الغُرف، وقفْت أمام الباب للحظات أسترق السمع، ثم أدرْت المقبض، وكالعادة، كانت فوق كرسيها الجلدي المريح، تهز ساقها في حركة رتيبة، والروبوت بجانبها ينظف الغرفة ويرتب أغراضها المنثورة.

كم أنتِ جميلة يا سُلاف، كم أنتِ مُهمِلة وغوغائية! لم تعلمكِ أمكِ يومًا ترتيب أغراضك، فالروبوت يقوم بكل شيء، تَدلّلي يا صغيرتي، كما شئتِ، استغرقي في عالمكِ الافتراضي الذي لم تعودي تغادرينه، ولن تغادريه، لن أسأم يومًا تأمُّل ملامحكِ التي لم ولن تتغير، مَن رآكِ صغيرة لن يبذل مجهودًا ليميزكِ كبيرة، لكن إذا دقق النظر، فسيسترعي انتباهه تلك الحركات الثابتة التي تأتينها كل يوم كساعة حائط يَخرج عصفورها كل ساعة.

ـ ما شفتكيش من يومين!

ـ آسفة، مسافرة برلين، الأولمبياد فاضل عليها تلات أسابيع.

ـ طيب الحضن بياخد عشر ثواني.

ـ حضنين.

الآن دعيني أحكي لكِ.. عنكِ...

منذ ثلاث سنين...

وفي يوم يطابق ذلك اليوم، لم أتخيل أني كنت أودعكِ يا سُلاف، لم أتخيل أن تلك هي المرة الأخيرة التي سأراكِ فيها يا صغيرتي وأُقبل مفرق شعركِ، سافرتِ إلى الأولمبياد وأنتِ لا تعرفين أنكِ أصبحتِ الكون الذي أحيا فيه، ومن خلال رئتيكِ يأتي الشهيق والزفير، لن تعرفي أنكِ كنتِ سبب عودتي إلى البيت كل يوم، ولم تكوني لتستوعبي أن ابتسامتكِ كانت كافية لملء الخواء بداخلي، وإخماد غريزة صيد النسوان التي تتوهج كل ساعة، لن تعرفي أن عينيكِ كانتا تُغنيني عن الغابة بغزلانها، وأن كلمة «إنتَ أحلى بابي في الدنيا» كانت قادرة على جعْل الفهد المفترس أرنبًا يستلقي في السرير بجانبكِ ليحكي الحكايات، كنتِ أمي وابنتي وزوجتي التي ارتقتْ بين النجوم.

في ذلك اليوم تكلمتُ معكِ عن مشكلة وزن الروبوت، ثم طلبتِ الـ«iJacket» قبل سفرِك، مَن يَملك صد إعصار بيديه يملك صد عينيكِ يا سُلاف:

ـ بتحبيني؟

تبتسمين بعفوية رغم ما يعتمل في صدركِ من ناحيتي طول سنين:

ـ إنتَ العالم كله.

وقْع تلك الكلمة كان يعيد ترتيب خلايا جسدي، غبتِ في صدري ولثمتِ خدي بقُبلة، وفي اليوم التالي سافرتِ إلى برلين، تابعتُ ومريم أخباركِ لحظة بلحظة، حتى يوم البروفة الأخيرة قبل بدأ المسابقات، أرسلتِ إلينا فيديو للروبوت وهو يَسبح بسلاسة، وقُبلتين لي ولأمك، وأوصيتِني أن أعتني بها من أجلكِ حتى تعودي، ثم أخبرتِنا أنكِ مضطرة لقطع الإرسال حتى تُنهي عملكِ...

بعد أربع عشرة دقيقة ازدحمت عدسات الكوكب بالأخبار، متطرفو تنظيم «دافا»(*) فجروا قنبلة نووية في استاد أولمبياد روبوت برلين...

في الموجة الأولى اختفت برلين من فوق الخريطة، وانقطع الاتصال بكِ، تبخَّرتِ مع مَن تبخروا احتراقًا، ومن خلفكِ أربعة وثلاثون مليون إنسان واجهوا الرجفة الحارقة، ما بين بتْر ودفْن تحت الأنقاض وتشوّه في الأطراف والأرحام.

في ذلك اليوم، وفي اللحظات الأولى التي تلت معرفتي بالخبر، تباطأتِ الأفكار حتى سرعة ١ مللي في الساعة ـ وناهيكِ من صوت ارتطام جسد أمكِ تحت السلم حين سقطتْ ـ فلم أبك أو يُصبني الانهيار العصبي، بل انتابني سكون لم أختبره من قبل، خلايا جسدي توقفت عن الانقسام، توقفت عن الدوران والاحتكاك، أعلنت الحِدَاد، وتهادت الخيالات

(*) دافا: تنظيم الدولة الإسلامية بفرنسا وألمانيا، وهو تنظيم متطرف انشق عن تنظيم «داعش» الشرق أوسطي متبنيًا أفكارًا أكثر تطرفًا.

في نعومة أحلام اليقظة، سُلاف، ابنتي، لقد احترقت في كسر ثانية، لا أظن أنكِ شعرتِ بشيء، لم تتألمي ولم تُدركي، فقط تناثر جسدكِ وتبدد، عاد إلى الطبيعة مثل حبوب اللقاح غير المحظوظة التي تُبعثرها النباتات قبل أن تذبل، كنتِ ابنة مميزة، بالنسبة لي فقط، لأنكِ ابنتي، ٥٠٪ مني و٥٠٪ من أمك، لكنكِ لستِ مميزة بالنسبة لعشرة مليارات إنسان يعيشون على ذلك الكوكب، الناس يأكلون ويضحكون ويتضاجعون في نفس لحظة موتك، لكنهم سيحفرون اسمكِ في حائط طويل يمتد من فرنسا إلى بولندا، يحمل أسماء ضحايا الانفجار وصورهم المتحركة وهم يضحكون، ومن بينهم صورتكِ؛ كائن نوعه «أنثى» من سلالة الهومو سابيان، عاش ثم مات مثل مَن ماتوا في الزلازل أو احترقوا في البراكين أو غرقوا تحت موجات تسونامي، ماتوا «بالجملة»، بسعر موفِّر، أما فيما يتعلق بالمشاعر التي تربطني بكِ، فلم أظنها ستتجاوز مشاعر الجاموس الوحشي وهو يتابع صغيره بين فكَّيْ تمساح في بحيرة إفريقية، سأصرخ، سأروح وأجيء، سأنبش الأرض بحوافري، ثم أستسلم في النهاية وأتبع القطيع، لأتناسل ثانية وأُنجب غيركِ، قبل أن يصيدني البشر فيقتلوني ويتباهوا بقروني على الحائط، ليس فينا شيء مميز من دون الكائنات، ربما نحزن بطريقة مختلفة، مُبالغ فيها، بطريقة لا تؤدي إلى أي نتيجة، كأن الموت مفاجأة لم نكن نتوقعها! كأنه ما كان ليحدث لابنتي أنا بالذات من دون السلالة، نظْرتنا ضيقة، مثل نظرة السمكة الذهبية إلى العالم من فوق

مائدة الملاذ، مشوهة، نمارس الوهم على أنفسنا ونتضرع للإله الذي ضغط زِر الحرق في لحظة غضب، آلية عبقرية لتلطيف وقْع مصيرنا المحتوم، فالموت غير وارد، والجنة في الانتظار إن أحسنَّا السلوك، لن نلتقي يا سُلاف ثانية ـ مقطع بلا ترجمة ـ ولن أستنسخكِ، فانتظار أن تصل نسختكِ لمثل عمركِ الذي رحلتِ فيه يجعل مني ومنكِ كائنين من كوكبين مختلفين، الوداع يا سُلاف ـ مقطع آخر بلا ترجمة ـ الإسعاف سيأتي بعد دقائق، فشريحة أمكِ المزروعة تحت جلدها أرسلت إشارة استغاثة تومض الآن في حدقتيَّ، بجانب التحذير من الموجة الحرارية التي ستصل إلينا بعد دقائق، ستزيد الحرارة اشتعالًا، وستثير الغبار وتشوش عليَّ الاتصالات، ذكّريني يا حبيبتي أن أشتري مياهًا نظيفة إضافية لأخزنها احتياطيًّا، وذكّريني بشراء «iJacket» حديثٍ مثل الذي طلبتِ قبل سفرك...

سُلاف! اللعنة، إنني أفيق! أعود للزمن الطبيعي! أسمع خبرك، أتلقى نفس الموجة الحرارية التي أحرقتكِ، الرجفة غير محتملة، الضلوع تحطمتْ، شظايا، الرئة تفتتت، القلب تورم ثم انشق، الحزن الأسود سال على السجاد وتسرب إلى الأرضية...

سُلاف ماتت...

أتمنى أن تكونَ سعيدًا في عليائك، منتشيًا! فحصْد الملايين دفعة واحدة لا يستطيعه إلا جبار متكبر، مَن يأبه لحياة إنسان وسط كون لانهائي شديد الاتساع والبذخ؟

الآن تلوم الإله يا نديم؟!

إله مِن اختراعك، إله كنت تتمنى وجوده كي تتهمه بالظلم!

شوائبَ إيمان ضحل تلقيناه صغارًا، فنشرَ الأورام في أجسادنا كبارًا.

اللعنة على كل مَن أحاط عقولنا بيدين مُلوثتين، وكلاء الإله الذين تولوا تسويق التخويف والتعزير وتوزيع الغفران والتوبة، الوكلاء الذين اخترقوا القلوب وسيطروا على العقول بزيّ الورع وقُبعات من ريش الآلهة، الوكلاء الذين قتلوا سُلاف.

منذ ذلك اليوم تغيرت حياتي ومريم، إلى الأبد، وجودنا بعيدًا عن دائرة الانفجار لم يخفف وقع الصدمة، من بعد سُلاف تحول البيت إلى مستنقع يفوح برائحة الكبريت، تتخلله سحابة سوداء ظالمة تغشى القلب وتملأ الرئتين، مات العصفور الملوّن في فيلم أبيض وأسود، ماتت التي كانت تعيد ترتيب خلايا جسدي بابتسامة من شفتيها، تبخرتْ، وتركتْ مريم وراءها جثة هامدة، مع عقرب الثواني كانت تنحني، تزداد انثناءً نحو الأرض، تسجد غضبًا وتتضرع، للخواء، حتى لم يعد بي قوة على جرها، أهملتُها دون عمد، حتى انسلتت أصابعها من بين يدي، «آسف يا سُلاف» أمكِ تُغرق نفسها في مياه راكدة مليئة بالتماسيح، لم أعد أرى إلا شعرها الذي لطخه الشيب، يطفو بين الحين والآخر، نتقابل في طرقات البيت كغريبين بينهما حدود بلاد، فقدْنا الوزن والشهية، فقدْنا أنفسنا، وضللنا الطريق في ليل لا قمر فيه. توقفتْ، عن الحياة، عن

التفكير، عن إتمام رواية جدتها الورقية التي لم تتجاوز منتصفها، وكان عليَّ إشعال جذوة نار حتى ألتمس طريقًا، فاتخذْت طريق البحث عن الأسباب، رحلة شاقة للتفتيش عن الإله الذي فعل، كان عليَّ أن أحسم أمر وجوده من عدمه، إيجاد منطق لتصرفاته، لسلوكه، أو التصالح مع فكرة أنه وهْم صنعناه بداخلنا منذ شاهدَ أجدادنا الصاعقة ولم يستوعبوا مصدرها، ليتولى حكيم القبيلة التفسير، ساحر تحوّل عبر الزمن إلى رَجُل دين؛ دين قهرَ الفلسفة التي لم تصمد أمام حرمة البحث في معنى الإله، ثم تفجر العلم، ولم يكن الأمر سهلًا، فالتخلي عن البعث والقيامة، الجنة والنار، الرسل، المعجزات، الكتب السماوية، جُرأة ليست بهينة، وليس هناك مَن يُضل نفسه عن عمد، فالمُلحد «مؤمن» بعدم وجود إله، لكن هناك مَن يؤمن ويتعصب دون أن يفهم، دون أن يختار، فقدْ وُلِدنا على دين آبائنا، وتحزبنا بالمظاهر والتفاصيل، ولو وُلِدنا في الهند لرسمنا «بوذا» على ظهورنا وآمنَّا وادّعينا أن ذلك هو الدين الحق ولا دين غيره.

طرقتُ باب الإله حتى فقدت أصابعي، سقطَتْ بين قدمَيَّ ولم أنحنِ لألتقطها، ومع ذلك لم يُجبني أحد، ولم يَخرج ملاكٌ برسالة فارغة أو كوب ماء يروي عطش عابر سبيل، كل ما كنت آمل فيه إشارة، استجديْت، توسَّلْت، شحذت، وأخيرًا صرخت حتى تمزقتْ حنجرتي، وكانت الإشارة...

أنْ لا إشارة!

هنا أدركت أن ما كنت أطرق عليه لم يكن في الأصل بابًا، كان ظلًّا على حائط، رسمًا من رسوم الجرافيتي، وكان عليَّ أن أرحل؛ فموضة الأنبياء انتهت، والملائكة استكبروا على الاتصال بالبشر، ورغم ذلك فكلما ابتعدت مترًا نظرت ورائي بطرف عين، مثل الشيطان يوم طُرد من الجنة مَهزومًا مدحورًا، لعلّي أراه واقفًا، لعلّي أكون مخطئًا، لعله يمتحن جلَدي وصبري، لعله موجود...!

كانت تلك آخر صلواتي، وحين لم أتلقَّ إجابة تأكدت من خبر الوفاة...

لقد مات الإله...

بكيتُ كما لم أبكِ من قبل...

كما لم أبكِ سُلاف...

كما لم أبكِ أبي...

ثم توقفت حين أدركت أنني في تلك اللحظة قد تحررت تمامًا...

أصبحت أُصلي لنفسي...

شعور مخيف في بدايته، أَشبه بركوب قطار ثعباني في ملاهي أطفال، دون حزام، ستسقط فريسة لأفكارك آلاف المرات، ستتعثر، ثم ستتعلم التشبث بالحياة بيد من حديد. تصالحتُ مع نفسي، لكنني لم أتصالح مع موت سُلاف، اتصلت «سرًّا» بشركة أعلنتْ عن خدمة جديدة أطلقتْ عليها اسم «Longing» (حنين)،

أفرغوا عدستي من الذكريات القديمة، وبنوا المشهد الأخير في حياة ابنتي، برمجوه في عدستي كي يعمل بمجرد نظري للأماكن التي مرَّت بها في البيت، يُعاد يومُها الأخير في سرمدية يتوقف عندها الزمن، مع السماح لبعض الذكاء الصناعي المتصل بالشبكة من أجل تحديث الحوارات التفاعلية بيني وبينها إذا تطرقنا لموضوع لم نتحدث فيه يومها، ليتأكد الإيحاء الكامل لديَّ بأن ابنتي مازالت على قيد الحياة...

مثير للشفقة، أليس كذلك؟!

هكذا متُّ وبُعثت، على يد سُلاف، وهكذا تصدعت الأرض بيني وبين مريم، شقٌّ اتسع، وما لبث الزمن أن جعله في عرض المحيط، صعدتْ مريم بين النجوم، وبقيتُ أنا على الأرض، في الغابة، تتكاثف عصارة الغزلان في دمي ويداعب المسك أنفي فأهيم بحثًا عن رِزقي، فهن الكائنات الوحيدة التي باتت تُشعرني أنني على قيد الحياة، تضخ المسك في عروقي، تُغلي دمي فتنسيني حزني، وتُنسيني أنني مذموم منبوذ، رغم أنني في أعتى لحظات اندماجي في الجنس؛ أتذكر سُلاف، فأنفصل، أرتخي، أشخص ببصري إلى الفراغ وأُنزل السيقان من فوق كتفَيَّ، ويتوقف قلبي ليسألني عما أفعله، ذنْب رهيب يغمرني، نحو مريم، ونحو سُلاف التي أوصتني بها، لحظات تمر عليّ كما تمر على المَصروع، قبل أن أفيق فأنسحب في هدوء وأغوص في عملي، أدفن رأسي وأنهمك، أكتب محاضراتي؛ فتحطيم القناعات الزائفة في عقول

المغيَّبين يشبه تحطيم أثاث البيت إخراجًا للغضب والصراصير المُجنحة، بالإضافة إلى فرصة تحطيم نفسي بطريقة تروقني، فالأرض هي الجنة التي لن أشعر فيها بملل، هي أفضل بأي حال من حياة لانهائية آكل فيها الفواكه دون جوع، وأطأ فيها النسوان دون صيد!

لماذا لم أهجر مريم؟

لماذا لم أُطلِقها في الغابة حتى تجد حريتها أو يجدها فهد فيفترسها؟

لأن مريم فريسة سهلة، ستسقط دون فخ، دون شرَك خداعي، ستسقط إذا التقطت أذناها زئيرًا على بُعد عشرين ميلًا، ستسقط ميتة من الرعب، فلا عهد لمثلها بهرب، ولم تكن من العزم لتتحمل إصابةً قاتلة تُقويها، أو ظلام غابة بين غزلان منافسات ربَّين الأظافر وحفزن الأثداء...

ولأني أحبها!

لذا لا أراها غزالة...

لا أراها هدفًا...

وبالطبع لا أستسيغ صيدها...

- ٢٩ -

بالطبع أثنتْ مريم على طارق بعدما رحل...

وسمّته بالنبيل الوديع الدمث اللطيف اللذيذ المرح، ولم أغَرْ، فأنا لا أستوعب - رغم إدراكي أنها أنثى - أن مريم قد تميل لذَكَر آخر؛ فالرجال عندها لطفاء فقط لأنهم ليسوا نساءً، يغِرن منها ويحسدنها، فمريم تشعر بنظرية المؤامرة تجاه كل أنثى، ولها بعض الحق صراحة، بل كل الحق، فقد ضاجعت نصف مَن ادّعين صداقتها، ومَن لم أضاجع منهن أرسلن لي الإشارات وفاحت هرموناتهن حتى أنفي، ولم يمنعني سوى أجساد ترهلت ويئست.

من نظريات صيد الغزلان «فوق سن الأربعين»

الغزالة التي تخطت الأربعين تمتاز باليأس، السن أمامها، والعشق خلفها، تضع نفسها في مقارنة - غير عادلة - مع صغار الغزلان الحرة، تقاتل في السرير بشراسة لبؤة جريحة، ولا تدرك المسكينة أنها حتى وإن كانت ملكة قطيع الغزلان، فالبقاء دائمًا وأبدًا يبقى للبضة المرنة ذات الجلد المشدود والليونة في فتح الحوض...

التوصيات:

طأها بعنف، حتى ينفك «Extension» الشَّعر، حتى تتساقط رموشها الصناعية، حتى تحتك أسنانها بالبلاط، وحتى تلتقم خيوط السجادة مثل المكرونة الاسباجيتي، بنهم، واحْرص على عدم التعلق بها، فتفشّي العاطفة بداخلك سيجعل القلب يستأثر بالدم حتى يختنق العقل، ولاحظ، أن في اللحظة التي ستشعل فيها «الأربعينية» سيجارة ما بعد الوطء وتشخص ببصرها إلى السقف شاردة، فإنها بنسبة ٩٧٪ تفكر جدًّيا في الزواج منك، حتى تضمن المدد، والخلود الدائم لذلك الأداء الذي هدَّ كيانها وأعاد بناءه؛ لذا ودِّعها بابتسامة رقيقة، إلى أجل غير مُسمَّى، فالمعجزات الإلهية من الأفضل أن تحدث مرة واحدة فقط كي تصير فريدة.

عودة لما حدث بعد رحيل طارق وغزالته...

كعادتها مريم، تشغلها نميمة ما بعد الزيارة - مؤقتًا - عن الاستغراق في عالمها الافتراضي، فنحن لا نستقبل الزوار إلا فيما ندر، تسترجع لحظات اللقاء في عدستها، تُعلق على كل لفتة وكل همسة، بدءًا من رأيي في شعرها الذي ترسله خلف أذنها كل بضع ثوانٍ، وانتهاءً باسترجاع عبارات الثناء على ديكور

المنزل وعلى الطعام الذي لم تطبخه، وبالطبع راقبْت عينَي مريم في اللحظة التي دسّت تاليا قدمها في عقلي، لم أتخذ ساعتها ردة فعل تتوقف عندها، وموهْت الكلام حتى لا تسألني عن جذور معرفتي بالغجرية وزوجها، ثم توقفنا عند صدر فستان تاليا الأزرق المفتوح الذي طلّت منه ثمرتا الجنون.

ـ مغرورة.

لم أُعلق رغبة في غلق الموضوع، لكنها تابعت:

ـ كتير اللي عاملاه على زيارة في بيت، تحس إنها جاية تستعرض!

مططتُ شفتَيَّ، وكأن صدر تاليا بحلمتيه لا يعنيني، تابعتْ مريم:

ـ حاسة إني شفتهم قبل كده.

كانت تتحدث عن الزوجين وليس عن حلمتَيْ تاليا، قلت:

ـ ما أظنش، دول عايشين في الزمالك، إنتِ ما رحتيش الزمالك من عشرين سنة مثلاً.

ـ تاليا دي مش مُريحة.

ـ وإيه الجديد؟

ـ يعني إيه؟

ـ يعني كل الستات عندك مش مريحين.

- مش كل الستات، أنا باقدَر أحس باللي موجاتها مش مظبوطة.

أفكار مُفيدة في معاملة الغزالة المنزلية

تملك كل أنثى رادارًا حساسًا لرصد نيَّات الغزلان الأخرى، فمن الأفضل عدم التعليق حتى لا ترتفع ذبذبات الشك.

- أيًّا كان...

- بس برضه حاسة إني شفتهم قبل كده، يمكن في حلم أو...

تثاءبتُ علَّها تُنهي الحوار...

- لكن ما حكيتليش إنك اتراهنتْ وعزفتْ، وعجبت الناس!

- أنا هارجّع البيانو.

- الراجل جابه لحد هنا، والله لطيف.

أفكار مُفيدة في معاملة الغزالة المنزلية

تملك كل أنثى رادارًا حسّاسًا لرصد نيات الذكور، رادارًا يُخفق بنسبة ٧٧٪.

وتابعتْ مريم وكأنها تُحدث نفسها:

- ولو إن منظرهم من غير البيانات حواليهم يخوف بصراحة، أكيد هتبقى مفاجأة لما الناس تشوفني أنا كمان كده، بس أنا حاسة إنه بيحبها، بص كان حاطط إيده على وسطها إزاي لما دخلوا!

آه لو تعلمين أين كانت قدمها منذ دقائق!

- وبُص بتبص لك إزاي وهي بتاكل!! مش طبيعية البنت دي.

أفكار مُفيدة في معاملة الغزالة المنزلية

تستخدم المرأة كلمة «بنت» لمنافسة محتملة حتى لا تقارنها بنفسها، فهي السيدة، وكل غزالة تهددها فتاة مراهقة لم ينبت ثدياها بعد...!

- كفاية وهْم.

- ده مش وهْم.

- اتكلمتوا في إيه لما خرجْت مع طارق؟

- كانت بتحكي لي عن طارق في السرير.

سَرتِ الموجة الساخنة خلف جلد وجهي:

- يعني إيه؟

- «She is a Bitch» رغم إنها جميلة، وبتتعمد تغيظني، بتشتكي إنه بيتعبها جدًّا بطلبه ليها كل يوم.

ألقتها غيرة، ورغبة في استفزازي؛ فالغزلان حين يشعرن بتهديد يتعمدن وصم بعضهن البعض بالعُهر، فهي الصفة التي ستُنفر الصيادين من الرجال فيهن...

ولكن مَن قال إني أنوي الزواج؟

أفكار مُفيدة في معاملة الغزالة المنزلية

اتركها تُلوث ضرتها وتشفي غليلها، هي لا تعلم أنها تضع على صدرها نيشان الأنوثة، وإذا أثنت على جمالها ـ رغمًا عنها ـ فهي تُطمئن نفسها وتثبت لك أن تلك الغزالة ليست بمصدر تهديد.. ولكنها كذلك.

ـ هيَّ عاجباك؟

ـ إنتِ لسه بتقولي جميلة.

ـ أنا شايفة عينيك.

رمقتُها ولم أُجب، هزَّت ساقيها بعصبية وزفرت بنفَس مسموع ثم قامت، وقد مضى زمن السعي وراء مريم لاسترضائها، ذهبتْ إلى البيانو، رفعتْ غطاءه فوجدتْ رسالة مطوية في ظرف قانٍ: «الحقائق العظيمة بدأت كإهانات للإله.. جورج برنارد شو»، عبارة كُتبت بقلم حبر رفيع وبحروف فرنسية الهوى، هناك من الناس مَن يهتم كثيرًا بإيمانك من عدمه، يسمعونك ثم ينقدونك بابتسامة قبل أن يُثرثروا بالحيثيات والقناعات مع الآخرين، حتى تمل فتنسحب فيبذلوا الرخيص والغالي «بيانو شوبان مثلًا» حتى ينعموا بهدايتك إلى الصراط المستقيم، يبدو أن الإله يعطي العلاوات لمن أتى بزبون جديد إلى جنته...

طويت الرسالة ووضعتها في جيبي، تأملت اللوحة النحاسية الصغيرة المكتوب عليها ماركته «Pleyel»، قبل أن أرفع الغطاء

عن أصابع عانقتْ أصابع «شوبان» يومًا. نسيت الخاتم، ونسيت الحلم العجيب، وتناسيت فترة إقامتي في الملاذ، فقط استدعيتُ تاليا فغمرتْ رائحتها فصَّي المخ، وبدأتُ العزف، مغيرًا رأيي في الهدية، راجيًا ألا أضطر يومًا لردها حجة لرؤية صاحبة الشَّعر الأحمر.

- ٣٠ -

في اليوم التالي امتلأت المدرجات عن آخرها حين توسطْتُ المسرح الروماني، خفتت أضواء المسرح، وتوهج العنوان فوقي باللون الأحمر، اخترته تماشيًا مع الفكرة الجهنمية العتيقة؛ «الشيطان»، ارتشفْت جرعة ماء وأنا أتفحص الصفوف للمرة الأخيرة لعلِّي ألمح حمراء الشعر، قبل أن يصيبني الإحباط، فبحساباتي كان لا بد أن تأتي اليوم، علينا أن نتواصل، وكان لا بد أن أبدأ المحاضرة. أعطيت الأمر للعدسة فبدأ عرض الصور هولوجراميًّا من حولي، صور لرسوم ومخطوطات قديمة تجسد شكل وفكرة الشيطان عبر التاريخ، تتوسطها لوحة «الجحيم» للرسام «جيوفاني دا مودينا» من كنيسة «سان بيترونيو» ببولونيا الإيطالية، والتي تقدم جحيم دانتي في أقسى صوره، شيطان أسود يأكل إنسانًا، ويتغوط آخرُ من استه، وبقدميه يسحق العصاة، ومن حوله المعذبون معلقون من أرجلهم، تبقر الشياطين بطونهم وتلتهم الأحشاء!

تركتُ الأعين لتمتلئ وتتشبع بقسوة المشهد قبل أن أبدأ الكلام:

ـ «شيطان»... لفظ خارج من جذر عِبري قديم بمعنى «شَطَن»، ومعناه المقاومة والعناد، والاسم التاني «إبليس» بيرجع لأصل يوناني «ديابولوس»، ويعني الشخص اللي بيشتكي بالزور، ومنها اشتُقت كلمة «Devil» في اللغات اللاتينية، من أسمائه كمان «التنين»، «الحية القديمة»، «الكذَّاب»، «بعلزبوب» ومعناه إله الذباب، «بعلزبول» ومعناه إله الزبالة، و«بليعال» و«لوسيفير» حامل النور... كائن خفي من طائفة الجن، مُقيم وسط الملائكة، لسبب مش معروف، وفيه بعض النصوص بتشير إنه كان واحد من الملائكة المقربين بالفعل، كيان قوي له مكانة وتاريخ من الطاعة وعبادة الإله، والأهم، إنه كيان يملك حق الاختيار... ده كان لغاية ما حصل إعلان إلهي عن مُرشح جديد لحكم الأرض، إنسان من البشر! الشيطان تلقى الأمر بالسجود لمخلوق بشري أضعف وأقل في خلقه، بيرفض، الطين من وجهة نظره مش زي النار، وبعد مجادلة فريدة مع الإله يطلب الخلود، ومبارزة البشري عبر التاريخ عشان يثبت جدارته، فيجاوبه الإله بالرفض، ويُحكم عليه بالطرد من المملكة، فيخرج، بدون أي أمل في العفو، كله حقد وغل على سبب طرده؛ الإنسان، وتبدأ أشهَر معركة في التاريخ... حرب تمتد لآخر الزمان، وتنتهي بمعركة فاصلة! معركة محسومة قبل ما تبتدي! لصالح الإله والبشر! إحنا ناقشنا في المحاضرة اللي فاتت أسباب خلق الإنسان لفكرة الإله؛ الفزع من الموت زرع جوا البشر فكرة وجود إله يرعاهم ويحميهم من الشيطان، تعالوا نرجع لبدء التاريخ،

في البداية، الإنسان تخيل إله عظيم رهيب، مُدبر حكيم، خلق الكون بإتقان ودقة، ولأن الإنسان دايمًا بيعكس صورة نفسه على الآخر، عكس على الإله صورته، شاف إنه يشبهه في الشكل، وشاف إن الإله بيتعب بعد خلق العالم ومحتاج يريح، وكمان شاف إن الإله أكيد رئيس، وضروري يكون تحته موظفين، زي كل زعيم قبيلة، فكان لازم يخلق آلهة كتير، تساعد الإله لأن الكون ضخم، مش ممكن إله يديره لوحده؛ إله للشمس، إله يعجن الطين ويخلق البشر، إله للزرع، إله للنهر وواحد للمطر، وطبعًا واحد رفع السما وواحد سكن القمر، وبالتبعية كان لازم يكون للآلهة مساعدين، فتخيل الإنسان وجود وسيط بين البشر والآلهة، الملايكة، كل شيء كان ماشي كويس لغاية ما الإنسان حس بضرر الطبيعة اللي المفروض إنها تحت سيطرة الإله! براكين، زلازل، أعاصير، طوفان، حروب وقتل، فكان لازم الإنسان يخلق إله للرعد وإله للنار وإله للحرب... آلهة شريرة! وهنا حصل تساؤل: هل الإله الأكبر هدفه يمنع الشر عن مخلوقه المميز؟ ليه هو غير قادر على المنع؟ ليه بيواجه الشيطان عن طريق ملايكة أو عن طريق الإنسان؟ ليه ما يقضيش عليه بقرار؟ هل ده يعني إن الإله غير كامل القدرة؟! ولَّا قادر لكن رافض يساعد البشر؟ هل الإله شرير؟! لأن عنده رغبة وقدرة لكن رافض يساعد؟ هنا ظهرت فكرة «الشيطان»؛ أهم ابتكارات الفكر الديني، الإله بعد وجود الشيطان في القصة، أصبح خير نقي، مش ممكن يكون مسئول عن أفعالنا الضالة أو قسوة الطبيعة علينا،

ولأنه ميز الخلق بالحرية حصل ضده تمرد خفيف، كائن في لحظة غباء يعترض، فيتحول رمز للشر، مصدر الخطايا والموبقات اللي هيمتحن البشر بالوسوسة، حتى الأنبياء مش هيسلَموا من شرّه، الشيطان هو المسئول عن خروج آدم من الجنة، هو سبب الخطيئة الأولى، هو سبب الصرَع والجنون والمس، وهو المسئول عن الوسوسة الشخصية، حاضن الإنسان زي الأخطبوط، ومادد من بُقه خرطوم طويل بيوصل للقلب مباشرة، بيصب منه الإغراءات عشان يضلل سلالة البشري فيدخلهم جهنم(*)، وطبعًا كلنا عارفين - وهو أولنا بالمناسبة - إنه في الآخر مهزوم! اختراع الشيطان ساعد البشر يشيلوا عُقدة الذّنْب من فوق أكتافهم، أصبح فيه كائن شرير متربص، وتولت الكوابيس ترسيخ فكرة وجوده، طالما بننتقل لمكان تاني وإحنا نايمين؛ يبقى أكيد الشيطان بيتحرك بنفس الكيفية، بنفس الشفافية، ولو روحي مش في جسمي محتمل كيان تاني يحتلها.. في سنة ٢٠١٢ اللي حطت فيها مركبة «Curiosity» على المريخ واكتشفنا ثقب أسود أكبر من شمسنا بسبعتاشر بليون مرة، ظهرت في القاهرة رواية اسمها «الفيل الأزرق»، الرواية دي حكت عن شيطان اسمه «نائل» (Incubus) أو «مُضاجع» بيحتل أجساد الرجال بعد تعويذة استدعاء من ساحرة، عشان يمارس الجنس مع الأنثى

(*) جهنم: لفظ مشتق من كلمتين «جي هنوم» بمعنى «وادي هنوم» وهو اسم وادٍ يقع جنوب مدينة أورشليم القديمة، وكان يُستخدم لحرق القرابين البشرية من الأبناء البِكريين إرضاء للإله مولوخ.

البشرية، والدافع شهوة الشيطان ناحية الجسد الطيني والحقد عليه! مش ده الغريب، الغريب إن الرواية كان أكتر قرائها من المثقفين، صدقوا المحتوى واندمجوا، اترعبوا، منهم اللي نزلوا اشتروا كتب سحر قديمة زي «شمس المعارف» و«آكام المرجان في أحكام الجان» عشان يفهموا أكتر عن العالم ده، ومنهم اللي هاجموا الكاتب بدعوى تفتيح عيون الناس على عالم الجن والعفاريت! رغبتنا في وجود شيطان نمسح فيه خطايانا تفوق تمسكنا بوجود الإله نفسه، الإله اللي اختلفت الأديان على تخيل شكله، لكن ما اختلفتش في وصم الشيطان بكل صفاتنا اللي مش عاوزين نشوفها، لسه مش واخدين بالكم إننا صبغنا على الرب صفات الغضب والانتقام والجبروت والتكبر، الصفات اللي بنعاني منها! الرب اللي خلق الكون المبهر ده ممكن يغضب من عبد بلا وزن؟! وليه خلقنا ناقصين؟ وليه يلومكم على خطاياكم ويدفَّعكم تمن نقصكم وضعفكم وشهواتكم اللي هو زرعها فيكم؟ بيطلب عبادة يومية، وفي نفس الوقت سايب الأرض تتقسم لمعسكرات، كل جماعة أعلنت نفسها الفئة الصالحة واعتبرت الباقيين الفئة الفاسدة، فئة الشيطان اللي أصبح...

وبترتُ كلامي حين رفعت يدي ملوحًا ناحية صورة من الصور، خاتم الحاخام الذهبي كان في إصبعي البنصر!

لا أتذكر أنني أخرجته من الخزينة حين اتخذت طريقي إلى المحاضرة!

ارتفعتِ الهمهمات حين أطلتُ النظر لأصابعي قبل أن أبتسم مُكملًا:

ـ الشيطان اللي أصبح أهم عامل من عوامل التوازن في الأرض، الشيطان اللي رسَّخ عرش الإله في السما ونقى صورته من أفعال الشر، أصبح فيه خير مطلق وشر مطلق، أبيض واسود، وتاه البشر بين كلمة مُخيَّر ومُسيَّر...

فجأة توهجتْ حدقتاي فتوقفتُ عن الكلام كتمساح سُلطت عليه أضواء الكشافات، لوهلة، لمحت بين الصفوف تاليا، رفعت يدي لأحجب النور فتبينتُ أنها سيدة أخرى تنظر نحوي في صمت، ابتلعت ريقي وتابعت:

ـ سيداتي سادتي، الشيطان ـ إذا كنتم مصممين على الفكرة ـ هو كائن عاش ومات، زي كل كائن حي، مخلوق ظلمناه، شوّهناه، خليناه المسئول الأول عن خطايانا، أعتقد جه الوقت نفهم إن الشيطان الحقيقي ببساطة.. هو إحنا...

وكان عليَّ بتر كلامي نهائيًّا، تلك المرة لم تكن من أجل الخاتم، أو تخيلي لتاليا ثانية بين الصفوف، كان من أجل بيانو شوبان الذي تركته في البيت، بيانو شوبان الذي استقر في منتصف المسرح الدائري...

بجانبي!

- ٣١ -

حين ارتقت الطائرة في الهواء راقبت زجاجة الماء بين أصابعي، الرعشة غير معهودة، انسكبت القطرات على قميصي، رويت حلْقي الجاف ثم طلبت من العدسة استرجاع الدقائق الأخيرة في المحاضرة...

كنت أتحدث بلباقة كعادتي، مُبهر وأنيق وفي قمة تركيزي، أُوزع اهتمامي على الجمهور بالتساوي، أُطيل التحديق في الإناث حتى يرتبكن، وأشير للهولوجرام الذي جسّد صورًا للشيطان عبر العصور، وفجأة، تيبسْت، بترتُ كلامي، أنظر إلى يساري باستغراب، الرءوس تتحرك معي، يظنونني أُمثل مشهدًا في قصَّة الشيطان، أمد يدي نحو الفراغ، أرفع غطاء خشبيًّا وهميًّا، وأعانق أصابع بيانو غير مرئي، لولا إقلاعي عن الحلفان لأقسمت إنني رأيت بيانو شوبان على المسرح بجانبي لحظتها، وحين التفتُّ إلى الناس كانوا يرمقونني والإبهار في حدقاتهم، وكانوا بشرًا آخرين! رجالًا في بدلات سوداء، ونساء ارتدين فساتين السهرة! وكان بين الصفوف طارق، يجلس وبجانبه فتاة في فستان أحمر صارخ، يضفر أصابعه في أصابعها، وعيناها تتابعاني في إعجاب!

ذلك لم يكن في الفيديو!

ذلك ما أتذكر رؤيته حين كنت في المسرح، قبل أن تنتاب عينَيَّ غشاوةٌ سوداء، الأنوار خفتت، والأصوات تلاشت، ثم أفقت في الطائرة وقد مر من الوقت إحدى وعشرون دقيقة لا أعلم فيها أين كنت! لذا تابعت المشهد حتى أعرف...

رأيتني متيبسًا على المسرح، أنظر للناس وللبيانو ـ أقصد الفراغ ـ ثم أتوجه ناحية المدرجات، ناحية امرأة جميلة تجلس بين الصفوف بجانب رجل، نظرت إليها حتى تحرك الناس فوق كراسيهم ترقبًا، قبل أن ألتقط وردة بيضاء من عروة سُترتي وأُلقيها إليها! السيدة ترفع يدها لتتلقى الوردة في ذهول، أبتسم، ثم أُحيي الناس بانحناءة مُصارع ثيران، صفقوا بفتور ثم علا الوهج رءوسهم، يتساءلون عن الشيطان، ابتسمتُ بود ثم رفعت يدي ثانية وانسحبت من المسرح وسط همهمات الاستهجان!

ـ أنا قادر أتحمل تَبِعات اختياري.

ـ لو مكانك مش هاقول كده.

اللعين كان يهددني، في بيتي!

في موسم صيد الغزلان، من الطبيعي أن تطارد كائنًا رشيقًا مثيرًا للشهية، سريعًا، محفزًا لغريزة الصيد، لكن أن تضطر لمواجهة فهد منافس يبرك على غزال ترغبه، فالحكمة تقول «انسحب»، لكن التستوستيرون يضخ التهور في أوردتك ليأمرك «واجه المنافس»، المعركة ستكون أشرس وأطول للحصول على الأنثى، لكنها معركة تزيد الإثارة إثارة وتنفخ في الأنف نارًا من الزهو.

طارق أرادني أن أعترف بتجربته، أن أؤمن بالحياة الأخرى! بعالم الأرواح... بالإله! حتى يُعلن انتصاره في الأوساط العلمية والدجَلية بشهادة من أكثر المُشككين يقينًا، ما كنت لأتخيل يومًا يهتز فيه عقلي بذلك الشكل، وما كنت لأفكر في أخذ ملابس داخلية معي لعلّي أخوض حياة أخرى، صِرتُ ضحية لنصَّاب ليس له بيانات في النظام، زرع في عقلي بذور الجنون حتى يتملكني، فيروسًا سيطر على مركز الذاكرة في عقلي، والآن هو سيد اللعبة...

أمرْت العدسة أن تفحص رأسي ففعلتْ، بعد دقائق جاءت النتائج سلبية، لا شيء مزروع في مخي ولا جرح دخولٍ مهما بلغت دقَّته، ولم أزدد إلا قلقًا، لذا توجهت إلى مركز طبي يحوي الأجهزة الضخمة الباهظة التي مازالت توحي بالثقة، تردد الطبيب بدوره حين لم يقرأ حولي أي بيانات، ولم يقبل الفحص حتى حولت له مئات البيتكوين في حسابه، ثم حكيت عن الهلاوس التي تنتابني ولم يسألني عن مصدرها، فالآلات تعرف كل شيء، طلب مني خلع ملابسي كاملة وأدخلني إلى حوض الفحص، غطست في المياه الزرقاء ودارت المجسات حولي كالثعابين، تبحث عن فيروس محتمل، ثُقب اختراق وتسلُّل، موجة مريبة تأتي من مركز قرب الذاكرة، مبادئ صرَع في الفص الصدغي أو اضطراب ثنائي القطب، أو ربما بقايا لحم غزلان تعفَّنت في ركن. دقائق وخرجت النتائج مُقلقة، لا شيء! كنت أتمنى أن أجد ورمًا سَرطانيًّا يتلوى حول المخ كالأخطبوط على ألا أجد شيئًا، فما عُرف سببه بطَل عجبه وأصبح قابلًا للتقنين والقتل، فقط موجات «ثيتا» بدت أعلى

من المعدل الطبيعي، ولا شيء خلف علامة جبهتي التي طلبتُ فحصها شكًّا، تلقيت نظرة تأنيب حين أشار دمي إلى وجود كيمياء دخيلة، وبالطبع هناك إجهاد عام، أعطاني الطبيب جرعات مكثفة من مشتقات الفينوثيازين لمنع الهلاوس وتولت المجسات التي لامستْ فروة رأسي ضبط موجات المخ، ثم أُمرت بالراحة عدة أيام قبل معاودة النشاط.

بالطبع لم يكن يقصد نشاط الصيد...

قضيت في البيت يومين هادئين مُحاولًا العمل على أبحاثي، أودعت الخاتم في الخزينة، وطلبت من الروبوت إعادة تغليف البيانو حتى أعيد إرساله إلى الملاذ، التقمتُ أقراص منع الهلاوس وشربت الكافيين ثم بدأت العمل، الانشغال والتركيز يتطلبان تصفية الذهن من مِسك الغزلان، عصارة تاليا، وبالطبع الهرب من حوارات مريم وكواكبها بحجة الانشغال، أو بالجنس العابر إذا توفر، في النهاية قضيت الساعات في تركيز لا بأس به، فالعمل تحت تأثير التستوستيرون يدفع بالأفكار كحُمم البركان، إلا إذا اجتاحتني أعراض الانسحاب، مَن أدمن الغزلان يعلم جيدًا ذلك الشعور الجارف، حية ذات حراشف تتحرك بداخلك، تمد جسدها من إحدى ساقيك حتى قاع المخ، تتلوى ببطء ولُزوجة حتى تتشنج عضلاتك، تبعثر الأفكار والأعضاء من حولها، وتضغط الدماء في العروق، للمرة الثانية، بعد المليون، أستعيد ـ بإلحاح لاإرادي ـ لحظاتي مع تاليا، من دون الغزلان لا أتذكر أنني قد اشتهيت أنثى

مثلها، رغم أن ذوقي بسيط؛ فأنا لا أشتهي إلا أغلى أنواع الغزلان وأندرها، لكن لم تُلح عليَّ الرغبة في أكل إحداهن نيئة من قبل، ولم أكن أعلم أن اللحم الأبيض المنثور نمشًا أخف أنواع اللحوم على المعدة...

ـ كفى...

صرخت بداخلي حتى انسدت أذناي...

«ليست تلك آخر أنثى، اتصل بأحد الذئاب من الأصدقاء، فليصحبك إلى الحي الغربي، ولتلتزم بنظريات الصيد:

حين تلح عليك أنثى وقد ملكتك بالكيمياء إدمانًا وشغفًا، عليك بمطاردة أجمل غزلان الأرض، استمتع بتحطيم حواجزهن، ثم أطلق نحوهن خطافك، جرجرهن وراءك، املأ أنفك بالرحيق، ذُق اللحم الشهي بنهم وأغرق صدرك بالدماء الحارة، أفرغ عصارتك حتى آخر قطرة واترك بقشيشًا، ثم علق جلودهن على كتفك وعراقيب السيقان في ميداليتك، وتذكر.. لا يفل الغزال إلا غزال مثله.

خرجت إلى البحر وشرعت في البحث عن صديق حين تحركَت الحية بداخلي، أشعر بها بين لحمي وعظامي تتلوى، تتسلق ساقي متجهة إلى أعلى، تهرس خصيتَيّ، تزيح الكبد بغِلّ، ثم تصل إلى رأسي، تبحث عن مخرج! الصداع المباغت لا يُحتمل، والعدسة تومض بالتحذيرات في فزع، أشعر باللسان

المشقوق يلحس طبلة أذني من الداخل، تضغط برأسها، تختبر سُمكها، ساد الصمت للحظات قبل أن تندفع فتمزقها...!

خرجتْ لتستقر أمامي على الرمال، عملاقة بيضاء، لزجة، لها عينان حمراوان وتهز ذيلًا له رنين الأجراس، تُطابق حية جابر الحاوي التي رأيتها في غرفة الموجة الثالثة! رمقتني فأُصبت بالشلل، قبل أن تندفع نحوي، نشبت أنيابها في عنقي بفحيح مخيف، فضربْت الهواء في فزع وتراجعْت خطوات فتعثرْت وسقطْت على ظهري، وكان آخر ما رأيته، ذيلًا طويلًا يغيب في مياه البحر تاركًا وراءه طريقًا ملتويًا على الرمال...

- ٣٢ -

لم أبتلع ريقي...

ولم أبدل حتى ملابسي، فقط ارتديت السترة الحرارية وارتميت على الكنبة ثم همسْت «الزمالك»...

للمرة السابعة تومض العدسة بعد الفحص، «جسدك خالٍ من السموم»، رغم الورم الدموي مكان قُبلة الحية البيضاء، رغم الكهرباء الصادرة من المخ أعلى من معدلاتها، ورغم ضربات القلب غير المنتظمة، أُدلك عنقي بمرهم مضاد للبكتريا وأقاوم اضطرابًا في أعصابي يكاد يفحِّم الكرسي من تحتي ويشعل الطائرة، لقد حذر «هارولد كابلن» في كتابه عن علم النفس من «احتمال كبير بأن معتقدات المنوم المغناطيسي تنتقل إلى المريض، وقد تصبح جزءًا حقيقيًّا من ذكرياته بدرجة عالية من الاقتناع»؛ لذا حظرتِ المحاكم استخدام التنويم كدليل أو حتى أداة من أدوات التحقيق، بالإضافة إلى أن الجمعية الطبية الأمريكية صرَّحت بأن الذكريات الناتجة عن التنويم غير موثوق فيها، لكن ما وصل إليه طارق في ملاذه يفوق كل تلك التوقعات؛ فالنتيجة محفورة في الحقيقة، نافذة حتى أعمق درجات الوعي، فرغم أني

أعلم أن ما رأيته من نسج خيالي، وأن طبلة أذني لم يمسسها سوء، وعنقي رغم الورم الظاهر لم أعثر فيه على مكان للأنياب، لكني رأيت طريق الحية في الرمال قبل أن تغوص في البحر! سمعت فحيحها، وشعرت بقُبلتها على عنقي! هذا بخلاف الورم الذي جاهدْت لإخفائه عن مريم وأنا في طريقي إلى الطائرة متحججًا باجتماع عاجل! تتخبطني الظنون والأفكار، وردود الأفعال المقترحة نحو طارق، فالرجل قد حذرني من مغبة بتر التجربة، جاء لزيارتي مصطحبًا غزالته والبيانو، وعرض المساعدة فقابلته بالفتور والطرد المقنَّع، الآن أذهب إليه بقدمَيَّ، ليعيد إليَّ عقلي! أشعر بالسذاجة وقلة الحيلة، أشعر بالابتزاز، فقد وقّعت ورقة بخلو مسئوليته في حالة إخلالي بالشروط، وسيكون من العبث أن يسمع المجتمع العلمي بخوضي مثل هذه التجربة الروحانية التي تعارض كل نظرياتي، لكن ما توصل إليه فاق خبرة أجهزة الفحص، هو يمتلك الداء.. والدواء...

ولا أملك إلا التعاون معه حتى أستعيد عقلي...

حين اقتربْت من العاصمة القديمة تزاحمَتِ العدسة بإنذارات الحرارة والتلوث فنزعتها، أحتاج إلى الاسترخاء الذي اختبرته في الملاذ يومًا، التقمت الأقراص المقاوِمة للهلوسة بيد مرتعشة قبل أن أهبط فوق وادي النيل الجاف قرب الفيلَّا المحاطة بالأشجار. طرقت الباب وانتظرت حتى فتح العجوز العاري، أشَحْت بنظري كي لا أصطدم بترهلاته:

- فين طارق؟

قبل أن يرتد إليه طرفه أزحته ودخلت بهدوء، دقائق وحضر طارق بوجهٍ محتقن وملابس رياضية غارقة في عرَق التمارين، رآني فابتسم بود ومد يده بسلام فلم أصافحه، غشي القلق ملامحه حين لحظ الورم الدموي في عنقي:

- إيه ده؟

- تعابينك.

- تعابيني!

- إنت فاهم وعارف كويس أنا بيحصل لي إيه، أنا مش عاوز أصعَّد الأمور لمرحلة مش هتحبها.

- أرجوك اهدا وفهمني.

أوشكت أن أكسر أسناني من بروده المستفز، خرج للحظات ثم عاد وبيده طبق تسبح فيه الأعشاب، ظننت أنه سيقدم لي شوربته العفنة لكنه أخرج قماشة مغموسة في السائل ووضعها على موضع الورم برقبتي، شعرت بحرق بسيط ثم استرخاء فبرودة.

- احكِ لي حصل إيه بالظبط!

- أنا شفت تعبان حقيقي! كان جوايا، مش جوايا، بس كأنه جوايا، وخيالات للناس اللي شفتهم في الجلسة.

- اللي بيحصل لك طبيعي، بيحصل للبني آدم اللي بيحلم إنه بيتحرق وما بيصحاش في الوقت المناسب، غالبًا بيقوم وفيه آثار حرق حقيقي على جلده، كمان اللي بيقع من مكان عالي

ومش بيصحا ممكن يلاقي كدمات زرقا، الإيحاء بيدفع
الجسم يصدق الأحداث اللي حصلت في الحلم، ويتفاعل
معاها كأنها حقيقة، دي التوابع اللي حذرتك منها.

ـ إنت لعبت في عقلي من غير هدف.

ـ الهدف من الملاذ إنك توصل لمعرفة نفسك، حقيقة
تفكيرك، أصْل طباعك اللي جاية من استنساخاتك اللي
فاتت، الماضي اللي أثر فيك وخلق منك نديم، دي مش أول
مرة ليك على الأرض، وأعتقد إنك بدأت تلاحظ النمط.

ـ نمط!

ـ طبعًا، التلات حيوات اللي عشتهم قبل كده؛ الأنثى كان لها
تأثير كبير فيها.

ـ أنا عاوز أنهي التجربة دي حالًا!

ببرود أجاب: إنت فتحت باب على ماضيك وعشان يتقفل
لازم تكمل اللي بدأته.

ـ أكمل إيه؟ التجربة؟

ـ مستوى أعلى.

ـ إنت مخبول؟

ـ هو ده الطريق الوحيد لاستقرار حالتك.

ـ إنت بتفترض نظرية أنا مش مؤمن بيها، ومتخيل إني أوافق
أسلمك عقلي تاني!

زفر في ضيق: طيب أقدر أعرف إيه سبب الزيارة!

لم أُجبه، فقد لمحت الحدَّاد! يقف خلف طارق بوجه تملؤه القروح، حدجني ثم ابتعد...

- دي لعبة، وأنا كنت صريح معاك من البداية.

قالها طارق فأفقت، تكسير أسنانه المثالية لن يكون كافيًا لتخفيض حرارة عقلي:

- إيه هو المستوى الأعلى في التجربة؟

- «Life Between Lives»، الحياة السابقة مباشرة، التجسد الأخير لك قبل وجودك الحالي.

- وإيه الفايدة؟

- معرفة إنت كنت مين في آخر مرة زرت الأرض بتقفل دايرة الهلوسة، عقلك أخيرًا بيحصل على إجابات، وده استقرار مش بيوصل له كل إنسان.

- وافرض إني مش موافق؟

- ما أقدرش أضمن لك النتيجة، يا إما عقلك الباطن هيقدر يسيطر على الهلاوس يا إما...

- يا إما هافضل محبوس فيها.

- للأسف، وكتير من اللي عرفوا حقيقتهم انتحروا، أو هاموا في الشوارع وسمّوهم مجاذيب.

شردْت، مقاومًا احتمالاته، مقاومًا اللجام الذي يطلب مني

وضعه على رقبتي، فما يقوله صحيح رغم الاختلاف، زيارة إضافية لأغوار النفس هي الحل الوحيد الباقي لإصلاح العطب الذي أصابني وإغلاق الأبواب التي تُركت مواربة!

تحسست رقبتي فوجدت الورم قد هبط قليلًا وخفَّت سخونته:

ـ كل ما الوقت بيمر، صعوبة الخروج من الهلاوس بتزيد.

تسرَّب الأدرينالين إلى عروقي، ذلك السِّحر الذي قلَب نتائج معاركٍ الهزيمة فيها مُقدرة إلى نصرٍ كاسِح، الكيمياء التي حفزت الملايين إلى الفرار من موت محقق... أو الذهاب إليه بغشم والانغماس فيه دون خوف.

ـ أنا موافق، لكن إيه اللي يضمن لي أخرج سليم؟

ـ مش هيحصل لك أسوأ من اللي حصل لك.

- ٣٣ -

حين خرجت وراء طارق إلى البهو كان هادي العجوز في الانتظار، أومأ له طارق فحمل جركنًا رماديًّا ثقيلًا على مثل سنين عمره، واتجه إلى السلم الحلزوني الذي نزلت عليه تاليا بنصف ابتسامة تداعب شفتيها، اقتربتْ، تلثم الأرض بقدمين حافيتين.

- دكتور نديم اتعرض لانتكاسة.

عاجلها طارق، فقالت:

- اللي بيمشوا من الملاذ من غير سلام دايمًا بيتعرضوا لمشاكل.

تاليا تمثل نقطة التقاء، بين الغزلان واللبؤات، فصيلة هجينة تروقني، لولا ذَكرُها الماثل بيننا لوطأتها نكاية في زوجها وعلاجًا من الهلوسات، حتى تخرج الثعابين مني والسحالي والتماسيح.

خلف قاعدة السلم الحلزوني كان هناك باب قصير بنفس لون الحائط، باب لا يميزه سوى مقبض غائر جذبه طارق وأضاء لمبة، نزلتُ وراءه ومن ورائنا تاليا والعجوز، بضع درجات ثم قابلنا بابًا حديديًّا مطليًّا باللون الأصفر، فتح طارق أقفاله بمفاتيح سلسلته المزدحمة، ودلفنا إلى قبو واسع، ربما باتساع مساحة الفيلّا كلها،

الجو مكتوم بلا رائحة كريهة، النوافذ العالية مغلقة بستائر داكنة، أمام الحائط دولاب عتيق مغلق بقفل، وعلى الأرض النظيفة رُصَّت كتب قديمة، نوتات موسيقية ملفوفة بعناية، ولوحات زيتية ميزت منها واحدة لشوبان يقف بجانب سيدة، وموقّعة باسم «ديلاكروا ـ ١٨٣٨».

في المنتصف كان يقبع حوضان معدنيان متجاوران، مملوءان بالمياه على ما أظن وتغطس فيهما مرتبتان جلديتان، من ورائهما جهاز إنعاش للقلب وثلاثة أجهزة أخرى تتوسطها شاشات تخرج ضفائر الأسلاك من تحتها، تصل إحداها إلى خزانة حديدية متوسطة الحجم مستقرة على الأرض بين السريرين، وتصل قبتان معدنيتان تعلوان السريرين، رفعت تاليا ذراع مقبس فأضاءت اللمبات الصغيرة للأجهزة تباعًا، علا صوت رجفة خفيفة من مروحة تكييف، وتوهجت القبتان بالنور البنفسجي، قفز طارق بخفة على الخزينة العالية، هزَّ ساقيه ثم قال:

ـ المكان ده مش مُدْرَج في خريطة الملاذ، إنت أول حد غريب يدخله، فعليًّا، إحنا هنا خارج نطاق الزمن والمكان.

ـ ده معناه إن اللي بتعمله هنا مش تحت إشراف الحكومة!

ابتسم طارق ولم يعقب، ثم مال برأسه مستطردًا:

ـ اللي شفته في الموجة التالتة، الحاوي والحدَّاد والحاخام، تتفق معايا أو تختلف، حيوات سابقة عشتها من مئات التجسدات، ودايمًا السؤال؛ ليه مش بنقدر نفتكرها؟ وإذا

افتكرنا بتبقى مشاهد ناقصة من فيلم قديم أكلت البكتريا نسخته! بعد سبع سنين بحث، اكتشفت مادة مسئولة عن تشفير الذكريات جوا خلايا الـ«Hippocampus»، مادة مهمتها تنسّيك حيواتك السابقة، مادة لو حصل فيها خلل بتسرَّب بعض الذكريات، في الأحلام، تصحا وأنت مستغرب زمن معين أو مكان عمرك ما زرته، تلَف كيميائي متراكم بيحصل مع الزمن، وللأسف كل ما بنكبر بنفقد القدرة على التذكر، والعكس صحيح، أغلب تخاريف الأطفال هي قدرة قوية على الاتصال بذكريات حيواتهم السابقة.

كثير من الأبحاث استطاعت اختراق منطقة الذاكرة وتحديد الخلايا التي تنشأ فيها الأحلام، بل وتسجيلها كما تراها العينان، لكن أحدًا لم يتحدث من قبل عن مخزن لحيوات سابقة، علاوة على كيمياء مزعومة تشفر الذكريات! بل كلما مرت السنوات أثبت العلم عدم وجود روح بداخلنا، منذ تجربة «جوزيف بريستلي» التي وزن فيها جسد فأرٍ بميزان دقيق قبل وبعد احتضاره بلحظات ولم يسجل ميزانه الحساس شيئًا، وحتى الكشف بجميع أنواع المجسات والموجات عن مركز للوعي الانساني قد يكون مسئولًا عن إدارة الجسم والتحكم فيه، أو يتم رصده خارجًا أثناء الموت...

وللأسف لم تُلتقط أي إشارة.

- بفرض إنك وصلت لاكتشاف، إيه الخطورة في التجربة دي عن التجربة السابقة؟

ـ استرجاع تجسداتك القديمة أعراضه الجانبية مُعاناة مؤقتة مع الهلوسة، لكن استرجاع الحياة السابقة مباشرة، نسبة الخطورة فيها أعلى، لأن الأحداث المخزونة في الخلايا حديثة نسبيًّا، ما طالهاش التلف، وفك التشفير الكيميائي عنها في منتهى الصعوبة، المشكلة الأساسية اللي ممكن تحصل هي فشل إعادة التشفير، يعني فشل غلق الباب، ساعتها التفريق بين ذكرياتك السابقة وحياتك الحالية هيكون تقريبًا مستحيل.

لاحظْت الحية التي تتحرك بين الكابلات وراء كتف طارق، بيضاء، مثل تاليا في نعومتها، رمقتها للحظات قبل أن أغمض عينَيَّ للحظة وأفتحهما لأجدها قد اختفت في الظل...

الحالة تتفاقم!

قفز طارق بخفة من فوق الخزينة وأشار للأجهزة:

ـ الأجهزة هتسجل كل اللي هتشوفه بعينيك ـ ثم أشار للخزينة التي فتح بابها ـ وهنا هيخرج شيء من الزمن القديم، شيء وليد أفكارك، زي خاتم الحاخام اللي إنت ما صدقتوش المرة اللي فاتت، المرة دي اختار حاجة بعينها وركز فيها، ضمان ليك إني مش باخدعك.

ـ التجربة زمنها قد إيه؟

ـ دقيقة واحدة.

ـ !!

ـ مش محتاجين غيرها، هنسجل حياتك السابقة، نغلف خلايا الـ«Hippocampus» عشان نقفل باب الهلاوس، نأمّن خروج سليم، وترجع للحظة الحالية بسلاسة، مفيش غير صعوبة وحيدة لازم تمر بيها.

رمقته في صمت حتى أجاب:

ـ عشان تخوض التجربة دي، لازم تموت، هنوقف قلبك بنبضة كهربا لمدة دقيقة، ده الوضع الوحيد اللي المادة الكيميائية الحامية لحياتك السابقة بتكون خاملة فيه...

نظرت إلى جهاز إنعاش القلب العتيق، وإلى تاليا التي مالت برأسها، ثم عُدت إلى طارق الذي آثر الصمت منشغلًا بفحص مؤشرات أجهزته...

من المميزات الإيجابية للتحرر من فكرة وجود إله يرعانا، إدراك يملأ الصدر بمسئولية شخصية مضاعفة، جرأة في مواجهة الموت، مرونة فائقة في تقبل الآخر وآرائه، فلا دين يفرقنا، ولا عنصرية تجعل من الفصائل الأخرى طعامًا لنا أو حيوانات أليفة نحبسها في أقفاص، ومَن ملك العلم، يعرف تمامًا أنه لا يملك شيئًا، فنحن نسير بخفة على حافة «عدم اليقين»، شعور مثير له تأثير نشوة الهيروين في بانيو دافئ، أما العرض السلبي الوحيد فأعراض الانسحاب، الافتقاد للإله، ذلك الحضن الذي نجري إليه وننغمس فيه ونبتهل، مكررين الدعاء من أجله آلاف المرات علّه يستجيب، فمعرفة أن

٢٨١

بداخل بيوت الإله أبًا يرعانا، نلقي بالهموم بين يديه فيطرد الأرق عنا، يُعجِّل بالخيرات ويحمينا من الأوبئة والحروب، ومن الهلاوس والجنون، شعور مريح، مخدِّر، لذيذ، فالمؤمن بإله لا يسأل نفسه لِمَ يدعو «بإلحاح» والإله عليم يسمع النمل في جحوره! ولا يسأل لِمَ وُلِد فقيرًا أو وُلِد ابنه بعاهة! لأن هناك جنة.

لكن ماذا لو لم يوجد؟

ماذا لو ذهبنا إلى هناك ففوجئنا بالعدم؟

أو استقرت أرواحنا في برزخ؛ معلقة إلى ما لانهاية مثل شظايا النيازك في الفضاء؟

إن كان للعمر نهاية محتومة فلن أطيق الانتظار..

لعلّي أقابله...

لعلّي ألتقي سُلاف...

لعلّي أفنى فتخرس الأسئلة التي تمزقني...

ولم يكن عليَّ سوى هز رأسي إيجابًا...

خلع العجوز ملابسي، صِرنا متساويَيْن في العُري مع فارق السن، تاليا تبتسم بخبث، تعدُني الجنون والنشوة بعينين خاملتين، طارق لا يعبأ بعضوي الذي لم ينكمش، خلع قميصه الذي كساه العرَق فرأيت وشمًا مكتوبًا بحروف لاتينية على كتفه، ترجمَته «كل شيء سوف ينتهي»! انكب على أجهزته يختبرها ويضبطها كدكتور «فرانكنشتاين» في رواية «ماري شيلي» المميزة، ثم يضغط

زرًّا فتنبعث الذبذبات وترتسم موجاتها على إحدى الشاشات، لم أقاوم الفضول، سألته:

- يعني إيه «كل شيء سوف ينتهي»؟

أجابني دون أن يتوقف عن العمل:

- مَلِك هندي بيخاف من المستقبل، طلب من الحكماء «مقولة» تؤمّنه من غدر الزمن ومن الحزن، الحكماء احتاروا، ولفوا البلاد يسألوا عن حد أحكم منهم يساعدهم، لغاية ما الناس دلوهم على راجل عجوز بيملك خاتم منقوش فيه الجملة دي، وكان شرطه الوحيد إن الملك يلبس الخاتم من غير ما يبص فيه، إلا إذا احتاجه... الملك وافق على الشرط ولبس الخاتم، ومر زمن، وهاجم الغزاة مملكته، هزموا جيشه وقتلوا رجالته، واضْطُر الملك يهرب للجبال، ولما حددوا مكانه وحاصروا الجبل افتكر الخاتم، فخلعه وقرا اللي مكتوب عليه «كل شيء سوف ينتهي»، فصبر في مكانه، مش مستسلم، لكن متأمل، وكانت المفاجأة، الجيش يعدّي من جنبه وما يشوفهوش، ويمر الزمن ويجمع اللي باقي من جيشه، ويهاجم الغزاة، ويهزمهم، ويرجع ملك من تاني، وفي قلب الاحتفالات بالنصر والفرح، يفتكر الخاتم، ويقرا العبارة «كل شيء سوف ينتهي»، فتهدا ابتسامته وتترتب أفكاره، ويرجع لحالة التأمل، لأنه عرف إن مفيش شيء بيثبت على حاله...

أخذتني القصة ولم أعقِّب حتى صبَّ العجوز سائلًا أزرق في مياه حوض الاستحمام، وهمستْ تاليا في أذني دون أن أسأل «ما تسألش». خمنت أنه السائل الذي ستسبح فيه المجسات، القبة تتوهج بالنور البنفسجي، الأجهزة تُصدر طقطقات منتظمة، طارق يكتب بيانات في ورقة، أرقامًا، ثم يومئ إلى تاليا، اقتربتْ مني وغرست في رسغي إبرة نفذ منها سائل دافئ إلى أوردتي، نظرتْ في عينَيَّ، «ما تخافش». العجوز يضع الكاميرا المثبتة فوق حامل على وضع التصوير، تاليا تهمس «بنسجل كل حاجة»، ثم تضغط صدري بثلاث لاصقات ذات هوائي رفيع، ترسل بياناتي الحيوية إلى الأجهزة، أرى دقات قلبي على الشاشة. «إنتِ عملتِ ده قبل كده؟»، سألتها فابتسمتْ ولم تعقب، «طب العجوز ده عملها؟»، هزت رأسها أن نعم، «هو عشان كده ماشي عريان على طول؟» «هو عشان كده مش بيتكلم؟»، ابتسمت إيجابًا، اقترب طارق «إحنا جاهزين»...

استلقيت في المياه الزرقاء كما وُلِدت...

أتأمل الخادم العجوز فأتخيل جلوسه في نفس موضعي يومًا، تُرى لماذا تخلى عن ملابسه؟ ماذا رأى في الجانب الآخر؟ ثم تخيلت وجودي في المحاضرة التالية، وسط المسرح الروماني، عاريًا أهاجم الإله والزَّبد يسيل من فمي، أو درويشًا أجوب الشوارع دون سُترة حرارية لأمجده بجلد يحترق، لماذا ينظر إليَّ هكذا؟ لماذا يبتسم؟ يا له من مصير أليم مفجع ينتظره عضوي حين أشيخ! أغمضت عينَيَّ لأصرف الخيال المترهل عن رأسي حين

اقتربتْ تاليا، أمسكتْ برسغي وثَبّتته في حافة حوض الاستحمام برباط سميك:

ـ ده ليه؟

كررتْ ذلك مع رسغي الآخر ثم ثَبّتتْ رأسي بشريط عريض، مائلة نحوي تُدلي بصدرها في جفوني، همستْ:

ـ إنت مش بتشوف أفلام بورنو؟

وغمزت بعينها حين اقترب طارق، جذب كرسيًّا صغيرًا وجلس بجانبي:

ـ إيه لازمة ده؟ (سألته عن الرباط).

ـ ساعات مع الخروج من التجربة بيحصل تشنج مش بيكون في مصلحة المخ.

ـ فيه حاجة لازم تكون عارفها، أنا أمرت الطيارة بالرجوع للبيت، وآخر مكان متسجل في البيانات هو عندك، يعني مريم دلوقت عارفة إني في الزمالك.

ابتسم: وفّرت عليَّ كتير، أنا كمان عندي سر صغير...

صوته تماوج في أذني كأنه ينبعث من قاع بحر، السائل الدافئ الذي حُقن في أوردتي يتغلغل في أطرافي، أكاد أراه من فوق جلدي، أصغيت ولم أعقب فاقترب مني وهمس:

ـ أنا عارف إن تاليا عجباك...

جاهدت ألا أبتلع ريقي، وجاهدت أكثر ألا يغمرني العرَق أو أن ألتفت نحو تاليا التي نبت لها قرنا غزالة.

- بعد تجربة، اكتشفت إن الإعجاب بالأنثى زي الإيمان بالرب، صعب نخدع نفسنا بتجاهله، وصعب نتحكم فيه، أنا متفهم...

التقت أعيننا عند رسغي المربوط فابتسم ثم اقترب من أذني:

- عادي، أنا مُعجب بمريم مراتك، نفس إعجابك بتاليا، يمكن أكتر، أصل الست المهجورة، ريحتها بتفوح. لما ترجع إيه رأيك نفكر في التبديل؟

تأملت أذنيه اللتين سالتا كالشمع، تقطران على كتفيه لحمًا، أغمضت عينَيَّ وفتحتهما فارتعشت صورته، زلزال بقوة سبعة ريختر يضرب حدقتَيَّ، فتحت فمي لأتكلم فلم يستجب، بثقل الجبل كان سقف حلقي مُطبقًا على لساني والأسنان تتراقص. تابع طارق:

- أنا شايف إن العمر الافتراضي لعلاقتكم انتهى، جِه الوقت تصطاد بدون قيود، ده صحي جدًّا بالنسبة لك، وجِه الوقت إن مريم ترجع غزالة حرة، أنا متأكد إنك مش حابب تتفرج عليها بتموت قدامك كل يوم.

جاهدت لأقوم من رقدتي ولم أُحَرك حتى موجة في ماء الحوض، جسدي يرتخي، لا إراديًّا، عضلاتي تخذلني، تزداد ثقلًا، وزني سبعة أطنان. تابع طارق:

- أنا واثق إن مريم ممكن تجرب معايا شعور ما حستوش قبل كده، شعور هينسيها الكواكب والأبراج.

أفتح فمي وأبصق، أصرخ، لا أسمع شيئًا، تاليا تمسك بحية بيضاء! حية الحاوي، تلحس بطنها! طارق يقوم فيفتح الستائر، الغروب يرمي بأشعته الحمراء على وجهي، نظر للسماء الهادئة للحظات ثم اقترب مسافة سبعة سنتيمترات من وجهي:

ـ شايف المُذَنَّب؟

قالها ثم أسبل جفنَيَّ بلا أدنى مقاومة، وكان العجوزُ آخرَ ما لمحت، يرفع ذراع مقبس يمتد سلكه إلى الحوض...

- ٣٤ -

لم يكن هناك بوابة خشبية عتيقة أو دخان أبيض، السِّتار كان قرمزيًّا وله رائحة عطرة ومن خلفه تتعالى الهمهمات...

اختلستُ النظر من ورائه إلى المسرح الروماني المفتوح على السماء، التفاصيل واضحة حادة كأني أراها بعينَيَّ الحقيقيتين إذا استثنيت رعشة تهز حدقتَيَّ كل بضع ثوانٍ، الزمن يرجع لما قبل زلزال البحر المتوسط الذي أغرق الإسكندرية، فالأرضية القديمة والبوابة الحجرية اللتان تدمّرتا لم تُستبدلا بعد، أما المُدرجات فممتلئة برجال في بدلات سوداء وأربطة عنق ترجع لعشرينيات القرن، النساء تتألق لحومهن في فساتين سهرة مزركشة، وبيانو شوبان العتيق يتوسط الدائرة، فوقه شمعدان فضي مشتعلة شموعه، ومن أمامه كرسي صغير مكسو بالقطيفة السوداء. أعين الحضور كانت ترنو إلى السماء مسحورة، الشفاه تتهامس والأصابع المرصعة بالمجوهرات تشير إلى مُذَنَّب يتوهج، جارًّا وراءه ذيلًا من السحر، يخترق سحبًا تخضبت بحُمرة الغروب.

مَن أنا في تلك الليلة؟

مَن أنا في تلك الحياة؟

هل مت؟

هل ذلك هو البرزخ؟

لم أنتظر الإجابة، اتبعت القواعد فنظرت أسفل مني، إلى قدمَيَّ، حذاء كلاسيكي لامع تحت بدلة سهرة سوداء أنيقة يزين جيبها العلوي وردة، فوق قميص أبيض ذي ياقة منتصبة تحيط بابيونًا أسود، تأملت إصبعي الذي يحمل خاتمًا ذهبيًّا منقوشًا بوجه جانبي لقيصر، ثم دسست يدي في جيبي فأخرجت تليفونًا محمولًا عتيقًا، فتحت الكاميرا الأمامية، سلطتها على وجهي لعلّي أتعرفني. شاب في آخر العقد الرابع، حليق الرأس ذو لحية تتخللها الشعيرات البيضاء، الأنف حاد صغير، والعينان رُسمتا بالكحل!

تلك الملامح أكاد أتذكرها!

ملامح عازف بيانو شهير في عشرينيات القرن الحادي والعشرين!!

لم يمهلني الوقت أن أتذكر الاسم، انفتح الستار وسُلطت الأضواء على وجهي فرفعت ذراعي مُلوحًا وخطوْت نحو البيانو بثقة وسط عاصفة التصفيق، مسحت الوجوه بغرور حتى لمحت طارق، يجلس بجانب فتاة جميلة في فستان أحمر، شعرها فاحم يغمر كتفين من المرمر، وعيناها ناعستان غزيرتا الرموش...

Déjàvu [*]!

(*) ديجافو: مُصطلح فرنسي يعني «شُوهد من قبل»، أو «وهْم سبق رؤيته»؛ وهي ظاهرة يشعر فيها الشخص أنه رأى هذا المشهد من قبل وعاشه.

ذلك المشهد حدث من قبل في محاضرة «الشيطان»!

ضرب الخجل والتورد رفيقة طارق قبل أن يمس الحماس ملامحها حين التقت أعيننا، ابتسمتُ لها ثم التقطت المكروفون ونظرتُ للمُذَنَّب:

- سيداتي سادتي، اللحظة فريدة، إحنا في مسرح روماني اتبنى من ألفين سنة، وفي حضرة مُذَنَّب بيزورنا مرة واحدة في العمر، مفيش شيء ممكن يكمّل السِّحر في الليلة دي غير موسيقى شوبان...

نطقتها وأشرت بيدي إلى البيانو العتيق مستعرضًا، فانهال التصفيق وكأني أقدم شوبان بنفسه على المسرح، تابعت:

- في سنة ١٨٤٤ عزف شوبان نوكتورن رقم ١٥، أوبوس ٥٥، وأهداها لـ«جين ستيرلينج» عازفة البيانو المبتدئة، في الوقت اللي كانت علاقته مضطربة جدًّا بحُب حياته وعشيقته الروائية «أمانتين لوسيل دوبان» اللي اشتهرت باسم «جورج ساند»؛ ده اسم رجل بالمناسبة! السيدة كانت استثنائية، جريئة، بتلبس لبس الرجال وبتدخن السيجار في زمن كانت الستات فيه بالكتير بتخرج للشارع.

تأملْت وجه الفتاة التي هامت في كلماتي بابتسامة رائقة، فغمزت لها بعيني، ثم لمحت الضيق يغمر وجه طارق!

منذ دقائق كان اللعين يراودني باستبدال مريم!

ابتسمْت لها وتابعْت:

ـ قصة حياة شوبان وحكاياته مع الكاتبة اللي ألهمته كانت دايمًا بتمثل لي هاجس، زُرت بلده، بيته، والأماكن اللي كان بيمر بيها. وبالفلوس اللي كوّنتها من جولاتي الموسيقية صممت أشتري البيانو الـ«Pleyel» اللي ألّف عليه أجمل ألحانه، فعليًّا صرفت عليه كل بيتكوين امتلكته، ورجعت لنقطة الصفر، في حاجات ما بتحصلش في العمر غير مرة واحدة، زي المُذَنَّب، إحساس مخيف لكن مثير.. استمتعوا...

انتهيت فتوالى التصفيق، جلست أمام البيانو وانتظرت حتى ران الصمت، وقبل أن أبدأ همسَت الريح وندّت السماء بمطر خفيف، أغمضت عينَيَّ ووضعت أصابعي على أصابعه، وبدأت العزف...

تلك المقطوعة التي طالما ترددَتْ في أذني!

وتلك الآلة التي أتقنتُ العزف عليها دون مجهود، ويبدو أنني اتبعت أثرها دون أن أشعر حتى ملكتها ثانية!

أو أنني صرت حبيسًا في خيالات ليست من صنعي...

فأر تجارب ـ ميت ـ بين يد مُختل عقليًّا!

حين انتهيت من المقطوعة ضج المسرح بالتصفيق، انحنيت تحية للجمهور بعينين لا تفارقان طارق وغزالته، وكان عليَّ رمي الخطاف، ابتسمْت وخلعْت الوردة من جيبي وألقيتها إليها، التقطها طارق بابتسامة باردة ثم وضعها حرجًا في يد خليلته، قبل أن يساعدها في ارتدائها البالطو ويرتقيا السلالم.

حين خرجت مسرعًا من الباب الخلفي للمسرح كان المطر ينهمر، الشارع مزدحم والسيارات مكدسة، فحصْت الجموع حتى رأيتها، التقت أعيننا للحظة ثم أشاحت بنظرها عني حين تحدث طارق!!

ماذا يحدث؟

Déjàvu آخر؟!

اقتربْت من ذات العينين الناعستين مسحورًا مفتونًا، وردتي بين أناملها، وأناملها تعزف على عقلي، لاحظتْ وجودي فاضطربت وقفتها، كغزال استشعر فهدًا بالأعشاب القريبة، ضرب الخجل ملامحها وتساءلت عيناها «أأنت قادم نحوي؟»، ابتسمْت ثم ربتّ على كتف طارق الذي التفت نحوي، فوجئت بملامحه فعاجلته، قاطعًا عليه تكوين ردة فعل:

ـ آسف، إحنا ما اتقابلناش قبل كده؟

تلعثم للحظات ونقل عينيه بيني وبين تاليا:

ـ ما أعتقدش، بس إحنا كنا في الحفلة و...

ومد يده بسلام:

ـ طارق هارون، دكتور مخ وأعصاب...

صافحته: فرصة سعيدة...

ثم نظرت إلى تاليا فقدَّمها:

ـ ليلى، خطيبتي...

وأكَّد كلمة «خطيبتي» بتشبيك أصابعه بأصابعها فالتقطْت يدها الخالية وقبّلت ظهرها بشفتين مبتلّتين ونفَس حار:

- فرصة سعيدة...

ضرب الغضب ملامح طارق لكنه كتم غيرته كجنتلمان.

بعد طعن الخصم يأتي وقت اقتحام مساحته الحميمية.

دون أن تنزل عيناي عن ليلى التي لمعت عيناها:

- أنا جاي عشان أتأسف على موقف الوردة اللي حدفتها، خطيبتك جميلة، وتشبه كتير واحدة كنت باحبها زمان، النور كان في وشي وتخيلت إنها هي، أحلام يقظة، سوء تفاهم.

بدت كلماتي مقنعة رغم أن الحجة لم ترُق لطارق:

- مفيش داعي للاعتذار، حصل خير...

- أرجو تكونوا استمتعتم بالحفلة.

- جدًّا...

قالتها ليلى بحماس، فنظر إليها طارق بضيقٍ فشل في إخفائه ثم تابع:

- أنا وليلى من أكبر المتابعين لشغلك...

- ممكن نتصور سيلفي؟

قالتها من فوق أطراف أصابعها، أخذتُ التليفون من بين أصابعها، ووضعتُها بيني وبين طارق، فريسة بين صائدين، وسرقنا من الزمن لحظة، تعمدْتُ فيها قص نصف جسم الخصم، قبل أن

أكتب رقم هاتفي على الشاشة متظاهرًا بمراجعة الصورة وأعيد التليفون ثانية إلى يدها ضاغطًا على أصابعها.

ـ فرصة سعيدة.

واستدرت مغادرًا قبل أن يُحاصرني الجمهور، ثم التفتُّ بعد أمتار وكانت تحدق في التليفون وتكتب على الشاشة شيئًا، ثم رفعت رأسها تبحث عني، غير مصدقة جرأتي، ابتسمْت وأشحْت بنظري إلى المُذَنَّب الذي يشق السماء، وحين نزلت...

لم أكن أمام باب المسرح!

كنت أجلس في مطعم عتيق بالزمالك...

مطعم يُدعى «سيكويا»...

النيل مازال يجري في الوادي، هزيلًا منحسرًا عن الحواف الجانبية من الأرض، نزاعات المياه في بداية الاحتدام، والدبلة مازالت في إصبع ليلى، واسعة قليلًا، تخلعها وتعيدها مكانها في توتر.

كانت تجلس أمامي في فستان أبيض أضفى على سواد شعرها المزيد من الجنون، على صدرها سلسلة ذهبية تحمل اسم «ليلى» بحروف لاتينية، الشموع بيننا تتراقص، صورتها ترتعش في عينَيَّ! الفاتنة تبتسم في خجل، تتحدث عن الحياة، صوتها يخفت في أذنَيَّ ويعلو كموجات راديو قديمة، والناس من حولنا يختلسون النظرات لنا ويتهامسون.

ـ إنت متعود على طول إن الناس بتبص لك كده؟

٢٩٤

- في الأول الموضوع كان مزعج، لغاية ما اتعودت أتجاهلهم.

قالت بعد صمت:

- وليه ما تجاهلتنيش؟

- كنت دايمًا مستني الأنثى اللي هاقف عندها مش هاعرف أعديها.

- وليه أنا من بين البنات؟

- فيه حد هنا عاوز يسمع مدح!

رفعتْ إبهامًا وأغمضت عينيها: خالص على فكرة، أنا واثقة في نفسي جدًّا.

فلتت مني ضحكة فاشتعل الغيظ في عينيها فأردفتْ: ومرتبطة!

- الارتباط زي دور البرد، بيروح وييجي، بدليل إنك قاعدة معايا دلوقت.

ضرب الخجل ملامحها ثانية فكسوت ملامحي بالجدية:

- يلَّا، قولي تلات حاجات من وجهة نظرك همَّ أحسن حاجة فيكِ، غير شعرك وشفايفك ولونك.

ابتلعتْ ريقها واتسعت ابتسامتها، الغزلان تعشق تسويق فضائلهن، اعتدل مزاجها وقد أعجبتها اللعبة:

- إنت جريء زيادة عن اللزوم.

رفعْت الإبهام: ها... أول حاجة؟

ـ أوك، أنا... جدعة مع أصحابي.

ـ كلنا جدعان، قولي حاجة مميزة.

ـ أنا بير أسرارهم.

رفعت إصبعي برقم اثنين، فتابعتْ:

ـ الفلوس عندي آخر حاجة.

هززت رأسي وأشرت لرقم ثلاثة:

ـ ومش باحب الخيانة...

واكتسى وجهها بغضب فسحبتْ إلى رئتيها نفَسًا وضربها الصمت، لامسْت أصابعها برفق:

ـ ليلى، إنتِ مش بتعملي حاجة غلط.

ـ أنا وأنتَ عارفين إنه غلط.

ـ الغلط إنِّك تستمرّي مع واحد مش فاهمك، ده دكتور مخ وأعصاب! يعني ميكانيكي بني آدمين، إيه علاقته بمَعارض الفن التشكيلي اللي بتزوريها أو الموسيقى اللي بتحبيها؟ إنتِ لسه قايلة إنه حضر معاكِ الكونسرت مُجاملة!

ـ طارق جنتلمان، وبصراحة طيب جدًّا...

ـ والبطريق طائر طيب جدًّا برضه، بيمشي زينا بس ما بيطرش، ولا بيتاكل!

سكتتْ، ثم ضحكتْ...

فعرفت أني قد انتزعت طارق «باهت الذِّكْر» من أحشائها،

وألقيت بذرتي، فالسخرية من الحكَّام تجعل من صداقتهم أو حتى القرب منهم عارًا، قبل أن تُشعل الثورات لتسقط العروش.

لم تكن ليلى لتتحمل ارتباطها بطارق وأنا أراه بهذه الصورة... كيف ستعيش معه وقد أصبحت تراه بعينَيَّ؟

المقارنة غير عادلة بين طبيب «متوفر في الأسواق أعداد منه» وعازف بيانو «نادر» ومشهور تهفو الأعين لرؤيته ويملك ملايين المتابعين له على الشبكة.

مسألة وقت وسأتلقى الاتصال الباكي «أنا سِبت طارق»، ستأتيني مترنحة، بين الذنْب ونشوة التحرر، وستطلب مني بعض الاتزان، كأسًا وحضنًا ثم قُبلة.

كان ذلك حين اهتزت شموع المطعم وارتعشت ملامح ليلى، ثم الناس من حولنا، ضربني صداع رهيب فأغمضْت عينَيَّ وفتحتهما...

على شاطئ بحر!

القمر مكتمل، وحفل الشواء بصخب الموسيقى الهادرة ليس ببعيد...

ليلى بجانبي على الرمال، مغروسة كوتد خيمة، بلا مهرب، يد تداعب شعرها الحالك، ويد تدور حول سرتها عكس عقارب الساعة، شفتاي ساجدة على شفتيها، أنهل منها وآكل، بمزمزة تُدغدغ عقلي وأذنيها، أعشق الأنثى الرزينة حين تفقد التحكم،

حين تغلي خلاياها وتفور، حين تقبض على الرمال بأصابعها لتعتصر اللذة، و...

ـ يلّا نتجوز...

تلك الفصيلة ما زالت قادرة على إبهاري!

يبدأن البحث عن موديلات فساتين الزفاف بعد قُبلة على الشاطئ، ويُفسدن الشغف اللاتي حفين من أجله بكلمة... «يلّا نتجوز»!

ألم يلحظن إلى الآن أنَّ قصص الحب الخالدة ـ حتى في الروايات الرومانسية ـ لا تكتمل؟ روميو وجولييت، قيس وليلى، عنتر وعبلة، وغيرها آلاف، إذا كُتب الزواج على أي اثنين منهما كما كُتب على الذين من حولهما، لبهتت الألوان في الأعين، وخبتِ الشهوة كشمعة تختنق تدريجيًّا من نقص الأكسجين، سيطأ قيس ليلى «على مضض» كل ثلاثة أسابيع، وسيستعمل عنتر الفياجرا ليطيق إتيان عبلة حتى وإن ارتدَتْ بيبي دول...

إنه الملل...

العيب الخِلْقي «الجميل» الذي وُلِدنا به...

الفيلم الصامت الذي يُعرض على مُشاهد أعمى...

لقد تدربْت على سماع كلمة «يلّا نتجوز» حتى أصبحتْ لا تؤثر في أدائي حين تقال، أبتعد سنتيمترات عن شفتيها، أنظر للمُذَنَّب، أبتسم، ثم أُعلن أن اللحظة فريدة، وأن مرور

المُذَنَّب بالسماء هو علامة على حب خالد، ثم أردد هراء مثل أن زواجنا هو أجمل حدثٍ قد يحدث في حياتي، وأني أخيرًا، سأترك الألوان كلها وسألتزم بلون واحد أرتديه طوال عمري، وأخيرًا، سأشم نفس الرائحة يوميًّا، وسآكل نفس شوربة الخضار في وجبات سرمدية، وأخيرًا، سأنسى الصيد حتى تترهل كرشي وعقلي وأُصاب بجلطة في الشريان التاجي، وسيصير الجنس واجب «حساب مثلثات» مدرسيًّا من سبع صفحات، حتى أَنفُق كالبغل بين يديكِ!

بالتأكيد لم أُكمل ما قلته بعد كلمة «حياتي».

سمعتْ كلماتي فدمعت عيناها عشقًا وارتعشتْ شفتاها، أخبرتني أنها ليست نادمة على ترك طارق رغم أخبار الاكتئاب الذي سيطر عليه، وأخبرتني بأنها تريد أن تُنجب مني، فتاةً تشبهني، وسنُسميها مريم! ثم تكمل القُبلة بلهاث مسموع ونهيج، ثم تتجاوز بشأن لمسي حلماتها...

ذلك ما كان يدور في مُخيلة الموسيقار...

أو عقلي الباطن الذي سيطر على حواسي...

لكن ما حدث كان عكس توقعاتي!

لقد تزوجتُ ليلى بالفعل!

رغم كل الهراء الذي قلته...

رغم أن كلمة «زواج» لم تُذكر في قاموسي!

ربما لأنها «بنت ناس» وتليق بمظهري الاجتماعي، وربما لأني لمست فيها براءة لا أراها في أعين الغزلان المتوحشة.

حفل الزفاف كان على البحر، أرقص مع ليلى، الموسيقى ناعمة، نضحك من قلبينا، أحملها إلى غرفة النوم، أضعها برفق ثم أفك مشابك شعرها، ثم أشرع في التقبيل، راقبت عينيها من تحت الخصلات الحمراء.. ألم تكن سوداء؟! وكنت أظن شفتيها أصغر! أنفاسها أكثر لهاثًا، تطلب أن أطأها بعنف.. بكلمات جريئة، وتصرخ بصوت لا أعرفه...

لحظة!

تلك ليست ليلى!

تلك كانت تاليا!

ابتعدْت عنها السنتيمترات السبعة حتى أستوعب، نعم، إنها تاليا، شعرها الأحمر والنمش المتناثر على الخدين...

ثم تذكرتُ ما حدث وقتها كمطر مفاجئ انهمر من سحابة محتقنة بداخل جُمجمتي...

تلك فتاة من المعجبات اللاتي يطُفن حولي كالنحل، من المُريدات صاحبات الأعين الجريئة الواعدة، قابلتها صدفة، قابلتها طمعًا، اختليت بها وكان الطموح قُبلة، لكنها خلعت ملابسها كاملة قبل أن ترمش عيناي، غزال بِكر هائج أحمر الشعر والثغر، من المستحيل مقاومته، بل من العار، فالنكهة جديدة فواحة، والعرَق مُسكر، والأهم أنها كانت تريد إبهاري، ولما كانت

الطريقة الوحيدة لمقاومة الإغراء هي الخضوع له، زرعْت المكيدة بين ساقيها حتى افترقتا، وشرعت في الالتهام حتى صرختْ ودستْ رأسها بين المخدات، كان ذلك حين انفتح الباب، رغم النور الذي ضرب عينَيَّ والاهتزاز العجيب لجدران الغرفة ميَّزتُ ليلى، رشقتني بنظرة جمعت بين الصدمة واللَّهف، انسابت دموعها وارتعشت شفتاها في صمت، لم تأتني الجرأة أن أخرج حتى من حمراء الشعر النائمة تحتي، تيبسْت، فقدت لأول مرة ردة فعلي السريعة، السبق في استدراك المواقف العسيرة والثبات الانفعالي، لم أؤمن يومًا أن كلمات مثل «ليلى.. إنتِ فاهمة غلط» ستكون مناسبة في مثل ذلك الموقف، رمقتني للحظات، ثم نظرتْ إلى تاليا واستعادت لحظة اقترابها مني لأول مرة في المسرح، ثم أغلقَتِ الباب في هدوء...

والعجيب...

أنني أتممت ما بـدأت، فالكحول في دمي والغضب من انكشاف أمري أمام ليلى جعلاني أشق لحم الحمراء حتى صرختْ كصفارة قطار صمَّت أذنَيَّ، زلزال ضرب الغرفة وحين سكنتْ موجاته...

وجدتني على الشاطئ ثانية...

الوقت كان غروبًا، المُذَنَّب يذوي في آخر أيامه، والناس من حولي بوجوه ترتعش يربتون على كتفي ويُغمغمون بلغة لا أفقهها، ومن أمامي، كانت ليلى راقدة على الرمال! على الصدر قلادتها

التي تحمل اسمها، ترتدي سترة كانت هدية مني، وفي الجيوب استقرت الأحجار...

قوالب كانت كافية لسحبها إلى أعماق البحر...

البشرة البيضاء كسَتْها الزُّرقة...

الشعر الأسود اختلط بأعشاب البحر...

ورئتاها المغمورتان تسكبان المياه من شفتيها...

انحنيت عليها فلامست خدها، ثم فككت السلسلة من صدرها، قبل أن يضربني الهوس، فالممسوسون بالفن والموسيقى يعانون اضطرابًا ثنائي القطب بدرجات متفاوتة لا تدركها الفحوصات، فقط ينتظرون اللحظة المناسبة لكشف السيطرة المريضة لعقلهم الباطن. وازدادت رعشة وجوه الناس من حولي، باتت الملامح دخانًا، وتلون البحر بلون أصفر فاقع، ثم دار المُذَنَّب حول نفسه، واتجه ناحيتي! بوميض ينبض، كضربات القلب، قبضْت على سلسلة ليلى بين أصابعي وركضت بأقصى سرعتي هربًا، ينتابني شعور عجيب بأني للتو قد وُلِدْت، شعري ينمو، ملامحي تتغير، يبرز من رأسي قرنان وركبتاي تتجهان للخلف، حوافري تشق الأرض، وعضلاتي تزداد قوة، سأركض حتى القطب الشمالي، دون أن ألهث، على أنغام موسيقى شوبان، المعالم تهتز! الشوارع ترتعش رعبًا، والشجر أوراقه تتساقط كالمطر...

ينفتح باب عتيق، أدفع الصبي الذي فتحه وأقفز سلالم خشبية، قدماي تغوصان في درجات لانت كالعجين، أفتح باب غرفة، وأقف أمام مشهد عجيب.. الشمس تتحرك بسرعة لم أعهدها

من قبل! تدفع الظلال أمامها كقطيع يفر من أسد ضارٍ، أرمق نفسي في مرآة مشروخة، انعكاس صورتي يزداد عمرًا، أهرم، أيام تمر، أسابيع، شمس تنحدر وليل يكسو وجهي ثم شمس يوم جديد تُحرك ظلال ملامحي، في ثوانٍ معدودة، شعر ذقني ينبت، الشعيرات تخرج من جلدي كالديدان، ذراعاي تكسوهما ألوان عجيبة، وفمي، درجات من الأزرق والأسود، الخبط على الباب يتزايد، خبط الصبي الذي دفعت صدره فأبعدْته، يتسارع كضربات على الدرامز، أذبل، لوني يميل للصفرة، أبهت كالجدران...!

مَن أنا؟

أنا الشيطان...

أتأمل سلسلة ليلى في يدي، تتزاحم التفاصيل في رأسي.. الأحجار في جيوبها.. أفتح دُرجًا وأُخرج مسدسًا أنيقًا.. شعرها الأسود الملبد بالطحالب.. أُصوِّب الفوهة إلى رأسي؛ في موضع الندبة التي وُلِدت بها.. زُرقة جلدها.. صوتها وهي تهمس: «نِفسي أخلِّف منك بنت، هنسميها مريم».. مريم!

أضغط الزناد...

ترتج الغرفة بعنف...

راجع نظرية الانفجار الكبير (Big Bang)...

انفصلْت عن جسدي، وازدهـرت الألـوان فجأة في تباين عجيب، أرى الموسيقار يسقط من زاوية عالية، الدماء تفور من شِق في جبهته، مُخه يتناثر بين الحائط والسجادة، جسده يُصدر تشنجات طفيفة، ويده مازالت قابضة على السلسلة...

أما أنا فلا أظهر في المرآة، ولا أشعر بألم في موضع الرصاصة...

توقف الزمن...

سينشق السقف حالًا، وستهوي يد مَلَك الموت على كتفي، سيضعني في زَكِيبة من الخيش المبلول، سأُسجن مع ملَكَي القبر ذوَي الأنياب التي تحفر الأرض، وسيبشراني بالعذاب الأبدي الأليم، وستأتيني الحية البيضاء، ستلدغني وتعتصرني، ثم تبتلعني فتتغوطني، ثم تعود فتلدغني وتعتصرني.. في سرمدية...

لكن لم يحدث شيء من ذلك!

الصمت كان يدوي، نبض يطن، ثم التقطْتُ صوت خطوات تضطرب أمام الباب، ربما جيران سمعوا دويَّ الرصاصة، تعالت الخبطات قبل أن يتحطم المِزْلاج، رجل ومن ورائه سيدة عجوز، ثم الصبي، تأملوا جسدي في صدمة، لم يشعروا بوجودي ولم أقوَ على إصدار صوت، فقط الصبي رفع رأسه تجاهي، للحظات طالت، ثم ملأ الرعب صدره بدخان أسود ففر مذعورًا.

واتجهْتُ إلى النافذة، المُذَنَّب كان يذوي، يتلاشى، مثل التفاصيل في عينَيَّ، أغصان الشجرة تنمو بسرعة عجيبة، تتداخل وتندمج، تتعارك وتقترب، والغربان من فوقها تحدجني...

بِلَوْم...

أو ربما بشفقة...

ثم ساد الظلام التام وعمَّ السكون...

ـ ٣٥ ـ

ظلام يشبه ظلام الرحِم...

ظلام رطب، دافئ، ساكن، مطمئن، لزج...

أشعر بالمشيمة تحك جلدي والحبل السُّري الواصل ببطني يلف حول رقبتي، مشنقة ساخنة، النبض المنتظم يعلو، نبضات قلب كبير تضطرب، ترتبك، ثم يهزني زلزال عجيب، موجة تتكرر كل بضع ثوانٍ، يتبعها أنين مكتوم، أغرس أظافري في المشيمة فتنزلق، أفتح فمي فأبتلع مياهًا مالحة وأتقيأ الصمت، وفجأة، فرغت المياه من حولي! فتحت عينَيَّ ولم أر شيئًا، رأسي ينضغط، يُحشر، عظامي تنبعج، أذناي تتمزقان، الدماء تغمرني، أنسحق، في ممر ضيق متعرج، ينتهي بباب على هيئة ورقة شجر، يُفضي إلى فراغ كبير، أخرج، أنبثق، أُولَد، البرودة تكسو جبهتي فوجْنتَيَّ فرقبتي، لا أقوى على التنفس، لا أقوى على الرؤية، ولا أقوى على تحمل الأصابع التي تلمس جلدي، واربت جفنَيَّ فرشق عينَيَّ ألف دبوس من النور، قبل أن أنزلق بصعوبة...

إلى الحوض المعدني فوق المرتبة الجلدية، أكاد أجزم من رائحة المياه الزرقاء التي تغمرني أني قد تبولت فيها، فتحت

حدقتَيَّ بصعوبة فأدركت قبو الملاذ، سبع ثوانٍ مرَّت حتى تذكرت مَن أنا، ثم استعدت لحظة استلقائي في الحوض، ربْط وثاقي، خوضي تجربة استرجاع الحياة السابقة، طارق، تاليا، والعجوز هادي، استجمعت قوتي ورفعت يدي فلاحظت أصابعي التي قبضتْ على شيء...

سلسلة ذهبية تحمل اسم «ليلى»!

ليلى التي وضعت الأحجار في جيوبها ونزلت إلى البحر...

ليلى التي رشقتُها بسهم من بين فخذَي حمراء الشعر...

استندت على طرفَيْ حوض الاستحمام وفحصت الغرفة بحثًا عن أفعى الحاوي البيضاء، ولم تكن هناك، انتهت الهلوسات في رأسي! أم أنني دخلت في مرحلة جديدة منها؟ سأعرف بعد قليل، قمت، بصعوبة، أتفادى الانزلاق، أتفادى الاصطدام بالقبة التي تعلوني، وأتفادى الشاشة التي تعيد لقطات مشوشة لحياتي السابقة من وجهة نظر عينَيَّ، تاليا ذات الشعر الأحمر تغمزني بعينيها من بين الحضور في المسرح، أستقبلها سرًّا، أختطف قُبلة، لا تُبدِ مقاومة، تدفعني إلى جدار وتفك أزراري، تغمرني بأنوثة لم أعهدها، ثم تأتي ليلى.. تنظر في عينَيَّ، تخرج إلى البحر، أراها راقدة على الرمال شاحبة زرقاء مواربة العينين، وفي رقبتها السلسلة التي أمسكها الآن، تفحصتها ثانية ثم تابعت للحظات ركضي حتى تسديد الفوهة إلى رأسي في مرآة الغرفة الضيقة، الغربان ترمقني...

ثم أظلمَتِ الشاشة.. ليبدأ المشهد ثانية...

رفعت قدمي لأخرج من الحوض فضربني دوار، انزلقْت، انكفأت على وجهي كطفل لن يتعلم المشي مهما عاش، جُرحتْ ركبتي وذقني وسال الدم على الأرض من تحتي، كان ذلك حين لمحت الأصابع المرتخية، متدلية من حوض الاستحمام المجاور!

أصابع بيضاء، أصابع أعرفها...

ها هي الهلوسات تُعلن عن نفسها...

ما الذي أتى بمريم إلى القبو؟

اقتربْتُ فتأكدتْ ظنوني، مريم، زوجتي، كانت تجلس في الحوض بجانبي في رداء أسود، غائبة عن الوعي!!

انكفأتُ على الحوض فلامست عنقها حتى شعرت بنبض منتظم لكنه خافت، دسست ذراعي خلف ظهرها ورفعتها بصعوبة لكنها سقطت فوقي، وضعتها على الأرض وضربْتُ وجْنتها مُنبهًا قبل أن أنحني عليها لأستشعر النفَس، شهيق ضعيف وزفير متردد، تنفسْتُ الصعداء ثم لمحت الشاشة خلف حوض مريم...

كانت تعرض آخر لحظات في حياة ليلى!

ليلى تفتح باب الغرفة، تتأمل ساقَي حمراء الشعر على كتفَيَّ، وتتأمل السُّكْر في ملامحي، تركض على الرمال بعينين مترقرقتين، ثم تقف، تنظر للسماء طويلًا، للمُذَنَّب، ثم للبحر

الممتد، تختار من الشاطئ أحجارًا تدسها في الجيوب، تقترب من الموج، تمسح الدموع من عينيها، ويعلو في السماعات صوت نحيب مكتوم مختلط بالرياح، ثم تخوض المياه، تدفعها الأمواج لتثنيها عن قرارها فلا تستجيب، تنظر للشاطئ خلفها، تبحث عن عازف البيانو، تهرب من عازف البيانو، المياه تعلو فخذيها فخصرها فرقبتها، تصل إلى أنفها، ثم تأتي موجة عالية فتخضع لها، تستسلم، تغطيها المياه فتنزلق قدماها في الرمال، تغوص بسرعة وتنجذب، سطح البحر يبتعد، القاع يقترب، الجسد يهتز فزعًا، الهواء يندفع من فمها، يهرب أمام عينيها، الرقيقة تختنق، الهشة تُحرك ذراعيها في رعب، تحاول إخراج أحجار حشرتها منذ قليل فلا تفلح، أظافرها تتكسر، لقد عدلت عن قرارها، لكن النور يخفت، ينحسر، الحركة تضعف، تشنُّج يتبعه تشنج، ثم سكون...

تستقر في قاع ليس ببعيد...

تخطيت الذهول وتأملْتُ مريم المستلقية على أرض القبو...

ما الذي أتى بمريم إلى الملاذ؟

وما دخلُها بذكريات ليلى غريقة البحر؟

هل خاضت تجربة استرجاع الحياة السابقة؟

هل كانت مريم في زمن الموسيقار.. ليلى؟

هل كان الألم المُزْمِن في صدرها سببه الغرق في حياة أخرى؟

غرق في بحر من الماضي طالما تهيبَتِ السباحة في حاضره؟

هل انتحرت مريم بوضع الأحجار في جيوبها مثلما انتحرت الكاتبة «فرجينيا وولف» صاحبة رواية «السيدة دالواي» الورقية التي لم تنتهِ من قراءتها يومًا؟

تفحمت الأفكار في رأسي كعود ثقاب احتك فاحترق، نظرت حولي بحثًا عن إجابة وكانت العدسة مستقرة على منضدة قرب الدولاب، التقطتُها فوضعتُها على حدقتَيَّ، قرأتْ بصمتي لكنها لم تستطع الولوج إلى الشبكة، ربما بسبب انخفاض القبو عن الأرض أو طبيعة عزله، وبالطبع كان من المستحيل ارتداء عدسة مريم وقراءة ذكرياتها؛ فالعدسة إن لم تقرأ بصمة العين انغلقت وشفَّرت الملفات وأظلمت الحدقات حتى تضطر سارقَها أن يتخلى عنها...

ارتديت ملابسي في عُجَالة ثم هرعت إلى الباب الحديدي الأصفر، بحثت عن المقبض ولم أجده! دسست يدي في الثقب محاولًا الجذب وكان مغلقًا من الخارج، طرقت بقوة حتى آلمتني راحتي فناديت، على طارق وهادي وتاليا، ولا مجيب، الخوف يتسلق ساقَيَّ والبرودة تتغلغل في عظامي، رجعت إلى مريم التي بدأت تئن، انحنيت عليها فرفعتها، فتحتْ عينيها بوهن، غير مستوعبة الموقف، ثم انسابت دموعها وجاشت أنفاسها:

- إيه اللي جابِك هنا؟ (سألتُها بلطف).

التزمَتِ الصمت وارتعشت أطرافها قبل أن تنظر إلى الشاشة ورائي، الشاشة التي تعرض مشهد حمراء الشعر من تحتي!

ضاق صدرها فقمت مسرعًا فأطفأت الشاشة ونزعت بطاقات

التخزين منها فدسستها في جيبي، ثم تفقدت آخر رسالة بيني وبينها على العدسة، وكانت موجهة مني، في نفس وقت استلقائي بالحوض المعدني!

رسالة تقول: «مريم، أنا عند طارق وتاليا، تعالي، حالة طارئة».

ـ مريم! احكي لي اللي حصل.

خرج صوتها واهنًا من قلة الاستعمال:

ـ مين ليلى؟

لم أجد ما أقول فعاجلتها:

ـ فهميني إيه اللي حصل لما وصلتِ هنا؟

أردفت بدموع صامتة لم تتوقف:

ـ الإرسال اتقطع بعد رسالتك، جيت، نزلت ورا طارق، لقيتك نايم في الحوض، قال إنك بتخوض تجربة استرجاع لحياتك السابقة! وبعدين، مش فاكرة حاجة...

وفتحتْ كفها عن خاتم ذهبي منقوش بوجه جانبي ليوليوس قيصر، خاتم كان في إصبع الموسيقار...

كان الوقت مثاليًّا لممارسة الصمت، مثاليًّا لحضن دافئ، فطقطقة أعمدة عقلي تعلو وتتزايد، والأتربة تتساقط على قشرة مُخي، فإيماني بالروح هو إيماني بضرورة وجود إله حاكم راعٍ فاطر لذلك الكون، وما كنت لأصدق شيئًا لم تره عيناي في خضم هلوسات كيميائية مريضة تختلط في رأسي.

لكنْ أن ترى مريم نفس ما رأيت!

فذلك كفيل بانحراف مَسار كواكبي، بارتطامها ببعضها البعض وانطفاء شمس مجَرّتي.

هل تلاقينا من قبل في حياة أخرى؟

بأسماء وأجساد أخرى؟

هل هناك وعي يبقى بعد الموت؟

برزخ نقابل فيه كل مَن سبقونا؟

ذلك الهراء القديم الذي ازدحمت به الكتب الصفراء!

ـ ده بيفسر حاجات كتير.

تلك كانت مريم، تنظر لخاتم القيصر في يدها بشرود:

ـ الوجع المُزْمِن اللي في صدري، لأني غرقت قبل كده...

ثم نظرتْ في شاشتي التي انطفأتْ: بسببك؟!

ـ مريم...

ضاقت عيناها وتحشرج صوتها: ممكن نكون اتقابلنا قبل كده؟

ـ كفاية.

ـ اللي طول عمري باحسه ماكانش وهْم، خوفي غير المبرر من البحر، عدم ثقتي بالناس، خوفي منك، غموضك، أسرارك، عينيك.

ضربها الصمت لحظات ثم سألتني:

ـ خُنتني كام مرة يا نديم؟

نظرْتُ إليها ولم أُعقِّب.. كنت أحاول حصر عدد الغزلان التي وطأتها.

ـ خُنتني في كام حياة قبل كده؟ موِّتني في كام حياة؟

ـ أنا ما خُنتكيش.

شردَتْ وكأنْ لم تسمعني: دي حلقة بتتعاد!

ـ إنتِ عارفة إنك أغلى حد في حياتي.

كان ذلك كفيلًا بنزع الفتيل عن قنبلة يعود عمرها لزمن الحرب العالمية الثانية.

ـ كفاية كدب، إنت عمرك ما حبتني، ويمكن بتتمنى أموت عشان تبقى جات من ربنا، ما تحسش بذنب، ومن ساعة ما سُلاف ماتت وأنت بتتوحّش يوم بعد يوم، بتغلي زي البركان، كان قدامك فُرَص كتير تمشي! ليه ما مشيتش؟

البحث عن بئر عميقة لأسقط فيها كان صعبًا، يراودني ضغط دمي على الإغماء لكنني أتماسك:

ـ أنا عمري ما فكرت أسيبك.

ـ ساعات بنحتفظ بحد مش عاوزينه، بس عشان مش عاوزين نشوفه مع حد غيرنا!

ـ طارق لعب بدماغنا يا مريم.

نظَرَتْ إلى خاتم القيصر في يدها:

- اللي شفته هو نفس اللي كان شغال في شاشتك!
- إنتِ عارفة إن مفيش حدود لصنع الوهم دلوقت.
- عمرك ما قربتْ لي برغبة فيّ.
- بينًا لحظات حلوة كتير ما تنسيهاش.
- لحظات، عمرك ما لمستني فيها غير لما طلبت أنا، فيه فرق بين الحب والواجب.
- نسيتِ سفرية الهند؟
- ليه مكمل معايا يا نديم؟
- لأني ما حبتش غيرك.
وللعجب...

فقد كنت صادقًا فيما قلت، لم أحب غير مريم، ولا أذكر أن هناك أنثى تمنيتُ إسعادها سواها، ورغم غريزة الصيد لم أتخيل يومًا أعيشه من دونها!

كم أنا بارع جدًّا في تحليل نفسي!

بارع لدرجة أنني في كثير من الأحيان لا أفهمني.

لم أكن لأنتظر إجابة على كلمتي الأخيرة، ولم أكن لأتوقع أنْ تُسامح جوعي أو تتفهمه، فقد نفذ السهم من صدري إلى صدرها، سهم جعلها ترتعش، تحدجني برعب وحزن، بلوم يغطي المحيطات، طالت اللحظة قبل أن يقطعها صوت فتْح قفل الباب، قمت سريعًا وصعدت السلالم، لم يكن من الصعب تمييز

العجوز رغم الشمس الآتية من ورائه، طربوشه على رأسه، عضوه المترهل، أمسكت كتفيه بغضب فدفعته إلى الجدار دفعة لا تليق بسنِّه:

ـ فين طارق؟

لم يُجب كعادته، تبسم في شفقة ثم أشار بيده إلى الباب فقفزت الدرجات المتبقية، خرجت إلى البهو فالتقطَتْ عدستي إشارة الشبكة، استدعيت الطائرة ثم طلبت البحث عن مؤلف موسيقي عاش في القاهرة، قبل أن أُضيق البحث بتاريخ ظهور المُذَنَّب، وأتتني قائمة بأسماء أكثر من ثمانين موسيقيًّا، قبل أن أضيف معلومة الوفاة منتحرًا، لتنحصر النتائج في ثلاثة، طالعْتُ صورهم وتوقفْتُ عند وجه أعرفه، مؤلف موسيقى وعازف يُدعى «يوسف مروان» أطلق على رأسه رصاصة في منزله بعد حزنه على وفاة زوجته التي انتحرت غرقًا! وأظهر البحث صورة لزوجته، دون أن أطلب، بشعر فاحم يغمر كتفين من المرمر، وعينين ناعستين غزيرتَي الرموش، واسمها ليلى...

لم تكن تشبه ليلى التي رأيتها في رحلة الحياة السابقة...

كانت تطابقها!

تيبسْتُ للحظات وسَرَتْ في جلدي رعشة فتابعت القراءة.

«ألَّـف يوسف مـروان أكثر من ثلاثة وأربعين لحنًا في حياته القصيرة، منها ألحان لأفلام مشهورة ـ تخطيت قراءة

أسمائها - وقدّم واحدًا وعشرين حفلًا موسيقيًّا على المسرح الروماني بالإسكندرية، منها حفلات عزف فيها على بيانو شوبان الأصلي الذي اشتراه من مزاد بباريس!».

أمرْتُ العدسة بتشغيل أحد التسجيلات ثلاثي البعد فتوسط البيانو البهو وجلس الجمهور من حولي، وبدأ يوسف مروان في عزف مقطوعتي المفضلة؛ نوكتورن ١٥ لشوبان، أوبوس ٥٥، تأملته دون أن أرمش، دون أن أتنفس، ثم اتجهت ناحيته والتففت حوله، شاهدت خاتم قيصر في إصبعه، والغرور في عينيه، كان يعزف ببراعة شيطان، الموسيقى تنساب من بين أصابعه على نفس بيانو شوبان الذي شهد تأليفها يومًا، مندمج يهز شعره الغزير ويلتفت كل بضع ثوانٍ إلى الجماهير لينهل الإعجاب من أعينهم.

الحفر كان غائرًا في أعماق ذاكرتي، التفاصيل تخرج كما يخرج البترول من الأرض، مندفعة مشتعلة لا شيء يقف أمامها، جثوت على ركبتَيَّ من هول الصدمة قبل أن أطلب من العدسة مكان إقامته، لحظات وظهرت أمامي صورة...

صورة لفيلَّا في الزمالك تتوسط حديقتها شجرة تين بنغالي كبيرة!

- ٣٦ -

لقد نجحَتْ تجربة استرجاع الحياة السابقة.

زالت الخيالات.

ذهبَتِ الرعشة.

اختفى الحاوي والحدَّاد والحاخام.

تسربَتِ الحية البيضاء إلى شق بالأرض وعاد نبضي إلى طبيعته...

مع وجود عرَض جانبي بسيط...

أنا لم أعد أنا...

المصلوب والمسحور والمُغتصَب هم وحدهم مَن يعرفون ذلك الشعور؛ حين تنطفئ لمبات العقل الصفراء العتيقة واحدة واحدة ولا تبقى إلا لمبة أخيرة متسخة ترتعش، تهفو لتنكسر، نشوة الاستسلام، ظلام، أورجازم صامت، والفرق بين الصمت والسكوت أن الأول يأتي عن حكمة..

والثاني عن خوف...

عُدت إلى القبو، العجوز كان يناول مريم جرعة ماء ويربت

على كتفها بحنو، مرت برأسي رجفة حين لمحْت لوحة شوبان المسنودة إلى الدولاب، رأيت يديَّ في ماضٍ تعلق تلك اللوحة على جدار! اقتربت من الدولاب فتفحصت قفله حين صلصلَتِ المفاتيح، التفتُّ إلى العجوز وكان بين يديه سلسلة، بلا كلمة التقطْت مفتاحًا من بين أنامله العتيقة، دسسته في الثقب وفتحت الدرفة، فراغ مستطيل رُصَّت فيه بدلات سهرة أنيقة، بينها البدلة التي قدمَتْها لي تاليا في أول ليلة لي بالملاذ، بالإضافة إلى بدلة السهرة التي عزفت فيها المقطوعة على المسرح، وفي الأسفل ثلاثة أدراج فتحت أولها، كان يحوي علبة خشبية منقوشة، رفعت غطاءها فرأيت ثلاثة خواتم أثرية مرصوصة في تجاويف من القطيفة الخضراء وفوق كل منها ورقة مكتوبة بخط منمق ومثبتة بدبوس: خاتم السلطان العثماني «محمد الرابع» الملقب بالصيَّاد القنَّاص ١٦٤٨ ـ ١٦٨٧م، بجانبه خاتم لمطرب البيتلز الراحل «جون لينون»، ثم مكان فارغ لخاتم فوقه ورقة، «زخاري إرميا دانيال» حاخام الطائفة اليهودية لسبع سنوات! تحسست جيبي فأخرجت الخاتم الذهبي، أودعته مكانه، ثم نظرت لهادي الذي يترقبني، وفتحت الدرج الثاني، كان فيه ظرف مليء بالصور وأقلام حبر فخمة ودبابيس بدلة على هيئة نغمات موسيقية، التقطْت الظرف وطالعت الصور، لقطات للموسيقار صغيرًا يعزف على بيانو، صور من حفلات مختلفة في سن متقدمة، صور زفافه على ليلى، وصورة مع الصبي الذي رأيته في تجربة الاسترجاع، الصبي الذي حضر بعد انتحاري ونظر لسقف سبحتْ فيه روحي

بعد مُغادرة جسد الموسيقار، تأملتُ القسمات، ثم التفتُّ إلى العجوز، الدمع ترقرق والفم ارتعش، لكن بصمة العينين لم تتبدل رغم الهرم...

نفيت لنفسي بهزة رأس أن يكون ما يدور في عقلي سليمًا، لا أستبعد أن يكون الخبال قد تغلغل في دماغي وتسرب من أذنيَّ...

ـ أنت!

لم يعقب...

ـ وأنا!

ابتسم.. ضربني الدوار فألقيت الصور وسحبت إلى صدري نفَسًا...

ـ طارق فين؟

رفع للسقف عينيه وسبّابته...

لِمَ أتوقع دائمًا أنه سيُجيبني؟

خرجت من القبو حاملًا مريم، ترمقني بألم لم أختبره من قبل، وضعتُها في الطائرة وأصدرْت أمرًا بالعودة إلى البيت بعد أن سحبْت مسدسي من الدرج، ما إن ارتفعت الطائرة حتى رجعت إلى البهو فصعدت السلم الدائري، أنادي طارق ولا مجيب، أُغلق أبواب عقلي بيدي صارفًا الظنون التي تطل منها، هاربًا من خيالات مريضة تزحف على الأرض وتُخرج الألسنة المشقوقة، لقد شاركت العلماء يومًا في تسلق سور الإله وحرق بيته العتيق، لكنه عاد لينتقم، عاد ليعبث بالمصباح الوحيد الذي أملكه، عقل بالكاد نجا من وطأة

الأديان التي أغرقت الأمم، القرد العاري من الشعر لم يعد يتحمل زلزالًا إضافيًّا، اللعنة على الفضول، على الأحلام، اللعنة على الغزلان التي تفوح بالمسك...

لما وصلت الدور الأخير التقطْتُ تكتكات الميترونوم، إيقاع منتظم بطيء كضربات قلب مُحتضِر، مشيت في الطرقة المزينة حوائطها بنغمات الموسيقى والملائكة، الباب في نهايتها كان مواربًا، يمتد منه سكين شمسي يُسدد نصله نحوي، دفعت الباب وكان طارق مستلقيًا على السرير الصغير يطالع كتابًا، وتاليا بالقرب منه، تنظر من النافذة المستديرة إلى الوادي الجاف في فستان أبيض شفَّفته الشمس، التفتتْ لدخولي، ابتسمتْ بثقة ثم عادت إلى النافذة، أما طارق فاعتدل في هدوء، أخرج من جيبه سيجارة ملفوفة، أشعلها ونفث الدخان الأخضر إلى السقف المائل وابتسم:

- خسارة إن مريم مشيت.

- الكلام اللي قلته قبل التجربة عن مريم، والتبديل! وليه بعتّ لمريم رسالة؟ عاوز تفسير!

شخَصَ طارق ببصره إلى السقف للحظة ثم عاد:

- بصراحة، كانت وحشاني...

لم يكن مني إلا أن أخرجت مسدسي، حوَّلت المؤشر من إطلاق نبضة إبعاد الغرباء إلى وضعية إطلاق النار الحي، فمنذ اشتريته حرصت على زيارة أحد الهاكرز، عدَّل برمجته كي لا ينبه مراكز الشرطة عن احتمالية إطلاق نار...

وجهت الفوهة إلى الأرض في إرهاب هادئ وتابعت:

- قول تاني.

لم يُبدِ وجهُ طارق ردة فعل:

- أنا مقدر إن عندك أسئلة كتير، لكن مش عاوزك تفقد متعة الكشف، مبدئيًّا أنا جبت لك نسخة من كتاب مهم.

ورفع غلافًا عليه صورة لمريم العذراء وعنوانه «مادونا».

- للأسف ما عنديش غير نسخة قديمة من أيام طباعة الورق.

ناولَني النسخة ثم جلس على السرير:

- علم النفس التطوري للأسف خلَّاك تغفل المدرسة القديمة في الطب النفسي، في الكتاب ده وصف كامل لسبب نفورك من مريم، «Madonna / Whore Complex»(*)، ما كنتش أعرف السبب لغاية ما شفت أحلامك عن والدتك.

نظرتُ لتاليا ولم تلتفت، تابع طارق:

- أرجوك مش عاوزك تنزعج، نُص ذكور الشرق بيعانوا من العقدة دي من غير ما يلاحظوا، المشكلة إن عشقك للأم، تعاطفك وتوحدك معاها، المفروض ينفّرك من الأب، لكن

(*) Madonna / Whore Complex عقدة المادونا / العاهرة: هي عدم الشعور بالشهوة الجنسية خلال علاقة حب والتزام زوجيّ، فالرجل المصاب بتلك العقدة يرى زوجته «مادونا»؛ والمقصود سيدة طاهرة مُبجلة لا يصح تدنيسها، لذا ينفر من ممارسة الجنس معها رغم حبه الشديد، وقد ظهرت تلك الفكرة في كتابات «سيجموند فرويد» باسم عُقدة «أوديب».

الغريب، إننا كل ما بنكبر، بنكرر نفس اللي اتربينا عليه، نفس اللي شربناه من الأب، بدون ما نشعر.

وتلاقت الخطوط لاإراديًّا، تلاقت خلف عيني اليسرى، شفرة موسى عتيق تدور ببطء، تحفر، لتستخرج البترول، وأسباب نفوري من مريم، ثم تُمنطق سِر شهوتي الجامحة نحو الأخريات.

ـ أمك، خَلَقَتْ وَحْش من غير ما تقصد، حبها الزايد ومحورة حياتها كلها حواليك خلتك تختار واحدة تشبهها، واحدة مش هتحب تشوفها عريانة، زي ما شفتها في يوم.. مع أبوك، ما حدش فينا يحب ينام مع أمه...

أشحتُ بنظري عنه؛ فاللطمة كانت قاسية، مُربكة، تشق الفك وتمزق الحنجرة، راودتني يدي أن أُخرسه بطلقة بين عينيه، لكنني كنت معبأ بأسئلة لم أعد واثقًا أنني أريد سماع إجابتها...

ـ نحكي القصة من البداية؟

رجعت خطوتين، استندت على الحائط، ومارست الصمت فبدأ يحكي:

ـ كل شيء كان مثالي، دكتور مخ وأعصاب ناجح، حساب في البنك، عربية أحدث موديل، شُغل ثابت، كان ناقص بس، أنثى، وظهرت أخيرًا؛ ليلى، قابلتها في عيد ميلاد صديق، كانت جميلة، بتحب الفن، مستوانا مناسب، عمرنا مناسب، طولنا مناسب، ماكانش فيه حد بيشوفنا غير لما يعرف إنها

مسألة وقت ونكون مع بعض، لغاية ما أنت ظهرت، أقصد.. إنت كنت ظاهر جدًّا وقتها، نص بنات البلد كانوا بيحلموا بالموسيقار الوسيم، لكن أنت قررت تظهر في حياتي أنا... حضرنا حفلتك في المسرح الروماني، وخرجت يومها من غير ليلى، سرقتها مني، بحرفنة أعترف لك بيها، سَحَرْتها، والباقي أعتقد إنت دلوقت عرفته...

باغتني وجه ليلى على الرمال فانحنيت فزعًا، سكت طارق للحظات ثم تابع:

- خليني أحكي لك اللي ما شفتوش، اللي ذاكرتك ما سجّلتوش.. بعد انتحار ليلى حبست نفسك في بيتك، هنا، في نفس الأوضة دي...

استرجعت لحظة نظري لنفسي في المرآة فرأيت ذراعَيَّ اللتين تكسوهما ألوان عجيبة وفمي...

كيف لم ألحظ السقف المائل من خلفي في التجربة؟!

تابع طارق:

- ما كنتش بتفتح الباب لأيام، ولا بتاكُل، رسمت نُص وش ليلى، ونُص سمكة، مش قادر أتخيل كنت بتفكر في إيه وقتها، وأخيرًا ضربت نفسك بالنار، صنفوها حالة هوس، ذُهان، واكتئاب حاد أدى للانتحار.

وأشار بيده إلى البقعة الحمراء في السقف قرب وجه السمكة، مَسح عليها بيده:

ـ ده دمَّك يا نديم...

ماكينة الخياطة العتيقة التي تخيط بإبرتها فصَّي مخِّي توقفت لحظة، نظرت للرسم ورأيتني أرسمه، ثم ألحس الألوان من فوق أصابعي، ابتسم طارق مُخففًا:

ـ خبر انتحارك كان ليه أثر كبير على معجباتك، شباب كتير اتسلل عشان يصوروا آخر رسمة رسمتها في حياتك، بس أنا ما عرفتش أسامحك...

وأخرج من جيبه ورقة مطوية، فضَّها وناولها لي فقرأت ثلاث كلمات «عمري ما هاسامح نفسي على اللي عملته فيك»...

ـ دي كانت آخر رسالة من ليلى، بعتتها لي قبل ما تنزل البحر، كانت بتحب تقرا لـ«فرجينيا وولف»، واختارت تموت زيها، من بعدها ما عرفتش أمسك مشرط، اكتئاب حاد، وهوس بالشخص اللي خطف مني أجمل حاجة حصلت في حياتي، أحلام ورا أحلام، كلها بليلى، بتبكي وبتصرخ، بتنادي، وفي مرة، طلبتْ مني أقابل الشاب الصغير اللي كان شغال عندك لبيس؛ هادي، طلبت منه يتكلم ويحكي، يمكن أفهم، وما كنتش عارف إن اللي هاسمعه هيغير حياتي...

سكتُّ، ولم أقوَ على هز رأسي استعجالًا، ابتسم في شفقة، سنَّ سكّينه ثم تابع:

ـ هادي كان وسيط روحاني بالفطرة، طول عمره ماكانش عنده تفسير للدخان اللي بيشوفه في أركان البيت ولا الأصوات

اللي بيسمعها، حكى لي إنه شاف روحك في الأوضة دي يوم انتحارك، هايم في الفيلَّا، روح معذبة، عميا، غضبانة بتصرخ، لأنك مش فاهم.. وهنا اتكونت الفكرة، سألت عن الورثة وعرفت إن الفيلَّا معروضة للبيع، أبوك كان وريثك الوحيد بعد وفاة أمك، واشتريتها، واشترطت آخد كل متعلقاتك الشخصية، هدومك، الخواتم اللي كان عندك هواية جمعها وأنت مش عارف إن واحد فيها كان مِلْكك في زمن قديم. وحتى البيانو، دفعت كل ما أملك، واستلفت، أبوك كان بيحبك قوي... إنت كويس؟

حين نظرت في المرآة المشروخة علمت سبب السؤال، خط من الدم الداكن كان يسيل من أنفي على قميصي، مسحته وابتلعت ريقي ثم استأنفَتْ ماكينة الخياطة عملها، ضرب المكوك إبرته في مركز الذاكرة وبدأ يخيط.. بلذَّة...

- طبعًا حالة هادي خلتني أفكر، وأقرا في كتب عن العالم الآخر، إيه اللي بيحصل لنا بعد الموت؟ ليه فيه أرواح بتختفي تمامًا، وأرواح تانية مش بتسيب مكان موتها وبتظهر في الأحلام؟ زيك، انتحرْت، ومش قادر تستوعب إنك مُت، بتظهر في كوابيسي، وفي أوضتك اللي مت فيها، رافض تمشي، تايه، بتتخبط زي الأعمى، ومع ذلك، وبعد صعوبة، قدرت أحقق معاك اتصال بمساعدة هادي، فهمنا صوتك بعد أيام من الصريخ المرعب، وأخيرًا،

قدرت أفهّمك اللي حصل، من اليوم ده بطلت تزورني في أحلامي، اختفيت من الفيلّا، فعرفت إنك نزلت الأرض.. في جسم جديد، عشان تبدأ حياة جديدة، عشان تكَفّر، أو تعيد أخطاءك تاني، سمسارا(*)...

الكلمات تخترق رأسي بسلاسةِ ولوج السكين للمياه، في مكان الندبة، شفرة الموسى تحفر خلف حدقة عيني، ضربات القلب تخطت سرعة الصوت، وحين نظرْتُ للبقعة الحمراء على السقف خلف طارق، كانت الدماء تسيل منها على السرير!

حوَّلْت فوهة ترتعش نحوه:

- اختراعك مالوش أساس، إنت حطيت الخاتم بإيدك في الصندوق.

- اللي شفته في ذاكرتك كان كفاية، لكن نديم عمره ما كان هيصدق غير شيء بين إيديه، كان لازم شغل حاوي.

ازدادت رعشة الفوهة في يدي: لكن مريم ما دخلتش كل المراحل.

- مريم كفاية عليها تشوف آخر مرة كنت سبب في موتها.

- وعرفت منين إني هو؟

- نزِّل المسدس يا نديم.

(*) سمسارا: مصطلح باللغة السنسكريتية القديمة يعني «الطواف الدوراني»، والمقصود به دائرة أو عجلة العودة للحياة ثانية بعد الموت في عقيدة استنساخ الأرواح.

صرخْت فيه: جاوب.

التفتتْ تاليا، رمقتني في برود عجيب وابتسمَتْ، أردف طارق:

- الإنسان بطبيعته.. بيعيد أخطاءه.

- وضَّح.

- كل إنسان ليه نجم في السما، إنت كان ليك.. مُذَنَّب، مسار طويل، ودورة بتتكرر كل عدد محدد من السنين، لما المُذَنَّب رجع، عرفت إن القصة القديمة بدأت تتعاد، وعرفت إني هقابلك تاني، والرهان كان.. يا ترى هتعمل إيه المرة دي؟ ما خالفتش توقعاتي...

- لكن أنت إزاي شكلك...؟

- أنا غيرت ٩٠٪ من جسمي تقريبًا، حتى جلدي، عشان أستنى اللحظة الفريدة دي، نوفمبر الجاي هاتِم مية وسبع سنين، مفيش داعي ترفع سلاحك على راجل قد جدّك.

هزت رأسي لعلّي أعود إلى سريري بكلمة «لا أحلام» تومض في عدستي، كان ذلك حين التفتَتْ تاليا، اقتربت مني، ابتسمت ولامست خدي ثم قالت:

- عقلك المحدود، وعلومك اللي درستها مِقيدة تفكيرك، سيب الحقيقة تحررك.

كان ذلك حين دس طارق يده تحت المخدة فالتقط مسدسًا عتيقًا، مسدسًا انتحرْتُ به يومًا قبل أن أُولد نديمًا، تحفزتْ أعصابي حين شد الزناد، لكنه ابتسم مطمئنًا وصوّب الفوهة إلى رأس تاليا،

وأطلق.. انفجار ودويّ أصمّا أذنَيَّ، ودون دماء، تناثرت الرقائق المعدنية حولها! وتهاوى الصنم الذي طالما سجدت له، على الأرض بين قدمَيَّ.. بلا حركة.

تاليا لم تكن غزالًا فريدًا من نوعه...

تاليا لم تكن سوى روبوت من روبوتات بيت الحور!

قبل أن أجفل، قبل أن أستوعب، وقبل أن أتأمل رأسًا صناعيًّا تخبو أنواره، ضغط طارق زناده ثانية، طار المسدس من يدي واشتعل رسغي بألم رهيب، نافورة دم ولحم أبيض يبرز من ثقب تهتَّك، صرخْتُ وسقطْت على ركبتَيَّ، ثم سجدت مُحاولًا التقاط أنفاسي، أغرقني العرَق وباغتني هبوط اضطراري للدماء، اقترب طارق في هدوء، أطاحت قدمه بمسدسي بعيدًا، ثم انحنى وضغط على رسغي بقبضة لا تناسب رجلًا تخطى المائة...

- ماكانش صعب عليَّ أخلق لك طُعم يناسبك يا يوسف.. قصدي يا نديم!

ونظر إلى كتلة معدنية كانت تفوح بالمسك منذ دقائق ثم تابع:

- التنبؤ بذوقك كان سهل، اشتريت أحدث روبوت من الحي الغربي، برمجْت شبه قريب من الممثلة اللي نِمت معاها يوم ما شافتك ليلى؛ الشعر الأحمر، الردود اللي فيها ندية، الريحة من فرمونات حيوانية مركزة، والدلع، وطبعًا تظهر لك بعد ارتباط رسمي، في مرحلة الملل، وأكيد، عشان اللعبة تحلو، لازم يكون فيه منافس ليك؛ أنا، والقصة تتعاد.

كل كلمة بصوت تاليا كانت مني، كنت باحرّكها زي العروسة الماريونت، دُرت بيها على قايمة طويلة من ناس اتولدت في أسبوع اختفاء روحك من الفيلّا، التحدي الوحيد كان معرفة مكان ولادتك، كنت باتخيل إن ممكن الروح ترجع في الهند مثلًا، لكن اللي الناس ما تعرفوش، إن الانسان في العودة للعالم تاني، بيختار يصلّح حياته اللي فاتت، بيختار أبوه وأمه، وللأسف، غالبًا بيختار واحدة من معجباته ويخطفها من حبيبها برضه، بنفس الطريقة...

كلماته باتت أقوى من ألم رسغي، أقوى من الحية التي خرقت أذني، أقاوم الإغماء والعرَق الذي تسلل إلى عينَيَّ فأَحرقهما، كان عليه إنهاء مهمته.

لِمَ على الجزار أن يسلخ قبل الذبح؟!

- الموسيقار المشهور عشان يكفّر عن حياته السابقة، دوّر لاإراديًّا على ليلى، وليلى كان لازم تدوّر عليَّ أنا، الديون لازم تتسدد، وأنا كان لازم ألاقي وسيلة أتعرف بيها على روحك...

أخرج من جيبه الجهاز الصغير الذي استخدمَتْه تاليا في إبطال شريحتي وشريحة مريم، ثم أردف:

- في زمن التيه؛ فترة وجود روحك في الفيلّا، طورت الجهاز ده عشان أقدر أقيس بصمة روحك في لحظات حضورك، كل نفْس لها بصمة طيف، زي البصمة الوراثية، بدرجة حرارة

لون محددة برقم، يوم ما دخلت الملاذ يا صديقي؛ اتأكدت تمامًا إني باقابل يوسف مروان لتاني مرة، بس المرة دي اسمه نديم، وهنا جه وقت السِّحر الرخيص، طلّعت خاتم الحاخام من دولابك لما اتكلمت عنه، وحطيته في إيدك، إنت اللي خدعت روحك، وإنت اللي قدمت لي المفاجأة، خلتني أقابل مريم، أو ليلى، للمرة التانية في حياتي لما زرت بيتك، صدفة استنتها أكتر من أربعين سنة...

تحاملت لأفتح فمي:

ـ وأديك انتقمت.

ـ في البداية كان ده الهدف، بس بعد عُمر ميت سنة، هتعرف إن مفيش حاجة فارقة، هتعرف تِسامح، تغفر، هتعرف تقرا علامات ربك اللي بتنكر وجوده، هتفهم صمْته، الصمت اللي ساعات بيكون إجابة، وهتعرف إنه بيحبك رغم جنونك، وإن بنتك اللي ماتت وما لحقتش تعيش حياتها، راجعة تاني، في حياة تانية، وتالتة، لأن دي مش أول مرة ليها على الأرض، الحياة القصيرة ما تكفيش كتير منّا ينضج ويفهم ويتحول، وانتظارك يا صديقي كان تجربة غيّرتني، زي ما غيّرت هادي اللي علمني إن الإنسان لازم يتجرد من الدنيا تمامًا، حتى من هدومه، وما يبقاش عنده شيء يخبيه، بعد ما خاض تجربة شاف فيها حياة سابقة عاش فيها كداب كبير.. أنا قلت لك في يوم إني أنهيت صراعاتي مع نفسي

٣٢٩

ما صدقتنيش، المشكلة عندك إنت، رِجعت الحياة بعد ميت حياة، واتجوزتها تاني، وخُنتها.. تاني، وهتقع في حبها تاني، وهتنسى تاني، إنها حب حياتك الوحيد، ما بتتعلّمش يا يوسف، ما بتتعلّمش يا نديم، ومش ممكن تتغير غير لو قابلت المُذَنَّب في حياتك.. مرتين.

هانَ الألم، تحول إلى نبض ثابت، في جسد بات غريبًا، جلسْت بصعوبة، تأملْت وجه رجل انتظرني نصف قرن، بلا ميعاد، بأمل عجيب، رجل وضع فوهة المسدس على جبهتي، في موضع الندبة، وابتسم:

ـ فرصة سعيدة!

ثم ضغط الزناد...

- ٣٧ -

- «ستيفن جاي جولد» بيقول إن إحنا مازلنا على قيد الحياة لأن الأرض ما اتجمدتش بالكامل خلال العصر الجليدي، ولأن مجموعة الأسماك اللي قدرتْ تحول زعانفها لأقدام وتخرج للبر، دبّرت أمرها وتعايشت وواجهت الطبيعة القاسية، وتطوَّرت، كان نفسي يكون فيه جواب أفضل لكم، لكن للأسف، مفيش.. الإنسان ما اتخلقش فجأة، مهما كانت المقولة دي بتخالف اعتقادات نشأنا عليها، التطور حقيقة علمية، زي الشمس والنجوم، زي المُذَنَّب... على صعيد آخر، وبنفس العلم اللي بيدوّر على حافة عدم اليقين، تظل التساؤلات قائمة بدون إجابات: الأحلام! تجارب استرجاع الحياة السابقة! مين اللي فجّر النور الأول في الكون؟ ليه فيه كارما(*)؟

تأملْتُ وجوهًا أنهكها الفكر والشك والغضب ثم استأنفْت:

(*) كارما (بالسنسكريتية): مفهوم أخلاقي يشير إلى مبدأ السببية، حيث النية وعمل الخير يُسهمان في مستقبل سعيد، والنية السيئة والفعل السيئ يُسهمان في إيجاد الكارما السيئة والمعاناة.

ـ القانون التاني للديناميكا الحرارية بيقول «إذا كان هناك نظام منضبط، فإن كل تفاعل طبيعي يحدث بداخله سيؤدي تدريجيًّا ومع الوقت إلى عشوائية في هذا النظام، حتى تحدث الفوضى الكاملة والتفكك»، يعني مهما كان أي نظام متماسك فالزمن كفيل بإفقاده التماسك ده، الحديد بيصدّي، الإنسان بيشِيخ، والمَمالِك والدول مهما تضخّمت بتتفكك... فيه كينونة حافظت على الكون ده من التفكك، نفس الكينونة اللي فجّرت الضوء الأول، نسمّيها الإله، نسميها الطبيعة، المهم إننا مش قادرين نثْبت وجودها بالعلم الحالي، وبالمقابل، وبنفس الحسابات، لا يمكن إثبات عدم وجودها، يمكن في حياة تانية.. اللي مُستعد يعرف الحقيقة، لازم يخوض الرحلة، لازم يتخلص من كل حقيقة وصل لها، لازم يكون مَرِن، وما يخافش من الشك، الشك هو قمة الإيمان، المُلحد هو أكتر إنسان مهووس بمعرفة الإله، وما تستبعدش أبدًا يكون كل اللي تعرفه وعِشت عُمرك مطمئن لوجوده، مُجرد وهم.. الشيء الوحيد الثابت، اللي العلم ما قدرش يشكك في وجوده، هو الحُب، السبب المنطقي الوحيد لخَلْق هذا الكون.

أنهيت مُحاضرتي فأضاءت الأنوار وجهًا رائقًا دفن ضغينته بصعوبة على عُمق سبعين مترًا في صدر يشف من تحته الأورِدَة الخضراء، كانت جالسة في الصف الأول من المسرح، مثلما تقابلنا أول مرة، عادت لتسمع هُرائي، إفرازات شكوكي، اضطراب نفسي من حيوات سابقة عِشت فيها حاويًا وحدّادًا وحاخامًا، عادت لترى

الكُرْه في وجوه المتجمدين، والإعجاب الحذر في أعين الباحثين عن الحقيقة...

عادت لترى الغزلان المتربصة تتوارى خلف الأشجار...
وعُدت لأكتشفها...

كما اكتشف الإنسان يومًا أن النار تُنضج اللحم...
وأن الإله الأول قبل طغيان الذكور.. كان امرأة...
وأن بعض المُذَنَّبات لا تعود...
حتى في موسم صيد الغزلان...
نظريًّا!

طارق لم يقتلني، طارق ضغط الزناد فقط قبل أن يَرحل عن الملاذ بلا رجعة، فصيد الفهود أشقى من صيد الغزلان. ترك تاليا، ترك هادي، وترك مسدسًا لم يكن فيه سوى طلقة واحدة، استقرت في أسفل منتصف غروري، لم أسمع عنه ثانية، ولا أظنه سيرغب في رؤيتي، تركني غارقًا في أفكاري، مُمزقًا، والورم الذي طالما آلمني دون أن أعرف مصدره ملقى على الأرض بجانبي، ورم في حجم رأسي! اقترب العجوز فهَرَسه تحت قدمه الحافية، وسندني رغم الوهن حتى وقفْت، ثم ابتسم في وجهي قبل أن أسمع صوته لأول مرة في تلك الحياة:

ـ حمد الله على السلامة.

النهاية